漫娱图书

人总是善于遗忘，
妖却永远不会忘。

司念

大地のうえに
太陽のもとに

夭夭

司念 主编

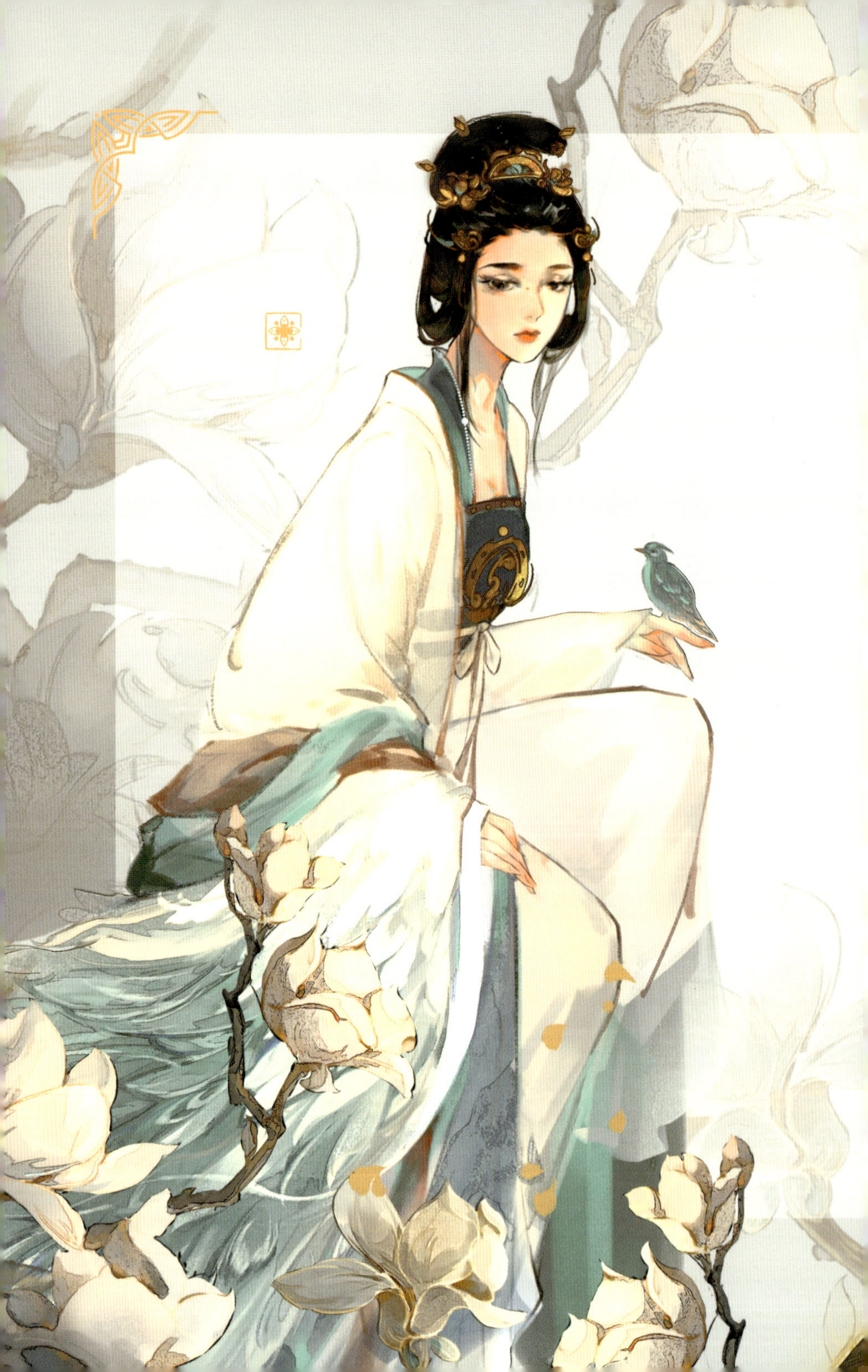

她只是偏爱青鸟,
她的眼中只看见了青鸟!

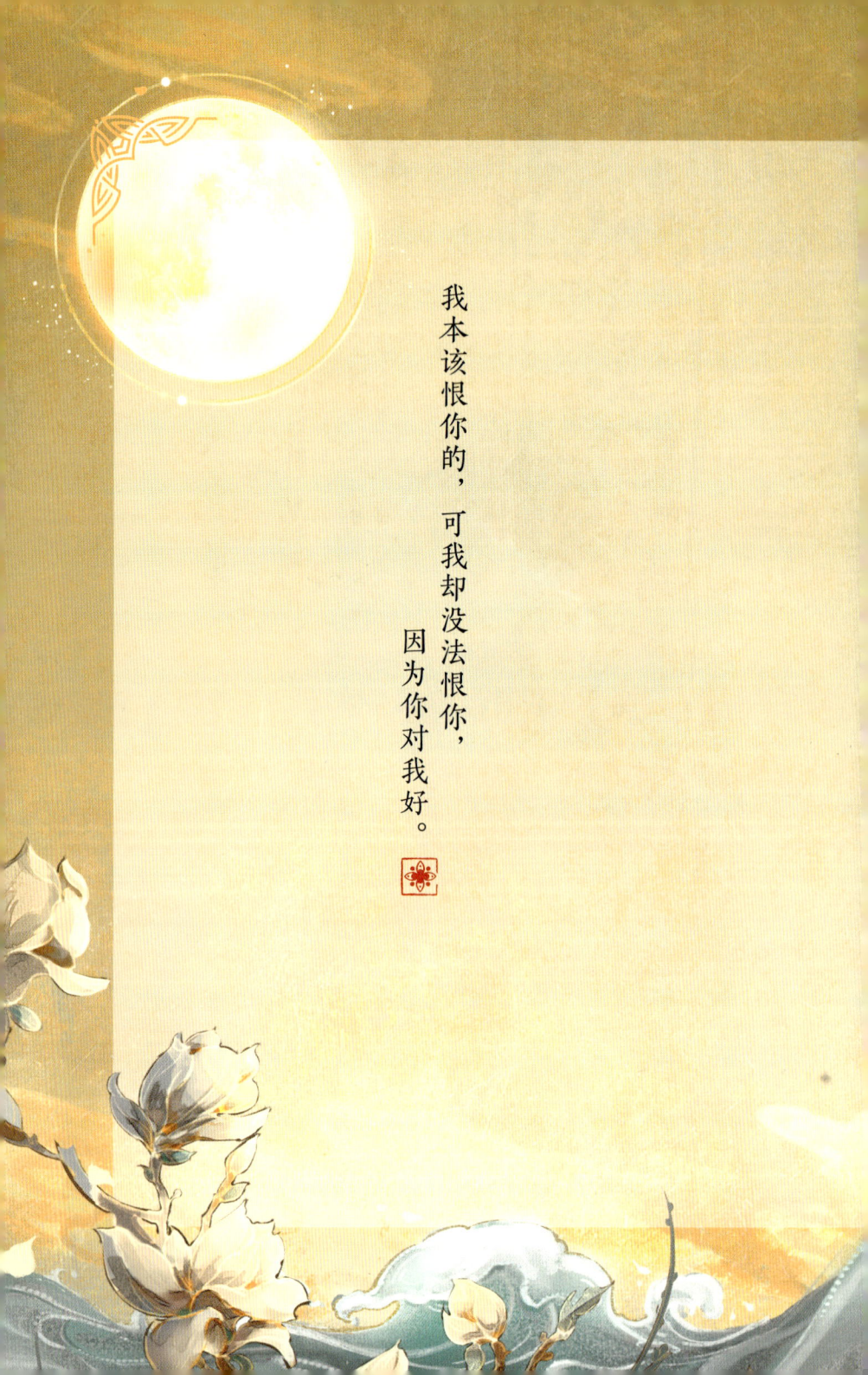

我本该恨你的，可我却没法恨你，因为你对我好。

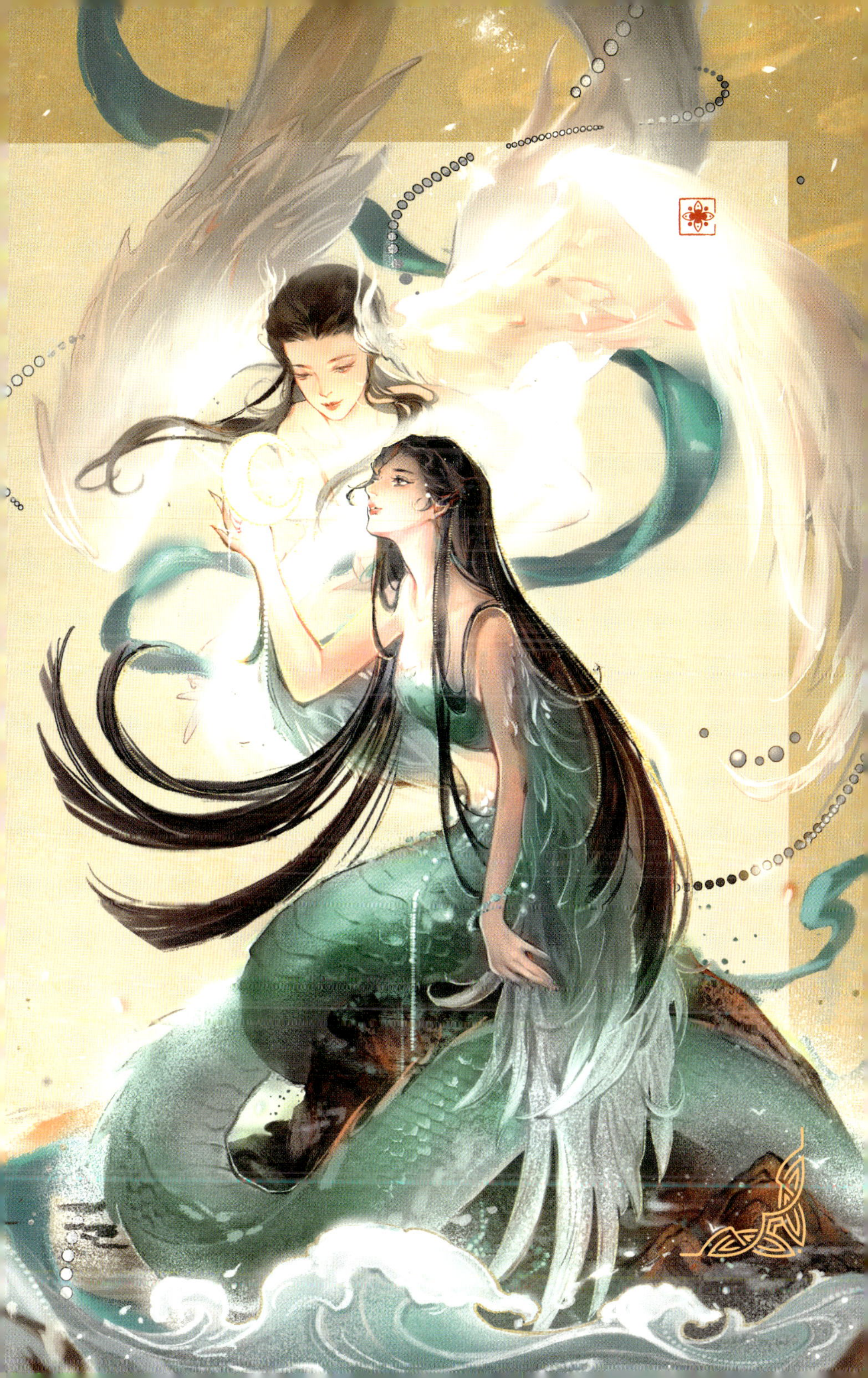

目录

一　第四响　文／清酒一刀

二　小蛇勿怪　文／阿生和小山

三　万户人间　文／檐中

四　常明　文／朱奕璇

五　大劫之始　文／九墨君

009　039　061　079　109

三 白鸽　文／人间废料

二 思凡　文／青州从事

一 请君为我步青云　文／琉璃工冠

玻璃糖

七 山楂树　文／溅雪

六 鸢娘　文／贺兰邪

137　167　189　217　239

第四道钟声从虚无缥缈的远方传来，回荡在她的脑海里。

一声又一声，除了她，无人能闻。

她知道，雪素再也不会回来了。

第四响

文 / 清酒一刀

敏感执拗弱小兔妖
棉棉 ————•

温柔强势天命之女
•———— 雪素

第四响

文 / 清酒一刀

1

棉棉第一次听到那道渺远的钟声响起时,大雪正将山林深深埋起。

她仿佛已经在雪地里走了很久很久,白色的长耳朵耷拉着,快要被冻得硬邦邦的。她的胃里空荡荡的,实在太饿了就张开嘴,喝一口西北风。

大旱三年,土地寸草不生,以至于当看到雪地里有一张案桌,案桌上还摆着半个馒头时,棉棉什么都没有想,踮起脚呆呆地张开嘴,"嗷呜"一口就把馒头吞进了肚子里。

是硬的,黄色的,但能吃,还想吃。

棉棉用力眨了眨眼睛,瞪着案桌。后知后觉地,她意识到这是从未见过的东西,这是人类的食物。

人类的食物为什么会在岐山上?

她又用力想了想,想起来一天前她从崩塌的山雪中爬出来,像个雪球似的摔在地上，就这样一路滚下了山。

在山下，人类会吃兔子。

棉棉打了个寒战，族中长老的警告缓缓浮现在心头：他们是弱小的兔妖，绝不可以离开自己世代生存的岐山。所以哪怕争不过山林里的其他的妖怪，连最后一口食物都被撕咬抢光，族中也没有一只兔子敢下山去。

在兔妖们看来，人间极其险恶，人类非常可怕，他们会用很厉害的法术捉住妖怪，然后把它们炼成丹药或者做成食物。

长老亲眼见过一只虎妖修炼大成，才走到山脚的封印边缘，一道雷光便从天而降把它劈得血花四溅。他们说，像棉棉这样修炼懒惰、连化形都化不好的小兔子，在山下一天也活不下去。

可是大旱三年，灵气枯竭。兔妖们一个接一个地饿死在这岐山上，其他妖怪也渐渐地不知所终。

在这三年来的第一场大雪中，棉棉离开了岐山，吃下了人类的馒头。

案桌对面探出一颗毛茸茸的脑袋，与棉棉四目相对。

她的长耳朵一下子竖了起来。只见那个看起来跟她一样矮的小姑娘也踮起脚，拽着她的袖子脆生生地喊："山神奶奶显灵了！"

棉棉呆立在原地，心跳得慌乱极了。山神奶奶是谁？

见她不说话，小姑娘疑惑地看着她："你不是山神奶奶吗？"

如果说不是，她会把自己吃掉吗？

"你看起来好小。"她仔细打量着棉棉，"可是你有白色的长耳朵，还有红色的眼睛。"

她好像不知道我是妖怪，那她是不是还会给我更多的馒头？

棉棉咽了咽口水，鬼使神差道："我，我是，山神奶奶的……孙女。"

小姑娘的眼睛亮起来:"那你吃了我的馒头,要实现我的愿望!"

棉棉蒙了一下:"什么愿望?"

小姑娘大声道:"村长说许愿前要先上供,我上供了一个馒头,许愿得到一千个馒头!我叫雪素,你不要把一千个馒头送错给别人。"

棉棉沉默了。她心想,长老说得没错,人间果然极其险恶,人类果然非常可怕。

棉棉没有一千个馒头,只能闭着眼胡说:"一个馒头换不了一千个馒头,你心不诚。"

雪素诚心诚意地问:"那要几个?"

棉棉想了又想:"起码也要……一百个吧!"

有一百个馒头应该就有力气逃走了吧?

雪素苦恼极了,说道:"我也没有一百个馒头。"

"那你有几个?"

"你吃掉了最后一个。"

……

她们蹲在雪地里一起苦思冥想。

风雪一阵又一阵刮过,脑袋像要冻成冰块,两个小姑娘把手揣在怀里,冷得直跺脚。

2

那道缥缈的钟声响起时,山林已被风雪覆盖。月亮落于干枯的枝头,雪素拉着棉棉的手,深一脚浅一脚地走向村尾破败不堪的草屋。

那是雪素的家。家里一个人都没有,不像棉棉曾经的窝里,兄弟姐妹总是紧挨在一起吵吵闹闹的。

雪素抱来柴火,熟练地升起火堆。温暖的火焰升腾起来,两个人坐在地上,谁都没有先说话,直到雪素的肚子在寂静的夜里咕咕响了起来。

她转头看着棉棉:"我饿。"她揉揉自己的肚子,"我好饿啊,没有办法找到一百个馒头。"

棉棉自认为在这方面自己还是有一定的经验。

她问:"你会喝西北风吗?"

雪素疑惑道:"什么?"

棉棉莫名兴奋起来,还在山上的时候她虽然不喜欢修炼,总是被其他妖怪嘲笑,但是在干旱之初,为了饿得不那么难受,棉棉努力钻研过怎么喝西北风。

"西北风是从西川那里吹过来的,里面会有那么一点点灵气,可以勉强填一下肚子的。"

可是雪素既不知道西川是哪里,也不知道灵气是什么。

"西川就是……"棉棉顿住了,长老说西川是所有妖怪的家乡,只要西川还在,妖的灵魂就会从那里再度诞生。这个地方不应该告诉人类。

她卷了卷耳朵:"总之就是一个很远的地方。"

她们坐在窗户大开的窗边,雪素听不懂棉棉自己乱七八糟琢磨出来的修炼办法,棉棉只能拉着她的手,两个人一起张开嘴,深吸气,再张开嘴吐气,再深吸气。

"好像真的没有那么饿了。"雪素雀跃起来,"你好厉害啊。"

"嗯。"棉棉小声道,"我是山神奶奶的孙女嘛。"

她们就这样靠在火堆旁,一口一口喝着西北风,不知什么时候沉沉地睡了过去。

雪素住的村子叫梁家村,山神奶奶是村子里供奉的仙娘子。他们并不知道长年被雾笼罩的岐山上到底有什么,只能猜想大抵是有一位

照拂着他们的山神。

这是棉棉躲在窗下时听到逃难来的村民说的。在第三年时这里已经千里无禾，但百姓大多不愿意背井离乡，还坚守在这里的村民靠着些余粮苟活至今，他们相信大旱会在来年结束，哪怕已经饿得面黄肌瘦，也不轻易离开。

这场大雪的确让人看见了曙光，人人脸上都带着喜气。

也偶有路过的村民提到雪素。

"雪素这丫头命苦啊……眼见着雪下来了，她爹就没了。"

"唉，那时也不是我心狠，他们那么多人，我是不敢出去啊。"

"人也要吃饱了才有那些善心啊。"

棉棉听不懂他们在说什么。

在和雪素度过的这几天里，她已经知晓原来人间并不是人人都会法术，这些人都只是凡人，会法术的只有仙门的修道者。

但她依旧不敢在白天的时候随便跑到外面，谁知道仙人什么时候就来把她抓走了呢？

雪素对她很好，用旧布条给她缝了一顶帽子，连长耳朵都能包裹起来。

雪素力气很大，能劈很多柴火把屋子烧得很暖和。

雪素会和她挤在一张小床上睡觉，就像还在窝里时一样，她喜欢和雪素挨在一起，如果雪素没有这么瘦弱，也是毛茸茸的就更好了。

雪素还答应她大雪过后就去找种子，春天把种子种下去，下个冬天就会有馒头。

她喜欢和雪素待在一起。

虽然雪素总是问她神仙是不是都会飞，为什么她不会飞。她会厚着脸皮说因为她还是个小孩子。

每天喝西北风也不是个办法，但其他村民可能还不如她们两个，她们至少还有西北风可喝。

村民们会经常讨论食物。棉棉太饿的时候会支着耳朵听，有人会用树芯子煮着雪水吃，有人会用自制的弓箭去打猎，但是老鼠都已经很难见到了。还有人说二十里外的镇上，现在粮食最多的就是刘地虎。他们压低着嗓音，像是对他恨极了。

棉棉每天都认真听着，直到他们说——仙人要来了。

这个消息飞遍了方圆百里。

无上宗坐落在遥远的海上仙岛，是最厉害的仙门，他们的修道者每年都会入世历练，连梁家村都见过无上宗的仙人。

之前他们每每只是路过，可这次无上宗竟要在这偏僻之地招收弟子，听说其他城镇每个参加灵根测试的孩子都能拿到一包白米、一袋馒头和一两银子。

听到消息的村民们都不敢置信，他们互相询问，村长甚至派人跑去几十里外的城镇打听，结果消息是真的不说，回来的路上还听到镇上的恶霸刘地虎和儿子成了两个只会流口涎的傻子，是仙人在帮他们惩恶扬善呢。

这可真是两件大好事，全村人都高兴坏了。刘地虎仗着自己的儿子们身强力壮，在饥荒时抢走了梁家村的余粮，叫算得到了报应。

更高兴的是有小孩的人家。只要未满十六岁的孩子，无论男女都可去参加测试，符合条件的孩子便可随仙人回岛，家人还能拿到一人一笔救济金。

村长询问去打听消息的村民："那是不是现在就赶紧把孩子们召集起来，给仙人们送去？"

那村民摆摆手："不用不用，仙人特意说了，他们会一个城镇一个城镇、一个村一个村地走，想把这方圆百里都走一遍。我听了一耳朵，说好像找什么天命之子，也不晓得是哪个。"

仙人的事情哪里轮得到凡人来操心。剩下的事情便只有整饬好村庄，用雪水给孩子们擦洗擦洗，别让仙人看着生厌。

听到外面消息的雪素眼睛也亮起来，丢下斧头冲进屋子里和棉棉分享这个好消息。

"我们要有馒头和米饭吃了！棉棉，棉棉，一袋里面会不会有一百个馒头啊？有了一百个馒头是不是你就能给我一千个馒头了？"

棉棉抿着嘴，半晌道："我们一起离开这里好不好？"

雪素不明白她为什么忽然这样说，但还是想了想道："我也想去外面，等拿到粮食，我们就可以去更远的地方找种子。"

棉棉不说话了。

"你不开心吗？"雪素疑惑地看着她。

"没有啊，没有不开心。"棉棉这样说着，耳朵却已经害怕得高高立起来。

她想说，你能不能不要去参加那个测试？要是遇上了仙人，仙人一定会把她扔进炉子里。

可是她找不出哪怕一个理由不让雪素去参加测试，她也做不到把梁家村藏起来让仙人找不到。

如果她自己藏起来呢？

可是雪素会不会被仙人看中带回仙岛？她也不想要雪素被带走，她想和雪素待在一起。

大家都在盼着仙人早一天到梁家村，只有棉棉一天比一天惊慌。

在无上宗去到隔壁村落的那晚，棉棉终于下定了决心。

她说："我知道有一个地方，里面有好多好多吃的，我们现在就去找吧。"

雪素不明白她在说什么："吃的？在哪里？为什么忽然有吃的？"

棉棉严肃道:"是山神奶奶告诉我的,你跟我走就对了,我们会有很多吃的,今晚不去的话好吃的就会消失。"

"可是一会儿仙人要来怎么办?我们就拿不到吃的了。"

棉棉有点着急了:"不要紧的,我们能找到的那些吃的,比他们给的多好多!"

她怕仙人马上就要来梁家村。

夜里风雪渐起,她们深一脚浅一脚地走在崎岖的小路上。

这是去往岐山的路,再向后看的时候,梁家村已经笼罩在黑夜里,没有人家还有油灯能点燃,周围一片漆黑。

雪素被忽至的风雪迷了眼睛,她感觉好像已经走了好远。

棉棉拉紧了她的手,说就要到了,她记得就要到了。

乌云遮蔽了月光,她们走得跌跌撞撞,雪素往手心呼气,又去握棉棉的手,只觉得好凉。

她并不知棉棉心中惊慌极了。

棉棉明明记得自己把东西藏在了一块黑色大石头后面。可走着走着她便记不清了,这里到处都是大石头,上面覆着白雪,每一块都好像是那块大石头。

风雪愈来愈急,她们好像已经在这深山之中迷了路,要被吞没在大雪中。

棉棉努力运转身体里的微末妖力,想把这一点点温暖传给雪素。她好像听到雪素对她说:"不要着急,再仔细想想,会找到。"

这时又一阵风雪袭来,两人被石头绊了个大跟头,便像两团雪球刹不住地被吹着向斜边滚,滚了好多个坡,最后陷在一个深深的岩坑里。

她才感到比找不到吃的更恐惧的事情——这里太深了,她爬不上去。那些岩壁上的藤蔓已经干枯，像是一拉就会断掉。

棉棉把眼泪死死忍住，不敢开口问雪素她们会不会死在这里，雪素却仿佛知道她想说什么，低声说不要怕。

她就看着雪素拽着岩壁下的藤蔓，深吸一口气，竟像羽毛一般轻盈跃到半空一处凹陷，又拉紧另一根藤蔓，在藤蔓断裂之前连跃几次便重新回到地面。她只知道雪素力气很大，没想到这么深的岩坑雪素都能爬上去。

雪素消失在岩坑的边缘。

棉棉仰着头看，看得眼睛酸涩，雪素会丢下她一个人回村子里吗？她一定很想去参加选拔吧，大家都说去了仙岛一辈子都不愁吃喝，再也不用挨饿了。

还好雪素没有让她想太久，很快又出现在岩坑边缘，手里的藤蔓已经被她缠绕，又打上结实的结抛下去。

她拉着棉棉一点一点地爬上来，棉棉眼泪汪汪地往雪素身上跳，被她手忙脚乱地接住，雪不知什么时候停了，月亮从云层后露出皎白的光。

棉棉越过雪素的肩膀，朦胧中看到一块黑色的大石头横亘在雪上，雪素刚刚大概是踩着石头去拽旁边的树枝藤蔓，石头上的雪被她蹭掉，露出一道白色的划痕。

好像是她要找的那块石头！这是她临走时怕自己找不到便用另一块石头刻下的划痕。

她急急冲过去把石头掀开，露出了石头下被包得严严实实的大布袋，拆开来，里面全都是各种粮食，有奇形怪状的黄馒头，有干瘪的大米粒，有掌心大的黑色红薯……还有很多乱七八糟的分不清原本是何物的东西。

她们蹲在布袋边一时都安静下来。

棉棉想起自己在那天深夜做出的大胆行径。那时她实在饿得受不了，想起白天村民说过的，刘地虎是镇上唯一一个家里有粮食的人。她化回原形，悄悄下床，摸着月色沿着小路找到镇上。好香啊，她已经闻到了火烤食物的香味。

村民们说得没错，刘地虎家里真的有好多吃的啊，他还半夜在家里用火烤红薯。

她像只小老鼠一样在刘地虎家的地窖里用布袋把所有的食物都装了起来，却在临走时撞上刘地虎来检查粮食的儿子。

儿子叫来刘地虎，棉棉吓得在地窖里横冲直撞，刘地虎哪里经得起棉棉这一撞一蹬，他甚至都没有看清撞他的是什么东西，就和他的儿子一起把脑袋磕在了墙上，半天爬不起来。

棉棉闷着头跑出去很远，才发现那两人没有追上来，她坐在路边狼吞虎咽着黄馒头，味道和雪素给她的是一样的，是好吃的。

在太阳升起之前，她把布袋藏在了山林里，就像什么都没有发生过一样回到雪素家里，重新坐在了她的身边。

棉棉不觉得这样有什么不对。

这些粮食是她一个人的，有了粮食她就不会被饿死。

雪素也有了吃的，就可以和她一起烤火。

雪素想起曾经的家里，刘地虎带着儿子和家丁打砸呵骂着闯进家里，父亲将两个馒头塞进她怀里，再把她藏在屋顶上，她就这样看着他们抢走了自己家里仅剩的粮食，父亲被他们推倒撞在墙上，再也没有醒过来。

那只她曾经亲手用面粉捏的小兔子馒头，正静静地躺在那个破旧的布袋里。

她想起传闻中已经变傻了的刘地虎，想起深夜醒来不见踪影的棉

棉，想起拼命想拉她离开梁家村的棉棉。

她慢慢蹲下来，抱了抱棉棉，小声说："谢谢你。"

棉棉疑惑地歪头看她。

她又拉紧了棉棉的手，看向遥远的山外。

"我们走吧，有了这些，就可以不回去了。"

第二道钟声穿破寥寥山间，回荡在月光下。棉棉循声去找，却辨不清钟声是从何处传来。

3

雪素九岁时，她们离开了梁家村。

雪素十岁时，棉棉戴着兜帽，和雪素沿路走向江南，一路走一路问。雪后万物复苏，一切好像都变得生机勃勃起来。

雪素十一岁时，她们短暂停留在洛城，第一次在街上遇见野山猪下山横冲直撞，眼见野猪就要扑向路边被吓呆的姑娘，雪素竟敢抄起街边屠户的剁肉刀，瞬息间便斩断了野猪的脖颈。那户人家为表感谢，给了她们一大笔银子。

十二岁时雪素终于找到生财之道，她做了募兵，接官府的悬赏，接高门大户的悬赏，甚至接黑市的悬赏，只要能用力气解决的事情，雪素都会接。

雪素十三岁时，官府的悬赏对象里出现了妖物。就在那场大旱之后，百年前无上宗在各地妖物的地界设下的封印渐渐开始松动。起先妖物都只敢在封印周边活动，现在它们开始混入人间。

起初棉棉很害怕，她怕雪素知道她是妖怪。可是雪素什么都没有说，只是高兴地告诉她，和妖物有关的悬赏能拿比从前多好多的钱，能给棉棉买好多好吃的。

雪素十四岁时，棉棉终于慢慢学会把长耳朵藏起来，变作正常的人类耳朵，可是眼睛还是红色的。

十六岁时雪素已经可以背着弓箭深入山林射穿一些没有开智的妖兽的心脏，她用领取的赏金在云城买了一个小院子。

棉棉就坐在院子里，山茶花、杏花、梨花铺了一地，她会一朵一朵地收起来，做成好看的簪花。院子里开了一个小窗，就靠着街边，棉棉会用布帛遮住眼睛，在太阳落下前把每天做的簪花都卖光。

附近的老婆婆们都很喜欢棉棉，她做的簪花是云城里最漂亮的，她们常说如果不是棉棉的眼睛不好，一定会被求亲的男人踏破门槛——就像雪素那样。

棉棉听到她们谈论自己时就会腼腆地笑笑，说没关系，反正我谁都不要嫁。等听到她们谈论雪素时，棉棉就会板起脸来，说雪素也不会嫁，有媒婆上门她就把门一关，不许她们进来。

婆婆们说她怎么这样霸道，雪素难道会照顾她一辈子不成？棉棉一声不吭，透过布帛去看热闹的街边。

有女郎挽着闺中好友在瞧胭脂铺里新上的口脂，出来后又拨弄着隔壁摊上的羽毛铃铛，两人的笑声传出很远。

棉棉想，她从来没有这样和雪素一起逛过云城。在城里的时候，她只能目送雪素离开。

因为她是见不得人的妖物。

雪素落日时回到家，手里拎着棉棉喜欢的白萝卜。她先是把弓箭挂在墙上，又在炉子里升起温暖的火，过一会儿饭的香气从锅里飘出来。

她敏感察觉到棉棉的情绪，问道："你不开心？"

"我没有。"棉棉托着腮看她，"今天有没有什么进展？"

雪素摇摇头："没有，这单怕是接错了。"

云城近日并不太平，繁华之下暗流涌动。起初只是有养鸡的大户人家深夜无故传来鸡的惨叫声，雪素便以为是普通的妖物作乱。

她对付得了那些灵智未开一身蛮力的妖兽，只需要拉弓搭箭。

但雪素对付不了那些有法力还能扰乱人心的妖物，只能等修道者来才能收拾。

养鸡场尽管每晚都有鸡在惨叫，但是从来没有一只鸡死亡，每只鸡看起来都很健康，奇怪得紧。雪素追查三日都没有发现蹊跷在何处，鸡场主人受不了这诡异场景，索性将鸡全都杀了埋起来，她只能放弃这悬赏。

雪素又道："我临走时总有种莫名的感觉，那鸡场的主人看我眼神似有怪异。不过算了，如果真是妖物作乱，也不会猖狂太久，听说今年的宗门大比就定在云城，下月无上宗的修道者就会到云城来。"

棉棉倒是知道，无上宗每年年末都会任意选一座人间城市举办宗门大比，为表示修道者庇佑着尘世凡人。同时还会额外设置一个比赛场地给凡人，作为庆典的活动之一。这比赛只许外门的修道者参加，且禁了修道者的修为与法力，让他们与凡人比试刀枪剑戟。且看当年魁首的奖品是什么法器，便会比试什么内容。

凡人也可以去抢夺属于修道者的东西，这是所有凡人梦想中一步登天的好机会，若是被仙人看中，还有机会进入外门，哪怕做个洒扫弟子都是光宗耀祖的事情。

但对棉棉来说，这就不是什么好消息了。凡人对妖气并不敏感，她系了布帛在这小院子里也能安静生活，但若是城里的修道者多起来，会怎么样就不得而知了。现在离新年，也不过就剩下一个月了。

当初费尽心思躲开，却偏偏又在这里遇见，好似冥冥中有人要与她对着干。

棉棉低下头，兴致不高地"嗯"了一声。

她想，那几日她应当会找个角落藏起来，如果雪素可以跟她一起藏起来就好了。

可雪素看起来对那个比赛跃跃欲试，聊着聊着便绕了回来："听说每年的凡人赛场的魁首奖品都是武器，连凡人也能使用，今年也不例外。"

她看上去兴致勃勃："我也想要去比试一番，虽然不一定能拿到魁首，但万一呢，有了法器我就可以对付更厉害的妖物了。"

她越这样说，棉棉心里越是不高兴，好像当年费尽心思避开无上宗无用一般。

她想，你难道还不知我是妖吗？你明明早就猜到了，但你还是只想着你的法器。

可再如何不高兴，大比的日子也一天比一天近了，城门的出入检查开始变得严格，天空开始出现云舟，还有修道者御剑而来。

也正是在封城大比的第二天，那个叫陆斩的修道者出现在雪素的面前。

那日雪素回家时，半路又遇见那鸡场主人，本打过招呼便各走各的，那人却一直跟在身后，嘴里说着些有的没的。直至走到一荒凉处，鸡场主人突然变得凶相毕露，竟拿出刀来砍向雪素。

雪素想也不想抬手便挡，还未想出头绪，又有一人从旁杀出，剑劈在鸡场主人后心，当场将其毙命。

陆斩说自己是无上宗的外门弟子，第一次出岛历练。他道："这男人是妖物，引你到偏僻处要加害于你，幸好我跟了过来。"

雪素看着地上鸡场主人流出的鲜血，只觉怪异。起初诡异的是那群鸡，怎么源头是在鸡场主人身上？

她说："可这不像妖物，你是不是杀了人？"

陆斩道："不是所有妖物都有妖丹，你是凡人，看不到妖气，辨别不出也正常。"

他就这样一路跟着雪素走到她们住的街巷,絮絮叨叨着凡人与修道者的区别。

棉棉远远就望见那道赖在雪素身后不走的影子,红眼珠一错不错地盯着他们。直到雪素进了门,那男人还在街口张望。

雪素像是知道棉棉看见了,一回家就凑过去哄道:"我没有要和他走在一起,他非要跟着我,这次算是他帮了我,下次我一定不理他,绝对不会把他带到家里。"

棉棉闷声闷气:"我才没有生气。"

雪素继续哄她:"我今天从那些修道者手里得了一个宝贝,你猜猜是什么。"

棉棉不看她。

雪素从怀里掏出一面银色的小镜子:"他们说这是望镜,是无上宗给我们这些凡人准备的,如果挤不进去比赛会场,在家里就可以看到会场的情况呢。你想不想看?"

棉棉终于接了话:"你已经报名了大比?"

雪素点点头:"你不想看我比赛?"

棉棉想了想雪素拿着她做的弓箭、穿着她做的劲装在赛场上拉弓搭箭的样子,小声说:"想的,我没有见过。"

她从箱子里翻出给雪素做了大半的衣裳,趁着比赛还未开始,连夜赶工。

那可是要和人人都是素雪蝉衣的修道者一起比赛,而且全城的人都会看着呢。

棉棉边做活,边和雪素一起看着那面镜子。

银镜里的修道者已经在向其他人介绍本年度的修道者大比的奖品,在那些叫人眼花缭乱的剑谱、丹炉和法宝中,主持的修道者最后拿出了凡人场的三样奖品。

魁首的奖品,竟是无上宗千年前陨落的玄阳老祖曾用过的碎神弓,传说它一箭可射得天光四裂,惊雷游走。这把弓一向供奉在仙岛上,头一回现世竟是拿出来作为凡人大比的奖品。

银镜中修道者们已经窃窃私语起来。

有人暗道这怕不是哪位长老的弟子想要这弓,又比不过其他门派的佼佼者,才特将奖品放到凡人大比上。

棉棉的眼睛却看向碎神弓旁的另一样奖品,那是一件薄如蝉翼、在月光下仿若流萤飞舞的纱衣。

"那件衣裳好漂亮啊。"棉棉小声地说着。

她有些小心翼翼地看向雪素,又把脑袋转了回来,看向刚刚的奖品。

"碎神弓也很漂亮。"她再次补充。

❹

凡人大比那日,雪素扎着高马尾,身负长弓,穿着一身红色劲装去了云城最人的射猎场。

路上行人纷纷侧目,比起云城的百姓,大家其实更多的都是想去看参与比赛的修道者。

雪素看到几个相识的募兵跟在一群身着祥云道袍的无上宗弟子身后,看起来与这几个无上宗弟子相识已久,有弟子笑着拍了拍募兵的肩:"待我陆师兄夺得魁首成功进入内门,剩下的宝物还不是随你们挑,第五到第十名,看你们想要什么。"

一个募兵憨笑着道:"能进前十就是祖坟冒青烟了。"

雪素目不斜视地从他们身边经过,说话的弟子望见她便眼前一亮。募兵们察言观色,其中一个介绍道:"她叫雪素,跟我们一样是募兵,

不过一向独来独往,听说家中还有个患眼疾的妹妹,这次也报名了凡人大比。"

那弟子忍不住开口唤她:"雪素姑娘,你可愿进入无上宗?没有灵根也是无妨的,想来我在外门能争得这个面子,做个侍女也是极好的……"

雪素却是脚步不停,背着弓头也没回地消失在街角。

无上宗的弟子还是头一回被凡人驳了面子,一时间羞恼,面色涨红,募兵们赶忙给仙人顺气:"她此前都在山野小城,今年才到的云城,定是不知凡人与仙人的天堑,待会儿比赛了她就会晓得自己错过了多大的机会。"

那群外门弟子们也是如此想的。

就算让修道者禁了法力,实力也不是凡人可比拟。

直到那一箭射穿了第一百五十七道碎冰,所有人都安静下来,看着场上红衣胜火的女郎。

"她那弓有什么玄机?"渐渐有人在窃窃私语。

"凡人的弓都是凡人自己带来的,长老们都检查过了,没什么问题。"

"真的没问题吗?说不准上面有什么没有被检查出来的作弊手段,不然她怎么会赢陆斩师兄?"

这第一场的比赛规则,便是由三宗的监赛长老出手在场内设置一百九十九道冰层组成的屏障,层层渐厚,谁一箭射穿的冰层最多便是取得第一场胜利。

有修道者第一次参加凡人大比,将箭对准冰层时想的还是"如此简单",一时忘了修为被禁,箭在迟滞中卡进了第十七层,连城里凡人都不免笑出声。其他修道者便明白,这比的便是力道,场面渐渐精彩了起来。

四十九层、五十二层、六十七层……

被无上宗弟子追捧的、相信最有希望趁这次机会进入内门的陆斩师兄，一箭射碎第一百五十七层，卡进了第一百六十层。

他们都欢呼起来，这可是场上最好的成绩。

陆斩收了弓，目光转向另一边正在搭弓的雪素，朝她微微一笑。刚被雪素驳了面子的弟子疑惑道："师兄你认得她？"

陆斩道："有一面之缘，是位有实力的姑娘。"

话虽这么说，他面上却轻松，不见有什么担忧。

其他弟子也笑道："不过是凡人。"抬首便见那一箭已离弦，随着清脆的寒冰碎裂声，射穿第二十层、三十五层、五十四层、六十七层、八十三层、一百五十七层！

场内所有人都止住了呼吸，怔怔看向箭的轨迹。

那箭却还未有颓势，势如破竹般尖啸着冲破第一百六十层，最后落入第一百六十五层，箭羽轻颤片刻陷入寂静。

雪素收了弓，也不瞧其他人的神色，径直回了等候区。不多时有长老上前再次检查了她的弓箭，冲其他人摆了摆手。

这一箭看似与陆斩破开冰层数相差不远，但陆斩可是无上宗外门风头最盛的弟子，而雪素不过是一个凡人。

所幸是相差不远。

第一关比力量，第二关比准度。

无数虚幻的飞鸟从林中腾空四散，一刻钟内要从无数飞鸟中辨认出冰凌鸟并将其射下。

雪素与陆斩同时拉弓，利箭射向天空。

飞鸟坠落，七十九只与七十九只。

有了刚刚的铺垫，三宗的弟子们竟是纷纷松了口气，甚至有人开起两人的玩笑："雪素姑娘日后若是入了无上宗，与陆斩师兄结为道侣也是美事一桩。"

所有声音都被清晰地收入银镜中,棉棉听到了。

她看着镜中不言语的雪素,慢慢揪紧了衣袖。雪素在想什么呢?她为什么不反驳?

最后一关,有资格站在场上的不足五人,仅有雪素是凡人。

眼前光景倏然变幻,仿若荒原,所在之处如寒霜袭地,乌云漫天,就在雪素微怔时,九轮圆日从天边冉冉升起,金光射入大地,耀眼刺目,但转瞬间便被乌云吞没。

一道苍老的声音响彻天地:"你们手中现在只有两箭,这两支箭在幻境中能模拟玄阳老祖三分威能,千年前西川妖物尽出,异象乱世,传闻玄阳老祖曾一箭射九日,将妖物重封西川。现在,三炷香的时间,你们有两支箭可以尝试。"

这一下,旁观的内门弟子们也坐不住了,正式的三宗大比都不曾有过如此手笔,三宗竟指望凡人和一群内门都还没入的弟子能重现玄阳老祖的巅峰之战,哪怕只重现老祖一分神威也是痴人说梦。

这九轮太阳在乌云中若隐若现,时而交叠,时而散开,哪怕不像真实的妖魔那般攻击人,想要两箭射下九轮太阳也绝非易事。

雪素盘腿席地而坐。

两名修道者在凝神观察一炷香后,箭离弦,却只射散了一片乌云。

九日完全融合只有一瞬,他们不曾抓住机会。

又一炷香燃尽,一名修道者耐心耗尽贸然出手,在九日重合的一瞬两箭尽出,但四轮太阳又出现在乌云另一端。

场上只剩下雪素与陆斩还未搭箭。

第三炷香。

在两人同时起身拉弓的那一刻,棉棉屏住了呼吸,眼睛眨也不眨地盯着银镜,说不清自己是在等待着什么。

雪素离弦的第一箭却不是射向那九轮圆日，仿佛携着冷冽风雪，在半空射断陆斩第一箭！

箭势未停，在射入乌云时，霜寒之气从箭中溢出，呈连绵之势，竟在转瞬间冻住整片天空。

下场的修道者这才恍然悟出长老所说的三分威能是什么，他们根本不曾发现箭中藏着的冰寒之力，何况将其引出。

九轮太阳还维持着重叠的影子，停在乌云后。这一次，无论是谁都能透过天空冰层看到太阳躲在何处。

第二箭，箭在弦上。

咚，咚，咚。棉棉仿佛听到心脏要跳出胸膛。

雪素就要赢了，她就要成为魁首了，她将是第一个拿到魁首的凡人，那样会发生什么？

她又想起那场雪夜，她将她最宝贵的食物全部拿出来，去换雪素离开梁家村，换雪素不见无上宗。现在她能拿什么去换呢？

荒原上的红衣女郎缓缓拉弓，抬目远望，却非看向太阳。

棉棉呆呆地看着银镜中的雪素。她在风雪中望向西北，那里空空荡荡。

可棉棉却知道，她在辨认自己的方向！

第二箭，箭已离弦，射入默然寂静的荒原西北。

钟声回荡在旷野，一声又一声，棉棉怔怔听着，手中的银镜落地，碎成千万块。

5

"你为何有意射空？"

"实非有意，力有不及。"

"这件月色空衣虽也是非凡人能见的宝物，但只能助人不动修为

时隐匿气息,于你修炼而言并无用处。你虽年岁不小,但只要……"

"我本就是凡人,无意修仙。"

"你当真不愿入无上宗?"

"当真。"

"西川封印已破,不出三年天下将乱。"

"我只是凡人。"

"你身怀灵根灵骨,十年前星盘便指向你,你命不应如此。"

"我命就该如此。"

……

棉棉看着那件被雪素珍重放在她怀里的月色空衣,久久失语。

"你不开心吗?"雪素再一次问她。

"开心的。"棉棉抱紧了这件有市无价的衣裳,喃喃道,"开心的。"怎么能不开心呢?

在听到无上宗介绍它时,她便是如此地想要得到它,能隐匿所有气息的宝物啊,自然也能隐匿妖气,她再也不用担心有修道者会发现自己是妖怪了。

她可以和雪素一起出门,挑选喜欢的胭脂和铃铛。她也可以和雪素去河边散步,在每一次庆典时在河里放花灯,像所有凡人一样期待新一年。

"那……碎神弓呢?"她问得小心翼翼。

雪素答得满不在乎:"我不是魁首,碎神弓应该是给陆斩了吧,要是平常的法器就好了,碎神弓那种东西咱们可不敢碰,听着就不吉利。"她又兴致勃勃道,"快穿上看看,我看到它的时候也觉得好漂亮。"

棉棉便去换了衣裳,在油灯旁转了一圈。直到棉棉抓住她的手,雪素仿佛才反应过来棉棉就在身旁。

雪素大为惊奇:"我还是第一次见到法器,你不出声我都险些察觉不到。"

棉棉期待地看着她："三日后的元宵庆典，我便穿着这个，我们去放河灯吧！你拉着我，其他人都不会注意到。"

雪素点了头。从前路过的小城没有哪一座像云城这样会有盛大庆典，两人又兴奋地嘀嘀咕咕了好一会儿才吹灯入睡。

第二日清晨雪素又起了个大早，背上弓去做前些日子没做完的悬赏任务。

棉棉却在这个呼吸都像在吸入冷雾的清晨，遇到了陆斩。

穿上那件月色空衣时，她想，她只是想去看一看。

看看雪素平日里是怎样做工的，她会去哪里，与什么人说话。

等到雪素要回家时，她便从背后冒出来吓她一跳。然后她会拉着雪素一起去河边，她们会光明正大地走在街上，再不管那些什么仙门修道者。

可是，她从未想过自己会穿着月色空衣，像老鼠一样躲在树林里偷窥着雪素和陆斩。

她看着他们配合无间，两人围猎一人射杀。那头雪白的妖兽倒在阜上，血流了满地。

他们笑着给彼此打手势，她听到陆斩说："等你修道，那满山的峰主都要为了抢你打破头。"

棉棉茫然地看着他们，雪素要去无上宗吗？她从未与自己提过。

她却没有勇气跳出去质问他们。雪素没有说过，难道就不想去吗？

她怔怔地向后退，又不知该退向哪边。记不清自己走了多久，走去了哪里，直到夕阳渐淡，月色渐起。

她又在林中遇到了陆斩。

不知为什么，此时只余他一人留在林中，道袍已被损毁，颇为狼狈地坐在地上，雪素不知去了何处。

雪素不在时，她竟又能鼓起勇气，喊了陆斩的名字。

陆斩在看到她时，眼底闪过一丝诡异的兴奋。

棉棉却不曾注意到，她只是警惕地看着他："你想把雪素带去无上宗？"

陆斩笑了："你是雪素的妹妹吧？我今日听她提起了。我将她带走你又能如何？"

"雪素不会跟你们去无上宗。"棉棉冷冷看他。

"你怎知不会？"

"她都不要那什么碎神弓，凭什么会去？"

"是她不想要，还是你不想让她要？"

棉棉瞳孔紧缩："你，是什么意思？"

"你指望她为了一个妖怪甘做凡人？"

这句话像一记闷钟敲在心上，棉棉霍然高声："你说我是妖怪？"

"你有法器，不开口倒也察觉不到。一开口，我便知道了。妖怪还想装成人吗？"

恐惧后知后觉从心底浮起。

陆斩手中不知何时已经凝成一团黑色的火球。

她大喊道："可我不曾害过人！"

陆斩摇头笑道："既然雪素不舍得你这妖怪，那我这个做师兄的来替她斩断尘缘。杀一只妖怪罢了，难道还要细数它有无害过人？"

巨大的黑色火球向她袭来，在绝望之际，棉棉闭了眼，化作原形，猛地向陆斩脖颈咬去。明知如卵击石，可她不想死，更不想毫不反抗地化成灰烬！

下一刻，她竟真的咬中陆斩脖颈，狠狠撕下他血肉。

预想中的灼烧并未来临。陆斩的血喷洒在河水中，随水流冲散。

他的嘴角露出一抹诡异的笑来。棉棉就这样怔怔看着他倒在地上，

032

再也没有了呼吸。

她杀了人。

杀了一个修道者。

这样的事哪怕是做梦都不曾出现过,她怎么可能杀得了陆斩?!

可陆斩的尸体就躺在那里,甚至在瞬间飞速溃烂。

棉棉不知自己是如何回到家中的,整个人浑浑噩噩,只隐隐记得她好像将陆斩埋在了林中……

无上宗很快就会发现吧,陆斩失踪他们一定会来寻,到时便知是自己杀了他。

记忆如同一摊找不到出口的污水,一会儿记得自己扑在雪素怀里,哭着说自己杀了人,一会儿又记得雪素带着她去毁尸灭迹。仿佛有另一个东西藏在她的身体里,在喝她的血,吃她的肉,它还要占了她的身体,叫她忘记很多事情。

再次有记忆时,她睁眼,周围已经不是熟悉的模样,模糊感知到她们已不在云城。

屋外隐隐有声音传来,是雪素和一个陌生女子。

"是寄生在陆斩身上的那只妖。"

"那只妖会夺舍杀死它上一个宿主。"

"那时明明陆斩是想要寄生于我,骗我至妖林,甚至已经诱我杀他,我都发现了,伤了他,却只留他在那里。"

"你并没有错,周围没有别的人能让他寄生,当时你来找我们处理是最好的结果。"

"但我没想到棉棉会遇上他!她会死,我不去西川,她真的会死。"

"她是妖物。"

"妖物又如何!"

她低头,发现自己的身体上已经鲜血淋漓,还有可怖的红斑在身

体各处浮现。有东西在她身体中嘻嘻怪笑着。

她模模糊糊地明白了什么，她杀死的大概不是陆斩，那是一只依靠宿主被杀死从而寄生下一个宿主的妖物。很快，她就要死了。

雪素走进来，抱了一下她，低声叮嘱了些什么，她一句都不记得了。

雪素背着那把长弓，转身出了屋子。

冬去春来，她再也没能见到雪素。

仿佛飘浮在虚空中，又仿佛躺在冰冷的水底，再也没有了身体，也没有了记忆，就这样浑浑噩噩的，像过去了很多很多年。

雪素什么时候会回来呢？也许自己已经死去了，执念却还在世间盘桓。

西川是什么样的地方呢？偶尔也会有这样的念头浮现。她的灵魂好像就躺在西川里，永远地感受着被撕扯的疼痛。

如果灵魂的安放之处如此痛苦，为什么不能活着呢？雪素为什么还没有来把她救走呢？

在夏日结束时，所有撕裂的疼痛在混沌中消散，她摸索着起了身，打开窗子，陌生的街道与混杂的气息扑面涌入。

第四道钟声从虚无缥缈的远方传来，像跨过山川河流，跨过许多时间缓缓地回荡在这里，回荡在她的脑海里。

一声又一声，除了她，无人能闻。

她知道，雪素再也不会回来了。

棉棉做了一场很长很长的梦。

梦里她踩着无数族人的尸体跌跌撞撞地从雪崩中爬出，有声音说："此世你命该在山中绝。"

她不甘回道："我凭什么死在大雪中。"

梦里她拉着雪素千方百计地避开仙门，有声音说："你既不想与她分享食物，又何必阻她去路。"

她说："我想要吃的，也想要雪素，凭什么不能两样都要？"

梦里她小心翼翼地说想要那件月色空衣，有声音说："你不可再扭曲他人天命，她命该救世，扬名九州。"

她说："我想要活着，想要一直一直跟着雪素有什么错？"

可是……她好像真的错了。

若是真的问心无愧，真的毫无心虚，她为什么在意陆斩的话？为什么在意无上宗？

因为她心里明明知道的，从来是她在万般强求。

梦里的雪素为她去求无上宗，愿用一身灵骨去换救她之法。

雪素射尽最后一箭，将她即将消散的灵魂从地底捧出，而后跪倒在无数尸骨上，成为千万年来无数前仆后继死在万妖之源的其中一位。寂寂无闻。

盘旋的秃鹫啄净雪素的血肉，荒野的巨兽踩碎她的弓。渐渐地，便再也认不出她倒在何处。雪素就这样寂静地埋骨西川，无人知晓，无人在意。

她在飘浮着淡淡禅香的古寺中睁开双眼，眼底干涸，瞳孔中无喜无悲，似是所有眼泪都已流干。

主持苍老的声音从殿外传来："四声四响，是天道的修正与警醒，你却执迷不悟。"

她骤然想起自己在苏醒后，如何发疯似的求着所有人去将雪素从西川带回来，没有人做得到。她便去求神佛，追着那钟声，闯入不在尘间的空无林，终于知晓钟声来自何处，那是天道之声。

躺在禅香中，这短暂的一生在斗转星回间再次走过，棉棉终于明了曾经的钟声在对她说着什么。

"我错了。"她安静地看着布满玄奥因果命格的穹顶，似有星辰

隐隐流转。

是她懦弱、自私、多疑、贪婪，是她一次又一次地将雪素原本的命运扭曲。

她想活着，雪素便以凡人之躯闯入西川。

她想活着，雪素便不要那唾手可得的神器。

她想活着，雪素便放弃拜入仙门修炼成仙。

她想活着，雪素便看着她吃下自己最后的馒头。

在一切的开始雪素真不知自己是妖吗？

如果结局是这样，她不要活着了，活着有什么好的。如果从一开始，她便不要活着，雪素会像命定那般扬名九州荡平四海吗？

缥缈之音，声如洪钟。

"你可愿在时间的流逝中自我消亡，换命盘重启？"

她笑了："那我便不活吧。"

她又说："我还想再看看她。"

星辰亮起，命盘重现。一切被扰乱过的、扭曲过的时间空间，在此刻重新转动。

6

十八岁的雪素立在迷雾笼罩的山巅，手持碎神长弓，一箭搅动冰雪，顷刻冰雪覆满山川，世间妖魔俱灭。

他们说她是天命之人，万年屹立的西川自该迎来终结。无数西川埋骨之人若泉下有知，定会欣喜若狂。

十七岁的雪素站在三宗大比场地，在漫天风雪中射下九日。他们说，雪素不愧是无上宗内门弟子之首，是碎神弓选择了她。

那年凡人大比的魁首，捧着一柄弯刀喜不自胜。

十六岁的雪素下山历练，和师姐在山中遇到从封印中逃出的寄生妖物。它寄生在屠户之身，想要靠近雪素，却被她一眼识出，瞬间将其冻成冰塑，埋入深渊。

她与师兄师姐站在云城护城边，亲手放下的花灯随着河水漂远。

十三岁的雪素在修成金丹后，又回到自己来时的地方，彼时刘地虎一家正在吃肉饮酒，被冷漠的少女一箭射杀，报杀父之仇，从此道心稳固，一日千里。

九岁的雪素沉默地将手掌放在测试石上，星光大放。长老说，这是千年难得一见的冰灵根，她就是星盘指引他们要找的天命之人。

真好啊，真好啊。

棉棉在消散之中，向没有她的世间投去最后一瞥。

九岁的雪素坐在天地大雪间，捧着一个发黄的馒头。

她就这样沉默地看着山林的方向，总觉着会有谁从那里走来。

可是谁都没有从那里跌跌撞撞地向她走来。

她就这样看了很久很久。

玉小翡终于明白,她的劫是她会遇见一个能用长剑削出薄薄一片梨肉,写字却连三岁女童、三百岁小蛇都不如的女侠。

小蛇勿怪

文 / 阿生和小山

胆小贪吃小青蛇
玉小翡 ————·

强大清醒红衣女侠
·———— **凤琼飞**

小蛇勿怪

文 / 阿生和小山

1

玉小翡是一条漂亮的青蛇。

她的鳞片犹如削薄的玉片，青绿透亮，滑润如水，再加上那双浅绿色的眼睛，往荷叶上一趴，就跟上好的翡翠似的。正因如此，爹娘为玉小翡取了这么一个玉翡满堂的名字。

更为稀奇的是，玉小翡的七寸之处生了一片血红的小鳞，那红点缀于深深浅浅的碧绿之间，犹如胎记一般，让玉小翡在众蛇之中格外醒目，一见就忘不了。

作为一只蛇妖，玉小翡在湖底修炼了三百年，不仅没学会呼风唤雨的本事，就连障眼法这种最简单的法术，她也只学到了皮毛。

若问她最喜欢什么，她会说，一来，我喜欢湖里的笨鱼，刺少，好吃；二来，我喜欢岸边的石头，天气好了，可以躺在上面晒月亮。

她家中那位早已修成大妖的小青姑姑曾说："作为一只妖，你修行怠懒，作为一条蛇，你贪吃爱玩，如此下去，必定要倒霉遭灾。"

当时的玉小翡还未修成人形，每天最大的乐趣，就是吃一吃被凡人喂肥的锦鲤，吃饱喝足便游上水面，缠着莲花茎晃莲花玩。

她吃饱喝足，一游出水面便有月光露水、粉嫩荷苞，只觉日子舒坦得不得了，哪里还会把姑姑的话放在心上。

但姑姑毕竟是姑姑，年岁长，见多识广，眼睛尖。年轻时跟赫赫有名的白素贞打过架，还跟金山寺的和尚斗过法，天上喊她去做神仙，她嫌路远，不愿意去，常年歇在竹林里。

她说玉小翡会遭灾，真让她给说对了。玉小翡不仅遭了灾，还是十足的血光之灾。

一日夜里，玉小翡照旧浮上水面赏月亮，刚吮了一颗荷叶上的露水，就听见一声惊呼。玉小翡吓了一跳，连忙回头去，只看到岸边有个凡人。那人面色煞白，正哆嗦地后退着。

玉小翡连忙掉头，甩动的尾巴在月色下激起一片晶亮水花，整个幽蓝湖面都跟着汹涌，整条蛇扎进湖心深处。

做妖的都知道，若不想花费心思修成人形，就不能让凡人看见自己的真身。而玉小翡的真身又那样醒目，凡人嗜奇珍异宝，若是被他们看见了，准落不到什么好。

玉小翡奋力游了许久，终于回到了湖心的洞穴之中，她仰着头，望向上方朦胧的水面。

没等多久，夜色中的湖水忽然倒映出了橙红的火光，嘈杂的人声不断从远处传来。

成群结队的凡人举着火把来到了湖边，大多是男人，他们三五成群地徘徊着，只为了抓住妖怪，换取赏金。

玉小翡卧在更深的湖底，大气都不敢出，她看见无数冷硬的鱼钩沉入水中，上面穿挂着各种珍馐美味。细密的渔网落下，银丝闪着冰

冷的光。更有会水善游的，一个猛子扎进水里，鱼一般地来回游弋。

这时玉小翡才知道，小青姑姑并没有骗人。

今年开春时，小青姑姑召集小辈，要大家万事小心，原来如今的皇帝纵情声色，去年因在床榻上吐了一口血，当即便打起长生不老的主意来，找了个不知从哪个犄角旮旯蹦出来的道士，说要捉尽天下百年妖物，剜下它们的内丹，放进大锅里熬一碗长生不老汤。

皇帝还下令：民间若有能献上妖物内丹的，赏金千两，男子封作将军，女子封为贵妃。

说到悬赏令时，小青姑姑冷笑着啐了一口，说天下的男人都一样，自私愚蠢，自以为是。同样是立功，凭什么男人能一下子位极人臣，女人却要被纳入后宫，侍奉人侧？难道女人个个都是傻的？

天底下的聪明女人自然是多不胜数。

熬了一整晚过去，玉小翡蜷缩在湖底，困倦地打了个哈欠，再一睁眼，忽然看见一个红衣女子出现在自己眼前。

女子有倾国倾城之貌，生了一双雍容凤眼，身着暗红色衣衫，头发高束，衣摆与发丝就像鱼鳍一般，柔顺地随水流摆动。她手中握着一把利剑，直奔玉小翡而来。

玉小翡吓坏了。她翻身就要逃命，却被女子的手牢牢按住了身子，女子一剑斩断了玉小翡的尾巴尖，又一把捏住她的七寸，捏住了那片血红的小鳞片。

没办法，玉小翡实在是一条没有本事的小青蛇。

红色鳞片被女子生生拔下，细小的血雾在水中弥漫。

闻着自己的血味，玉小翡欲哭无泪，她想：姑姑，世界上还是有傻女人的，她为了做皇帝的妃子，不仅砍了我的尾巴，还硬生生拔了我身上最好看的一片鳞。

2

红衣女子并不知道这条碧绿小蛇在湖底掉了一滴泪。

她将鳞片与蛇尾塞进袖中，蹬腿向上游去。

女子姓凤，名琼飞，爱穿红衣，用一把锋如银雪的利剑。

三日前，她揭下城墙上的悬赏告示。如今，她剥了蛇妖的护心鳞，又砍下一段蛇尾，再用鲜花汁液、青果皮、面粉、金粉揉出一颗青蛇"内丹"，万事俱备，只需快马加鞭，进京面见皇帝。

为了这一天，凤琼飞已经磨了十年的剑。

当朝皇帝昏庸无能，又沉迷美色，数年来，糟践的凡间女子数不胜数，凤琼飞的长姐便在其中。

凤家长姐本有一段天造地设的好姻缘，却在皇宫夜宴中被皇帝看中，纳入宫中。

长姐旧情难忘，又难忍这九五之尊的乖戾性子，最后竟被赐白绫，不明不白地死在宫墙之中。凤家也因此被诛了九族，只有年幼的凤琼飞被奶娘藏于井下，免去一劫。

后来，凤琼飞被路过的道人所救，她拜师上山，苦心练剑，只为有朝一日进入皇城，将自己的剑刺入昏君的胸脯。

为不忘血海深仇，她总是穿一身红衣。唯有亲人之血，才能让她免于耽乐，忘却凡俗，毕竟面见一国之君并非易事。

纵使凤琼飞根骨清奇，只用十年就练成了师父教她的所有剑法，能飞身过水、踏雪无痕，可只身闯进深宫，依然是风险重重。

凤琼飞不怕死，她只怕还未杀了昏君，自己便死在禁卫军的刀剑之下。她必须想出一个万全之策。

就在这时，昏君出千金悬赏，民间若有能献上妖物内丹的，赏金千两，男子封作将军，女子封为贵妃。不过半载，就有三人进京献上妖怪内丹，得封将军，霎时富贵尊贵起来。

凤琼飞受到启发,立即拿上佩剑,开始寻找修炼百年的妖物。

如今正值荒年,粮食不够,就连妖怪也不大吃得饱肚子,时不时出来觅食。

凤琼飞四处奔波,遍寻妖怪未果,最后寻到一客栈歇脚,安睡一夜,清晨下楼,要了一碟小菜、一碗鱼粥。刚要动筷时,听见小二跟看账的掌柜说,昨天夜里,有人在湖中发现一条通体碧绿的小蛇,额头鼓起两包,有化龙之相。

"若有化龙之相,想必修行不下百年了。"

"那是自然,你是没看到,昨夜里,湖边围满了人,就为了抓着那蛇,剖开肚子拿出内胆,上京城讨个将军做。"

店小二和掌柜你一言我一语,听得凤琼飞坐不住了。她拿着佩剑走出了客栈,来到了湖边。

湖边的人已经少了许多,不似店小二话里的热闹,想必是湖水太深,遍寻不到那青蛇,许多人无功而返,只剩下三两个不甘心的,依旧在湖边垂钓撒网。

凤琼飞无暇磨这样的慢工,她脱去外衫和长靴,拿着剑纵身一跃跳入了湖中。

在湖里,她找到了那条据说有化龙之相的小蛇妖。

小蛇的头圆润可爱,两侧鼓起两包,如同未生出的龙角。小蛇通体碧绿,正盘卧在洞穴之中瑟瑟发抖,睁着一双浅绿色的眼睛,紧紧地盯着她。

刹那间,凤琼飞心里闪过一丝不忍。

凡人自私成性,她不能免俗,如今需有妖物尸身作饵,引得皇帝上钩,纵使小蛇可爱,也不能因心软误了大事。

凤琼飞心一横,牙一咬,捉住了蛇身。她拔掉了它的护心鳞,断了它的尾巴。蛇尾冰凉,拿在手里真如一块玉雕一般,只是时不时还会摆动，伤口处冒着点点血珠。

但她没杀它。要想骗过昏君，自然要有证据，只是她也不希望这小蛇会因自己而死。

3

昏君自私，将强抢来的女子塞满了宫中，却每每在纳新之时，赐予新宠凤冠霞帔、一对红烛，好像真的要与她做一对恩爱夫妻似的。

献丹有功的凤琼飞自然拥有此般待遇。她身着刺绣着金线祥云的赤红嫁衣，头戴冠冕，面搽胭脂，杳粉盖住了她数月来奔波入京的憔悴，那张倾国倾城的面容在红烛的映照下，愈加惊艳动人。

就是今夜了。

皇帝只顾着长生与纳妃之喜，甚至没有注意到她姓凤。草菅人命的昏君，早已忘记自己鲜血淋漓的罪孽。

凤琼飞垂下头，握紧了手中的匕首。

"娘子，"一旁的侍女托着盛满龙眼的瓷盘，走到了凤琼飞身边，"您吃一个吧。"

这侍女说话有些口齿不清，不叫凤琼飞娘娘，却叫她娘子，平白添了一分质朴。她生有一双杏眼，面容清秀，看起来有些稚气，耳边垂着碧绿玉珠，倒让凤琼飞想到了那条小蛇。

凤琼飞的心软了些。说到底，那小蛇也是遭受了一场无妄之灾。

侍女白嫩的手捧着瓷盘，殷勤地朝凤琼飞手边送。

凤琼飞看她可爱，便没有拂她的面子，伸手拿了一颗龙眼，剥开薄薄的硬壳，露出饱满的果肉，入嘴清甜，只是果核太大了。

凤琼飞吃了一半果肉，将龙眼核吐进了空心的壳中。

"原来是这样吃的呀。"侍女瞪大眼睛，微微张着嘴巴。

凤琼飞闻言一笑。原来这小女子并不是怕她饿，而是不认识龙眼，

想看她怎么吃。

"是呀，就是这么吃的。"凤琼飞眉眼弯弯。

"那，"侍女抿了抿唇，"是什么味道的？"

"咸的，有些辣。"凤琼飞故意逗她，然后抓了一把龙眼，塞进侍女的袖子里。

侍女见自己的心思好像被凤琼飞看破，有些不好意思，她双颊一红，端着果盘退下了。

从黄昏等到夜深，除了侍女，凤琼飞没等来任何人。

据前来安置她进冷宫的老太监说，皇帝戳破窗户纸，见到床榻上坐着一个丑女，便头也不回地走了。

丑女？凤琼飞面无表情，拎着包袱走入了冷宫。

她坐在铜镜前，看见镜中映出了一张丑陋的脸。额头一大半被青色的胎记覆盖，眼皮浮肿，鼻头糟烂，牙齿外突，俨然一副吓死人不偿命的丑样。

凤琼飞虽从不在意自己的美貌，可她也是有自知之明的。

她盯着镜中的自己，再一次从黄昏坐到了晚上。

等到冷宫中一片寂静黑暗，凤琼飞点燃了火折子。在乍现的火光之中，铜镜中映出了一位眉目如画、雍容贵气的冷面女人。

这才是凤琼飞真正的样貌。

她用冷水洗去了脂粉，连唇上的胭脂都擦得干干净净。

镜中的她，冷静而自持，眉毛不再细长，而是杂乱粗短，隐隐能看出剑眉的影子。入宫前，她专门削去了英气的眉毛，只为了洞房花烛夜刺杀昏君时，能让对方少些戒心。

有人用了障眼法，凤琼飞一下子就判定。

或许，不是人，而是妖。

与此同时，刚化作人形不久的玉小翡正端着果盘窝在宫宇一角。

自从被拔了鳞片砍了尾巴，她就偷偷跑去竹林向姑姑讨教幻化人形之法，并苦练数月。

她好歹有近三百年修行，从前只是不愿意学而已，如今愿意学了，一点即通，终于在红衣女人入宫前一天化作了个戴翡翠耳坠的小姑娘。然后她苦苦哀求小青姑姑，要姑姑施法术送她去京城。

小青姑姑本不同意，因为玉小翡根本没学到什么真本事，何谈复仇，怕不是给人家送蛇羹。

可她掐指一算，算到玉小翡命中本就有此一劫，且此行既无少年书生，也无冷脸和尚，只有个穿红衣拿银剑的好看女子，便无奈答应，施法将她送到了京城。

玉小翡略施小计便瞒过了上上下下数十人，最后幻化作凤琼飞的侍女，托着果盘，跟着凤琼飞进了洞房。

凤琼飞与红色极其相称，无论是怎样的红，她都能驾驭。玉小翡站在她身边，偷偷用余光窥视这施了脂粉的女人。

美人，依旧是美人。可不管玉小翡怎么看，都觉得面前的女人不如当初在水中那样好看。

在水中，女人睁着那双凤眼，面无表情地盯着她时，十分美丽。

那种好看，是粗服乱头不掩国色的好看。如今往脸上扑了些脂粉，就只能迷一迷蠢笨的男人了。

玉小翡心中愤懑，只好将目光转移到果盘之上，她动了动鼻子，闻见一丝若有若无的清甜香气。

眼前的小果子呈浅木色，她偷偷捏过了，饱满微软，想必是好吃的，像莲子，又不像。

该怎么吃呢？若她是蛇，大可以塞进嘴里嚼着尝尝。可如今她已经变成人了,不能露出破绽。

于是,她轻声去唤一旁穿嫁衣的女人。有样学样,她总是会的。

这样的人,她从前看热闹时见过,好像是叫什么,什么娘子。

"娘子,"玉小翡脆生生地说道,"您吃一个吧。"

女人打量了她一会儿,真就伸手拿了一颗果子。她剥果子的样子也极好看,手指一捏,灵巧地破开壳子,汁水溢出,清甜的香气更加浓郁。

玉小翡看得入神,犯了馋,嘴里直冒口水,恨不得下一秒就把这些小果子偷偷吃光。

可她是带着复仇之心来的,怎么能为小果子坏了大事。趁女人吃果子时,她悄悄做着手势,施了障眼法术。若吃完整颗果子,女人就会变得丑陋无比;若只吃半颗,就会白天貌若无盐,夜里恢复如初。

女人只吃了半颗。

你倒真忍得住!玉小翡一边腹诽道,一边舔着嘴唇。

4

玉小翡跟着凤琼飞进了冷宫。

宫里有许多女人,冷宫中却只有凤琼飞一个。

她不笑不言,也没有愁眉不展,似乎完全不为自己变丑的事忧心。整日就是拿着本书坐在院中看,接连看了许多天,忽然挽起袖子给空地松土,说要好好栽培宫中的花花草草。

她忙,玉小翡也没法闲着,弯下腰锄土,累得腰酸背痛。虽然按道理讲,蛇是没有腰的,可玉小翡偏偏就觉得自己像是要被掰对折了一般。

土里翻出一条暗红色的蚯蚓时,她吓得往后摔了个屁股墩。

没有鳞片的蛇,实在是吓人得紧。

明明她是来报复凤琼飞的，可对方却气定神闲，竟然还有闲心修剪芍药的枝条。

凤琼飞什么都做得好，反而显得她这个侍女毛手毛脚，真是讨厌。

玉小翡心里不忿。

她躲在檐下，手指一摆，天上就飘来一朵乌云，正巧罩着整个皇宫，手指再一摆，乌云中闪电乍现，不过一会儿就哗啦啦下起倾盆大雨来。

遇到凤琼飞后，那些她几百年都没学会的法术，稍微一练就都学会了。

雨下了整整三天三夜，凤琼飞的花草全都被雨浇得奄奄一息，不只是花草，听说皇宫里大大小小的湖都满得溢出了，鱼儿直往路上游。

即使伤处因雨大的潮湿而隐隐作痛，玉小翡仍然心中得意。

这下，那女人该伤心失望了吧。

谁知，凤琼飞只是倚在窗边呆看了一下午雨，一入夜，像忽然想起什么似的，在宫里支起炉子，架着锅，咕嘟咕嘟煮起药茶来。

药味清苦，玉小翡一闻就要皱眉头。

凤琼飞见她愁眉苦脸，微微一笑，从怀里拿出一颗梨子，用刀削皮，切下来薄薄一片。

玉小翡闻见清甜味道，顿时眼睛亮了，鼻头耸动，怔怔地朝炉子走去。

"这，这是什么呀？"她从前住在湖里，只吃鲤鱼就觉得满足，如今刚化作人，闻见什么香的都觉得新奇。

"这是梨，"凤琼飞捏住几乎透明的梨片，给她看个清楚。

"梨？"

"嗯，梨。"

"甜的？"

"嗯，"凤琼飞轻轻一晃，放在嘴边咬了一口，"甜的。"

玉小翡的口水跟外面的雨水似的，怎么也收不住，她眼巴巴地看着凤琼飞吃梨。

忍耐了片刻，玉小翡终于不好意思地开口了："娘子，奴婢，奴婢能不能也吃？"

这自称是玉小翡跟别的侍女学的，她们一个月要见两次，据她们说，不懂规矩，手心就要挨打。

玉小翡想起小青姑姑用竹子抽她手心的疼，忽然忘记了自己并不是真正的侍女，而是妖。她将奴婢记在了心里，还为自己更像凡人而沾沾自喜。

"自然能，"凤琼飞爽快答应，她放下梨，为玉小翡盛了一小碗药茶，"不过，你要替我试药。"

玉小翡看着那药，犹豫了。凤琼飞见她一脸警惕，心中了然，端碗便饮，喝下去一小半，才又盛了一碗递给玉小翡："放心，没有毒。"

玉小翡头脑简单，丝毫没想过，若是凤琼飞已经喝了，为何还要找她试药？

她只觉得既然凤琼飞都喝了，那自然不会有毒，就好像那盘龙眼，她吃了整整一盘，除了嘴唇上火发痛，一点事都没有。

玉小翡接过瓷碗，看着澄亮的茶色液体，细细吹气，俯首去饮。

刚入嘴，她就蒙了。苦，好苦，苦得她直皱眉，还没喝完，瓷碗就从手间滑落，掉在地上摔得粉碎。

她退后几步，眼眶微红，恨恨瞪着凤琼飞。

这女人，真可怕，喝这样苦的东西都面不改色。

凤琼飞看着地上的碎片，悠悠地说道："罢了，也算喝了两口。"

"你骗我！"玉小翡瞪大杏眼，气呼呼地喊道。

"我骗你什么了？"凤琼飞又削下来一片梨肉，朝她晃晃，"我只是说它无毒，又没说它不苦，还吃吗？"

玉小翡腮上挂着一滴泪，在原地呆立了一会儿，最终还是愤愤地走了过去，接过梨片，小口小口地吃着。

梨肉清甜，入口回甘，玉小翡吃完一片又要一片，最后，凤琼飞把整颗梨都给了她，收回手时，顺便用拇指抹掉了玉小翡脸颊上的泪痕。

当晚，玉小翡的旧伤似乎没那么疼了。

她驱走了自己唤来的云，可正逢雨季，窗外依旧阴雨绵绵。

可这一次，她睡得极好。

5

整日待在陆地上，玉小翡无精打采。

她想下水游一游，可御花园太远，她不认路。冷宫里倒是有一湖死水，只是遍布苔藓，水绿得瘆人。

凤琼飞说："栽一些荷花进去，水才能活。"

玉小翡说："那便栽呀，你瞧这湖里的鱼，多可怜，一定都不好吃了。"

凤琼飞回头看她，笑了笑："哪那么容易，栽种的花需得养花人心细才能长久，你我又不是在这宫里一生一世。"

玉小翡闻言不语，她心里觉得，凤琼飞心有不甘，所以连莲花都不愿意栽。

也是，此人本就贪慕虚荣，想嫁给皇帝，不惜拔了她的鳞片，怎么肯在冷宫里蹉跎一生。前些天她还日日研究药材，一定是想找到恢复容貌的法子。

想着想着，玉小翡就把凤琼飞这几天对她的好通通忘了。

凤琼飞不过是给她几个果子，她们之间可是有着血海深仇。若要

她原谅凤琼飞,还得成千上万的果子才行。

冷宫确实不大好,不仅冷,还破,被褥都是潮的,处处都是蜘蛛网,送饭的人常常怠慢她们,还不许凤琼飞烧炉子。她要是凤琼飞,也不愿意待在这儿。

可她偏要凤琼飞继续受折磨,然后交出更多的果子。

玉小翡站在湖边,思念她的故乡,心情忧愤。

第二天,她想向别的宫的侍女姐姐讨些莲花种子,路过那片死湖,忽然发现湖面上开了几朵粉嫩荷花,湖水清澈,一眼见底,几尾鱼儿在水中畅快游弋。

凤琼飞蹲在湖畔,正伸手去喂湖里的鱼儿。

刹那间,玉小翡几乎以为凤琼飞也是什么妖怪了。

她没问凤琼飞是怎么做到的,她太馋入水的感觉了,急哄哄脱了外衫,直愣愣地往水里扎。她的衣领敞开了些,露出胸口一块暗红的疤。

凤琼飞站在岸边,远远望着她,望着她乌黑的发丝与耳垂晃动的翡翠耳坠,望着她胸前的疤痕和与荷花依偎的面庞,望着她渐渐得意忘形,化作一条如玉雕一般的青蛇,在水中翻滚嬉戏,只是尾巴尖被人砍断,动起来格外笨拙。

果然是她。

凤琼飞眼中一动,心中一动。她将自己贴身的玉佩交给老太监,请他来打理这混浊的湖。有钱能使鬼推磨,很快就办好了。

为了一条小蛇的真身,舍去一块价值连城的玉佩。

凤琼飞叹了口气。这口气并非因她不舍。

早知道这小蛇是个小姑娘,就不砍她的尾巴尖了。

直到夜深,湖水变凉,玉小翡才恋恋不舍地爬上了岸。

凤琼飞正在练剑,她身着红衣,剑锋同眼神一样凌厉,回头正好撞上玉小翡的眼神,将这浑身湿淋淋的小侍女吓了一跳。

玉小翡仿佛又见到了拔自己鳞片的凤琼飞,她心中一怵,退后半步,警惕地打量。

她同凤琼飞相处数日,见惯她自力更生的辛苦与狼狈,虽然恨她,却许久不觉得怕她了。可此时此刻,看到雪亮的剑尖,玉小翡心口一阵剧痛。一个会把梨子削成薄片的女人,一个会用剑的侠女,为什么非要嫁给皇帝做妃子呢?

小青姑姑多年前也有一个姐姐,非要嫁给穷困的书生,后来书生薄幸,姐姐仍旧不离不弃,还为他犯下了天条。小青姑姑怒其不争,又心中伤感,干脆直接离开了姐姐,来到了竹林安家。

玉小翡想,她不能学小青姑姑,她决不能让凤琼飞嫁给皇帝。

凤琼飞眼见她站在原地望着自己出神,心觉好笑,伸手想在她眼前晃过,却一下子被玉小翡捉住了手。

凤琼飞的手热,玉小翡的手冷,两相交握,二人都吓了一跳。

凤琼飞不知道蛇会这样冷,玉小翡也不知道人原来这般热。

玉小翡下意识想缩回手,凤琼飞发觉,反手握住,带着玉小翡走进寝宫。玉小翡被她手心的热吓坏了,动也不敢动。

冷宫清寂,似乎天地间就只剩下她们两个人。

凤琼飞为玉小翡斟了一盏酒,抵到她唇边:"喝了它,暖暖身子。"

玉小翡望着她,呆呆地饮着。

凤琼飞仰头,将酒壶中剩下的一饮而尽。

二人如此分饮了一壶冷酒,喝到玉小翡眼神迷蒙,凤琼飞昏昏欲睡,二人窝在寝宫潮冷的床榻上取暖。

要入秋了,池中的莲花根本活不了多久,玉小翡也总是犯困。她蜷缩起来,枕着凤琼飞膝头。

她闭上眼睛，喃喃道："凤琼飞，这辈子，我一定要你尝尝生不如死的滋味。"

"这辈子？你这一辈子都要跟着我？"凤琼飞微微一笑，困倦地倚在枕上。

玉小翡打了个哈欠，摆出一副小皇帝的派头："明日再议。"

6

这样好的日子并没有过太久。

荷花败尽那天，昏君的长生不老汤也初显成效，太监得了凤琼飞的好处，专门来报。陛下如今神采奕奕，一口气纳了三个妃子，还看中了一位定了婚约的女子，不日就要接进宫来。

宫墙之下，有人欢喜有人忧。玉小翡格外欢喜，她只觉得皇帝有越多新欢越好，最好永远忘记这冷宫中还有一个姓凤的女子。

而忧愁的自然是凤琼飞。何止忧愁，她已对皇帝憎恶入骨。

她拖出了自己的剑，冷着脸磨了一天。从晨曦升起到黄昏落尽，凤琼飞在黑石上磨着剑尖，磨得剑锋薄而锋利，吹发即断。

入秋，渐渐天寒地冻，玉小翡的鳞似乎也薄了些。她缩在床榻之上，听见凤琼飞的剑在磨刀石上发出刺啦刺啦的声响，心头发紧。

她始终不懂，凤琼飞为何一定要嫁给那个坏皇帝。

忽然，磨剑声消失了。玉小翡坐了起来。

剑尖滑过石阶，发出尖锐绵长的声音。

凤琼飞回来了。她面色阴沉，眼神狠厉，凝视着玉小翡的面庞。

"收回你的法术。"凤琼飞沉沉开口。

玉小翡愣住，她呆呆地望着面前的女人："你，你知道？"

凤琼飞并未回答，她一下子钳住玉小翡单薄的肩膀，不容拒绝地命令道："收回你的法术！"

她用了些力道，捏得玉小翡身上一阵生疼。

一切仿佛回到那天在湖底的时候，初见这红衣的女人，玉小翡就遭到了一场无妄之灾。

她并未做过什么伤天害理的事，凤琼飞却夺走她最珍爱的鳞片，还砍掉她的尾巴。她不过是让凤琼飞变丑了些，又弄死了凤琼飞的花草。她不过是不想凤琼飞嫁给那皇帝，不想凤琼飞一直想着他。

他们明明在冷宫一起过了这么多好日子，比湖里还要好的日子，好到……好到她都没那么恨凤琼飞了。

为什么，为什么凤琼飞一定要走？

玉小翡双眼通红，她倔强地抬起头对上凤琼飞的双眼，大声喊道："你想要他喜欢你是不是，休想！"

玉小翡溜走了，还偷走了凤琼飞的嫁衣。她抱着那件大红色的衣袍，还能闻见淡淡梨香。

玉小翡想，凤琼飞明明姓凤，嫁衣上却不能绣金羽的凤凰，只能绣些山茶花，可见皇帝对她并不真心。既不真心，为何要嫁呢？

听小青姑姑说，她的姐姐只因为天上下雨，有个笨书生借给她伞，她就心甘情愿抛去千年修行，同凡人一起入俗世去。真没道理。

她决不能让凤琼飞嫁给一个很坏的人，即使她真的恨极了凤琼飞。

玉小翡抱着红衣跨过重重宫门，她要把这件葬送凤琼飞一生的衣裳偷走，拿去藏起来，或者烧掉。

她在潮冷的宫道上跌跌撞撞，躲闪着值夜打更的宫人。情急之下，玉小翡变得很笨，她忘了自己是一只妖，忘了自己所有的道行与法术。

更深露重，宫道铺路的石子湿滑，玉小翡一个趔趄，跌倒在地。

她撑起身子，眼前出现一双暗红色的布靴。又是红色，又是红色，凤琼飞的一切都是红色的，好像她决心要嫁给什么人似的。

玉小翡恨透了这颜色，她甚至庆幸，自己那片血红的鳞被人拔去了，不然她回到湖中，望着它，想起一个人，只会夜夜伤心。

凤琼飞朝玉小翡伸出手，想扶人起来。她练功不论寒暑，轻功已入化境，却仍不敢在深宫游荡。大内高手众多，别说凡人，就算是妖，他们也敢杀。而玉小翡，又实在是一条没本事的小蛇。

发觉小蛇不见时，她不顾一切地冲了出来。

玉小翡一巴掌推开了她，自己从地上爬起来。

凤琼飞无奈道："莫要再胡闹。"

玉小翡低着头，抱着嫁衣。二人站在阴凉的宫墙之下，久久无言。

半晌，玉小翡开口道："在你心里，我就只会胡闹。"

宫中栽种了许多合欢树，深秋花瓣落尽，只有枯叶寒枝在秋风中呜咽作响。凤琼飞怔住了。

玉小翡的声音有些哽咽，她仍低着头，任泪珠砸进嫁衣："你偷了我的鳞片，你砍了我的尾巴，我本该恨你的，可我却没法恨你，因为你对我好。"

凤琼飞眼中闪过一丝不忍与愧对，她伸出手去，想去抚摸玉小翡的脸。

玉小翡偏头躲开，她颊上带一滴泪，神色却依然变冷，像是厌倦了一般，低低说道："可如今我知道了，你对我好都是假的，都是假的。"

话音刚落，凭空便刮起一阵狂风，让凤琼飞睁不开眼睛。

等风过去，玉小翡已经不见了。

地上有一件大红嫁衣，像凤琼飞噩梦中洗不掉的血渍。

7

玉小翡回到了竹林。

她对小青姑姑说:"姑姑,我已看透了人心冷暖,恐怕不用多久就能飞升成仙了。"

小青姑姑捻一颗棋子丢在棋盘上,百无聊赖地打了个哈欠:"你啊,还早呢。"

"我已经悟透了呀。"玉小翡瞪大眼睛。

小青问:"你悟到了什么?"

玉小翡道:"凡人都是骗子!"

小青笑着摇了摇头:"骗子?那你跟我说说,那凤琼飞骗你什么了?"

玉小翡登时就要发作,恨不得举出千条万条凤琼飞的罪状,可话到嘴边,竟全都咽了下去。

凤琼飞对她好,也对她坏,可是,凤琼飞从未骗她。

小青见她不言,步步紧逼:"一来,那凤琼飞从未答应过你不嫁给皇帝,就算跟你在冷宫里过得高兴,她也没有答应过你,那也不是骗你。"

玉小翡被戳中心事,怏怏躺倒。

"二来,凤琼飞若伤了你,你只要以牙还牙便是,何必用些上不了台面的东西对付她。"

玉小翡不忿回嘴:"那,她虽伤了我,我也没有一命呜呼啊,她是一介凡人,既无鳞片,也无尾巴……我怎好跟她一般见识!"

"这三来,"小青没有要停下的意思,"你既不愿意跟她一般见识,那她要嫁给谁,与你何干?"

玉小翡傻了,愣了,她无话可说,只觉得心中一阵酸楚。她说不出个为什么。

她只是不想,实在不想。打看见凤琼飞侍弄花草的那一刻起,玉小翡就不愿意她嫁给昏君了。

凤琼飞是那样好的一个人，耍剑漂亮，又种得好荷花。

"所以啊，"小青看她呆愣，俏皮一笑，"你要学的，还多着呢。"

玉小翡独自回到了湖里，她要冬眠了。她本以为这个冬天会睡在冷宫的床榻上，不想还是孤零零地回到了湖底。

湖底好冷，她变回青蛇蜷缩起来，盘卧在洞穴之中。

等到湖中的水渐渐变暖，玉小翡醒了，冬天已然过去。

玉小翡心境平和，如初生的婴孩。她只身向湖面游去，破水而出的一瞬间，她看见岸边巨石之上，插着一把银色的剑——凤琼飞的剑。

她来了？她何时来的，如今又去了哪儿？

她是否在深冬跳入水中，以凡人之躯抵御冰湖刺骨之寒，只为了看她一眼？

没人能给玉小翡答案。

她化作少女，站在湖边向凡人打听，这剑是谁的，为何插在这里。

凡人挥挥袖子，不愿作答。

玉小翡不肯罢休，她站在闹市之中，问过成百上千的凡人，只想知道那剑的主人去了何方。可她打听到的却只有昏君被刺杀的消息。

昏君大婚当日，被红衣刺客一剑毙命。

皇亲国戚不愿天子失了威严，他们不愿告诉百姓真相。

皇帝是在此生不知第几个新婚夜被倾国倾城的新嫁娘一剑刺死的。那女人武功盖世，皇帝刚推开门，就被剑尖插入了心口，快而狠厉。

当凤琼飞成了刺客，她身上的嫁衣，也就成了红衣。

红衣刺客，红衣刺客。玉小翡默默念着这四个字，回到了湖边。

她好像懂了，又好像没懂。她又想到原来那天剥龙眼给她看的凤琼飞。有些人穿上嫁衣，也不是一生一世为了做谁的新娘子。

玉小翡来到了湖边巨石前。经历数月寒风吹打，那把银剑仍然锋利如初，只是石上有几滴血渍，像渗进去了似的，怎么擦都擦不去。

玉小翡越看越心慌，她伸手去拔那长剑，不愿意凤琼飞的爱物同几点血滴挨在一起。剑拔出的一瞬间，大石尽碎，向两边崩裂而去，露出石底一封书信来。

玉小翡拾起信笺，触摸到信中零碎的几颗凸起物什。她撑圆信封口，倒在手心。几粒种子滚了出来。玉小翡嗅得出，它们会长成树，开出花，结出果。

于是，玉小翡种下了这些种子。

又过了几十年，凤琼飞一直没回来取她的剑。可玉小翡亲手栽下的梨树已然参天。

她拿出那封一直没看的书信，来到了湖边。梨花开了，聚在枝头，如同团团白雪。玉小翡坐在梨树下，终于打开了凤琼飞的信。

里面有两张纸，第一张上面的字迹龙飞凤舞，写了些药材名，信中说，这些药材有镇痛休养之效，若是怕苦，可佐梨片饮之。

第二张则血迹斑斑，另有歪歪斜斜四个大字——小蛇勿怪。

玉小翡终于明白，小青姑姑的劫是遇见她的姐姐，小青姐姐的劫是遇见一个读万卷书的穷书生。而玉小翡的劫，则是遇见一个能用长剑削出薄薄一片梨肉，写字却连二岁女童、三百岁小蛇都不如的女侠。

玉小翡抬起头，望见梨花如雪飘落。

等花落了，就会结满树的果子。

凤琼飞送了她满树的果子，可玉小翡知道，她再也吃不到她最想吃的那一颗了。

青鸟从半空中骤然跌落，跌入河中。

她临死前还在想：太真是否会因为自己的死亡，有那么一瞬的难过呢？

万户人间

文 / 檐中

冷漠神女西王母
太真 ————·

偏执神侍小青鸟
————· **鸢**

万户人间

文 / 檐中

1

青鸟已经很久没有想起孤独的滋味了。

她躺在昆仑之巅，身侧诸多昆虫奏鸣，头顶有飞鸟迁徙的振翅声，耳侧是风吹响碎玉的叮当响，即便如此，她依然觉得安静。

也许缺少说话声才显得不够热闹，她传音招来开明兽，让它在她身边来回踱步，一会儿用脚驱散周边昆虫，一会儿又跃起来捕捉飞鸟。

开明兽有九个头，说起话来叽里呱啦，吵得人脑瓜生疼。但青鸟还是感到寂寞，她眨眨眼，问道："陆吾，你会寂寞吗？"

开明兽的九个头争先恐后地回答："什么是寂寞？"

青鸟也说不上来，她思索半天，比画着："就是，忽然在某个时刻，感觉身边空荡荡的，好像少了点什么。"

开明兽的九个头七嘴八舌地吵起来，在它们的争吵中，青鸟听见最小的那个头说："是因为太真不在，所以你才觉得寂寞吗？"

青鸟呆愣住，她慢慢反问着："太真？"好陌生又好熟悉的名字。

她的心口突然疼痛起来，那是一种很钝的痛感，正因为钝，疼起来时才令人喘不过气，青鸟捂着心口，蜷缩成一团。

开明兽最小的那个头见她神色痛苦，声音越发小了："虽然太真说不该让你知道，但我想，你还是去一趟蓬山吧，蓬山有个瑶池，太真就在那儿。"

蓬山是颠倒的，它就在昆仑之巅上方，与昆仑仅隔着几层云、一重结界。青鸟站在昆仑之巅展开双臂，她化臂为翅，拍翅而起，当她的双脚离开地面时，她彻底化成一只青鸟，冲破层云。

瑶池倒悬着，池内只有一颗五彩石，那是女娲补天留下的石头。

青鸟绕着蓬山飞了好几遍，没看见开明兽所说的太真，也没看见其余人或是守山兽，她不得不败兴而归。正准备朝着昆仑飞去，心神却不知道为何催她回返瑶池，去触碰那颗五彩石。

她伸出羽翼触摸它，瞬间有一团光点破石而出，撞进青鸟额间，而池水也起了波澜，它化为流光，从青鸟的尾羽上倾泻而下，落在昆仑之巅，形成一池金波。

青鸟在流光中想起了所有事。

2

三千七百年前，昆仑山还不是如今的模样。

那时终日下着雪，山上既没有人敢上来，也没有鸟兽敢歇脚，它同它的主人太真一般，是凡人只敢遥遥而望的神圣存在。

青鸟诞生于此，她是天地孕育在昆仑的神鸟，破壳时第一眼见到行走在昆仑的太真，此后便如千万众人一样，仰望着太真。

她在昆仑雪中独自挨过数百年，在化为人形的那日，她终于敢前往昆仑神宫，跪伏在太真面前，虔诚发问："您需要神侍吗？"

没有回应。太真撑头睡在白玉榻上，甚至没有睁眼看她。

青鸟鼓起勇气，继续说："我的生命很漫长，可以陪您很久很久。"

她跪到双腿发麻，太真也没有回应她，她终于忍不住，斗胆抬起头，蓦然发现太真睁着眼，一直凝视着她。

太真拥有雪色的眼睫和一对水蓝色的瞳，似昆仑山上的冰，虽然好看，却太冰冷。隔着这种距离，青鸟才发觉太真眉间还有一缕美丽、炽热的金光流转，令她只看一眼就失神。

"我不需要神侍。"太真说。

"我知道山上的人族每隔五十年都会送两位孩童上山给您做神侍，人类的生命短暂，神侍的频繁变更一定令您不习惯。"害怕自己不被留下，青鸟的语气急切起来，她忍不住把自己的话复述一遍，"我的生命比他们都要漫长，可以……"

"我不需要陪伴，也不会习惯任何人。"太真打断她的话，她闭上眼，似乎又要睡去。

"我不是人，我只是一只想做您身边随侍的青鸟。"意识到自己的语气不够尊重，青鸟放低自己的头颅，她的额头抵着神宫冰冷的地，冷得浑身发颤。

太真没有说话，自然也没有同意。但也没有拒绝，青鸟想。

第二日青鸟再次来到昆仑神宫，太真依然没有回应，第三日、第四日……直至第二十七日，太真终于再次回应她。

太真问："为什么要留下来？"

"因为我景仰您。"

"你为什么景仰我？"

她答不上来了，她的敬仰从"雏鸟见到的第一个人"与"仰慕无所不能的神君"之中滋生，虚无缥缈，落不到实处。

但青鸟不甘心就这么被太真遣回，她仰起头，恳求着说："神君，求您留下我,让我想明白。"

这一次太真没有拒绝,她只是说:"随你。"

3

山下人族送来的侍童没撑过三十年,他们死在青鸟来之前,因此神宫只有青鸟和太真。太真几乎不离开神殿,于是青鸟很快探索完整个神宫,并为自己找好了住处。

她开始计划改变神宫——说是神宫,其实更像雪宫,殿内雪白一片,毫无其他色彩。

最起码,先把神宫的小院子清理出来,铲掉雪,种些草木。

太真大部分时间都在沉睡,神宫静谧着,只剩青鸟穿行在其中,日子无趣而枯燥,青鸟却很喜欢。她醉心于在神宫的每一个角落铺上鲜活的色彩,地上花草,院中花树,树上飞鸟,池中游鱼,哪一样都透露着生机。

昆仑神宫有了生机后,太真都变得活跃了起来。她睡觉的地点随着青鸟拓展的区域而改变。树上,回廊的栏杆上,甚至到了夏天,她还会化成鱼,钻进池塘中睡觉。每逢这个时候,青鸟总是能精准地找出太真幻化的鱼,然后用双手把她从池塘中捧出来,为她递上今日做的小食。

太真面无表情的脸根本没有什么变化,然而青鸟还是能感受出她的喜好,比如喜欢的食物她会放慢吃东西的速度,不喜欢的她就会一口吞下。不仅如此,太真还很喜欢池塘,时常在池塘旁垂钓,一坐就是一整天。

尽管太真几乎不和她说话,也不关心昆仑到底变成了什么样,青鸟却始终认为她们关系拉近了不少。

她由衷地希望神宫中只剩下她们二人,然后一起度过千年万年。

然而她的希望很快被打破。

昆仑山现出绿色那年，山下人族再次送来了两位侍童，其中一位不愿来神宫，在逃下山时被神兽吞食，剩下的那位侍童恪守着承诺，来到了神宫。

太真没有见她，她跪在神殿外，不安的神色让青鸟想起曾经的自己。

青鸟上前扶起她："神君不在殿内，起来吧，地上凉。"

侍童瞥了眼神殿，不敢起身。

"神宫不需要你们人族送神侍上来了，回去吧。"

大抵是青鸟留在她手臂上的温热与神宫格格不入，侍童感受到温热，突然大胆地握住青鸟手腕："我身上肩负着全族的承诺，我不能回去。"

侍童年纪尚小，眼神却坚定。

青鸟迟疑了，她想，破坏人族许下的承诺确实不太好，况且之前那么多年，神宫一直存在着人族侍童，神君也不在乎神宫多一个人。

她同意让侍童留下来，并嘱咐她："神君没有那么可怕，她不会拘束你，更不会生气，你只要在神宫自由生活五十年，就可以回家了。"

侍童紧紧跟在青鸟身后，一刻也不敢离开："我叫重夏，是山下……"

"我知道，方才你向神君说的话我都听见了，放轻松些，不要紧张。"青鸟安慰她。

太真却忽然醒了，她的声音从院中传来："想回去就回去。"

重夏不知神院在哪儿，便跪下向神殿叩首，焦灼地解释着："神君我错了，请神君不要赶我走，我不想回去……"

"你呢？"太真没有回她，她现身在青鸟面前，"你想让她留下？"

青鸟看着重夏哀求的神色，尽管留下来的原因不同，但重夏的倔强与当初的自己如出一辙，她没法做到坐视不理。

"只是五十年而已。"青鸟小声说。

"随你们。"太真拂袖进了神殿。

纵使太真没有表现出来,青鸟依然察觉到她的不寻常。

安顿完重夏,青鸟匆匆走回神殿,发现太真已经沉睡,任凭她怎么呼唤,都不曾醒来。

青鸟无奈离去。然而当青鸟离开神殿,太真睁开眼,她微微抬起手指,一缕金光从她指尖射出,悄然落在青鸟额间,然后隐去。

3.

神宫的日子和之前其实没有什么差别,唯一不同的是青鸟多了一个小尾巴,她走到哪儿,重夏就跟到哪儿。

起先青鸟觉得不太自在,后来理解重夏一个人在这神宫害怕,便习惯了带上她。

可重夏渐渐长大,她开始不再跟随青鸟,也不再称呼青鸟姐姐,而是喊起了青鸟的本名——鹭。她越来越沉默,喜欢蜗居在那间被青鸟整理出来的书房,没日没夜地看书。

青鸟也曾问过她在看些什么,她还算坦白:"我在看有什么可以延长寿命的方法。"

"延长寿命?"青鸟不解,"生死自有定论,何必去强求呢?"

重夏卷起竹简,认真地说:"你和神君的寿命都那么长,而我只是一个凡人,很快会老去、死去,我不想死得那么早。"

青鸟还是不理解,她的寿命虽然比不过太真,却也足够漫长,生命一旦没有尽头,所有的日子就容易失去意义。她不禁问道:"就算延长了寿命,又能做什么呢?"

"鹭,以后有机会的话,去人间看一看吧,去看看那些对你们没有意义的漫长寿命,放在人间究竟可以做些什么。"重夏起身将她推

出去,"去忙吧,我再看一会儿就来陪你。"

青鸟被她推出去时,心里还思索着她话中的意思。她隐隐有了去人间看一看的念头,但这个念头不是为了太真,也不是为了昆仑,它不够强烈,甚至来不及在青鸟心中驻扎,就搁浅在青鸟内心深处。

重夏到昆仑神宫的第二十七年,她惊愕地发现自己眼角有了皱纹,反观青鸟,她依然是自己初见时的模样,永远的二十岁,永远鲜活。

来不及了,来不及了!她第一次在神宫失控,摔碎了那只青鸟惯用的碗。

太真没在意她的举动,青鸟也没在意,青鸟还安慰她:"只是一只碗而已。"

她更加愤怒了,她心想:碎掉的不是碗,是我的梦。

当夜青鸟推开她的房门,试图和她谈心:"你很想继续活下去吗?"

重夏还沉浸在对自己衰老的恐惧中,她看到死亡离自己如此之近,害怕让她控制不住自己的情绪,她冲着青鸟发脾气:"你从来不正视我的死亡,就算我死了,你也不会有丝毫同情或感慨,是吗?果然神的天性都是冷漠的,无论是你还是神君,凡人在你们眼里到底算什么?一只蚂蚁,还是一片转瞬即融的雪花?"

重夏的话戳到青鸟从来不敢去想的部分,青鸟忍不住想,倘若某一日她死去,自己是否也会像重夏一样害怕,太真是否又会如之前的自己一样冷眼旁观?

"不会的,"她抱住重夏,像是安慰她,又像安慰自己,"我把我的精血分给你,你想继续活下去,那就继续活下去。"

重夏一怔,忽而抱住她,头埋在她肩上:"对不起,我真的很害怕死亡,害怕你忘记我。"

她的眼泪好滚烫,人类竟然有这种温度,青鸟的心被人的眼泪烫到了,她分出了自己的一半精血,又哄着重夏入睡。

离开重夏的院落时，她看见了太真。

那晚月色真的很美丽，但太真在月色下仍不比月色逊色。青鸟呆呆地看着她，好半晌才回过神，迎上去："神君。"

"为什么要改变她的生死？她总会死的。"

青鸟垂下眼，难得没回太真的话。

眼看太真要走，她不知怎的，竟敢开口挽留太真："神君，昆仑的月从没有这么明亮过，您陪我看一会儿月亮好吗？"

太真拒绝了："你该睡了。"

青鸟毕竟只是年幼的神鸟，她的精血仅能让重夏延续百年的生命。

百年的时长并没有让重夏如意，相反，她明白了神兽的精血能暂缓她的衰老与死亡，因此她做出了更出格的事情。她趁太真睡觉时，偷取了太真的一缕神威，然后借着这缕神威的神力，猎杀昆仑山的神兽，剖取神兽内丹，吸食神兽神髓。

太真不出神宫，青鸟只有极少的时候会出去带些什么东西回来，而妖兽们不敢来神宫，没有人知道重夏在做什么。

第一百四十三年，重夏遇见了一只妖兽。妖兽极会蛊惑人心："把太真的眉间血吞下，你就能长生不死。"

重夏自然不信："我如何能杀了太真？"

"你拿着太真的神威这么久，从来没有接近过青鸟吗？只要你接近她，你就会发现那丝眉间血不在太真身上，而在青鸟身上。"

"够了！"重夏怒喝，"我不信你说的。"

她信了。因为青鸟分给她一半精血的那日，她醒来去看青鸟，发觉太真在青鸟房内，她的食指点在青鸟眉间，源源不断的金光传送进青鸟眉间。青鸟因抽离一半精血带来的不适被一扫而空，她的眉眼舒展着，身体自然倒在榻上。

太真根本不是冷漠，她只是偏爱青鸟！

重夏怎么能不信？

那天夜里，重夏去找了青鸟，她手握着神威，抵着青鸟的额头，手却迟迟刺不下去。她想起了湮没在年岁中的初心，分明最开始，她想要长寿是想一直陪伴青鸟，如今竟然主次颠倒，想要杀了青鸟换取长寿。

她半哭半笑地扔掉手中的神威，想要摇醒青鸟，手刚触碰到青鸟，就被青鸟身上乍起的金光穿透胸膛。

青鸟陡然惊醒："重夏？"

"救我。"重夏跪在她面前痛哭。

青鸟对重夏做的事情与身上的伤一无所知，她急忙问："我要怎么救你？"

"去求神君，去找太真。"

青鸟想起上回太真的态度，迟疑了："神君未必会……"

"她会的，她会的！"重夏直起身，双手握住青鸟的手，"你去求她的话，她一定会救我！鸢，我们一起走过了一百多年，难道你愿意看着我这样死去？"

青鸟终是动容，她前去寻找太真，说明自己的来意。

太真果然不愿救她："为什么要救她？她总要死的。"

青鸟深知人类的寿命对太真而言，实在过于短暂，可相处的一百四十三年对她来说太珍贵，她还是要为重夏争取一下。

"神君不愿意救重夏，是因为改变人的生死会有天谴吗？"

"不会，"太真说，"什么都不会发生。"

什么都不会发生，却不愿意相救。青鸟一怔，不知怎的想起了自己，想起了重夏说的话——"神的天性都是冷漠的。"

"青鸟知道了。"青鸟向太真叩首，回到了自己房间。

"为什么她不救我？为什么她不答应你？"得到答复的重夏变得

歇斯底里，她蓦然站起身，语气尖锐，"我知道了，我知道了！她生来就是冷漠的神仙，我们只是她的消遣，她根本不喜欢你，也不喜欢我，今日是我死，明日到你死，她也只会冷眼看着！"

青鸟不知如何回她，她只好缄默着，等重夏发泄完情绪。

但重夏又跪下去了，就像第一日在神殿听见太真声音那般迅疾，她语调凄凄："鸢，你再求求她吧，她那么喜欢你……"

青鸟终于说话了，她垂下眼，却只是说："你误会了，神君不喜欢我。"

"我怎么甘心啊！"重夏跌坐在地，她伏在青鸟腿上啜泣。

青鸟抚摸着她的头顶，犹似抚摸自己。

重夏死在此夜，青鸟把重夏埋在了昆仑之巅，然后把自己关在了房间，一关就是许多年。

4

青鸟不知道自己这样度过了多少年，总之太真没有找过她，她也没注意过日升月落，她只觉得自己冷了很久很久，昆仑没有任何温热可以暖和她。

离开昆仑吧，反正太真也不在乎。可她心里还有个微小的声音一直在反抗：万一她在乎呢？

去问一问，我只大胆这一次，倘若她在乎我，我就继续留下来，青鸟心想。

她终于踏出房门，却蓦然发现神宫变回了之前的冰雪宫殿，而昆仑山好不容易长出来的绿意也被风雪掩盖，一如她初来神宫时的模样。

她用神力恢复了神宫的生机。解冻一池冰时，猝然发现池塘中倒扣着一只被拼起来的碗——那只被重夏摔碎的碗，青鸟将它埋在了院中，她总是喜欢把珍藏过的东西埋起来，好像这样就能让它们破土发芽，长出新的希望。

若不是她把碎碗挖出来，就只能是太真取出了这只碗。

她凝神静气，用双手一点一点地把碗的碎片捡起来，果然在碗下看见一条熟睡的鱼——那是太真。

她用双手捧起太真。太真出水即化回原形，坐在院中。

她们四目相对，彼此沉默。太真说："青鸟，我想喝鱼汤。"

青鸟重新俯下身，从池塘中捞起一条鱼。处理鱼的时候，她问："以往都是我主动请神君进食，如今神君想进食，是不是忽然觉得神宫太安静了？"

太真不说话也没有其他动作。

鱼入了锅，逐渐煮出鲜香，青鸟洗净手，蹲在太真面前，仰视她的双眼："被我说中了，神君。您分明习惯了热闹的神宫，却对重夏的生死无动于衷，这么多年的陪伴，您真的一点都不在意吗？可您要是不在意，又为什么窝在碎碗下睡觉？"

太真的回答与当时别无二致："她总要死的。"

"我也会死的，是不是我死的时候，您也只是这样看着呢？"

太真垂眼与她对视，她什么都没说，又好像什么都说了。

青鸟想，果然如此。她站起身："鱼汤熟了，我给您盛去。"

她总在仰视太真，可仰视得太久，也是会累的。因此，青鸟又说："神君，我想去人间看看。"

出乎意料，太真对此事做出了回应："不要去人间。"

青鸟眼神明亮起来，她追问："为什么？"只要太真愿意说需要她。

"不要改变人间。"

青鸟眼神黯淡下来，她平静地说："我知道您的意思了，世界万物自有定论，不要轻易插手。我会遵守您的意思。"

于是青鸟拜别太真，离开了神宫，那些在昆仑发生的一切，也随着青鸟的离去，就此冰封在了昆仑。

青鸟在人间流浪了很久。她看着石屋慢慢变成高台城墙，人类由分散到聚合，从组建一个个部落到兴起一个个王国。人类拥有无数的陪伴，父母、伴侣、朋友、孩子，至此不再孤单。

她走过灯会，卖花灯的摊主送了她一盏花灯："今日寓意这般好，姑娘却形单影只的。这样吧，我送姑娘一盏结缘灯，姑娘提着灯走一走，没准还能遇见心上人。"

"谢谢你，但是我没有钱。"

"我今日生意不错，也不差这盏灯的钱。你要是过意不去，不如送我一句吉言。"

青鸟送出一句吉言，提着灯继续往前走，她来到人间最高的楼——摘星台。青鸟提灯登楼，伸手去触摸星空，理所当然触摸不到，摘星摘星，凡人又如何能摘下星宿？

但当她低头看向人间，蓦然发现城中灯火万千，犹似天上星辰，这一瞬她顿悟：人间原来是颠倒的天，人们是一只只鸟，在他们的天空中翱翔着。

他们一点也不渺小，甚至比任何神君更自由，生活得更壮烈。

青鸟沉浸在万家灯火的绮丽中，思绪久久不能平复，然而震撼散去后，青鸟又无端地失落起来。她想起太真，却又在想起太真的一刹那，意识到太真之所以淡漠，是因为她的眼中只有日月星辰和与她一样拥有永远同样漫长生命的同类。

可我并不能改变她。青鸟站在人间至高处，说服自己不要再对太真抱有期望，太真从未承诺过什么，是自己在她身边待得太久了，久到自己模糊了她们的关系。

神君和她的神侍，仅仅如此，不是吗？

即便如此,她还是把此刻的人间记录进花灯的烛火中,然后拔下自己的一根青羽,附了一缕神魂上去。青羽化作一只青鸟,大风中,青鸟衔住花灯,朝着昆仑飞去,城中有人看到此般奇景,惊呼不断。

青鸟入殿时,太真缓慢睁开眼,坐起身,波澜不惊地望着那缕神魂。被分出去的神魂没有思想,它只会遵从自己的本心,因此它飞到太真身前,用尚未变为手的双翅大胆地抱住太真。

太真没有推开她,她的目光落在青鸟带回来的花灯上,烛火中跳动着青鸟想要她看的人间。

太真没有看人间,她在透过那盏灯看青鸟在人间的岁月。

烛火闪烁了一下,青鸟的这缕神魂逐渐消逝,它双翅的羽毛也悉数褪尽,只剩下一句毫无语气的留言:"太真,我见到人间了。"

不是神君,而是太真。太真沉默着伸出手,只接住一片青色的羽毛。

她再也见不到青鸟回昆仑了。

❺

眼看人间正辉煌的时候,偏偏天塌出一个窟窿。

天河水从窟窿中倾泻而下,短短几日,陆地成海,高墙房屋倾塌在天河中,人们拖家带口朝着高地迁移。然而,天洞不补,天河倾泻不止,人间水位越来越高,一开始听得见嘶喊哭号声,越到后面,越只剩下天河水落下的声音。

潜伏在人间的诸多神兽纷纷现身,它们踩着天河水,朝着一个方向奔跑去。青鸟拦下一只神兽问究竟发生了什么事。

被拦下的开明兽形似狮子,却长了九个头:"天神打架,把天撞出了一个大窟窿!你也快逃吧,我们虽然是神兽,可也不能久涉天河水。"

"若我们都走了,人间的人要怎么办?"

它的九个头抢着说:"人类生命不过百年,死了便是死了,如何能与天地孕育的神兽、诸多天神相提并论？"

"快点走，再晚一些，昆仑就没有什么我们的落脚处了。"

乍一听昆仑，青鸟恍惚片刻："昆仑？为何去昆仑？"

"因为那儿有九光玄女，所以天河水不过昆仑。"开明兽的一个头回答青鸟，另外八个头咬着青鸟衣服，拽着青鸟朝昆仑去。

青鸟惊骇得说不出话，她在震惊之余，明白了太真为何不让她去人间。她预知了人间有灾难，所以不想让我来人间，是这样吗？青鸟不敢说是，她的内心仿佛被劈成两半，一半忧心人间，一半又因太真这点在意心生喜悦，想飞回昆仑。

内心挣扎间，她看见水面远远漂浮着什么东西，她回过神，定睛一看，发觉那竟是一个人抱着一块神木，漂浮在天河水面。

神木越来越近，紧紧抱着神木的人认出了青鸟，他高喊着，哀求着："神仙，救我……救我家人，救救她们！"

是那年讨了句吉言的花灯摊主。

青鸟骤然想起站在摘星楼上所望见的场景，她展开双臂，化为巨大的青鸟，将花灯摊主从天河水中掀起，搁置在后背。

开明兽大喊着："你要去做什么！"

青鸟的声音坚定不移："我要去救人，能救一个是一个。"

人间宛如炼狱，最高的摘星楼只余了一层楼顶还未被河水覆盖，人的尸体堆积在水中，一路望去竟像小路。仅存的人抱着浮木漂浮在水中，他们不知要漂向何方。

青鸟心头一痛。人间没有落脚处，青鸟载人去昆仑山，她没日没夜地飞翔，不断往返，但人间要救的人太多太多，她没有停歇的时间，即便如此，直到精疲力尽，她也没救出所有的人。

青鸟从半空中骤然跌落，她跌入河中，巨大的水流冲撞着她，想要将她撕裂，与此同时，她感受到自己胸口有微弱的灼烧感。

她沉入水底，临死前还在想：太真是否会因为自己的死亡，有那么一瞬的难过呢？

6

太真不能离开昆仑。她落地便是神君，久居蓬山，不喜人，不喜物，不喜世间所有一切，包括她的父神。所以，当人族向她寻求庇佑，太真冷眼旁观，当人类来到蓬山求助，太真依然冷眼旁观。

人族向她的父神盘古大神哭诉，直言九光玄女不配为神。

盘古大神不悦，便问太真："吾女太真，人族千里迢迢向你求助，为何不救？"

太真问："为何要救？"

盘古大神说："你既有神位，自然要担着神责，应照拂世间。"

太真却说："我不想担神责，请父神剥去我的神位。"

盘古大神又问："为何不想？"

太真说："我不喜。"

盘古大神大怒，他抽出太真神骨化为昆仑，将她神魂困在此处，他说："太真，只要你改变主意，仍可拿回神骨。"

太真毫无认错之意："不必。"

盘古大神更怒："你既不知悔改，那便困死在此山！什么时候明白了神在世间的意义便什么时候拿回神骨，反之，若你神魂离开此山，则魂飞魄散！"

太真并无所谓，她的神魂在昆仑度过了漫漫年月，她沉睡几千年，从未出过神殿，直到有一日，一只小青鸟来到她身边。

她不由得睁开眼，看见了她长大后的样子。

那真是好美丽、好热情的一只青鸟。

她仍然不喜欢人间，不喜欢凡人，没有为什么，只怪他们不够热烈，不能让她的眉间血活跃。

太真走出了昆仑，她走过的地方，河水退去，土地萌发出绿意。而她弯下腰，从水中捧出那只落水的青鸟，犹如很多年前，青鸟把化为鱼在池塘中睡觉的她捧出。

她们一样小心翼翼。天上雷声震耳欲聋，盘古大神的声音传下来："太真，为何走出昆仑？难道你真的想魂飞魄散？"

太真用手指捋顺青鸟被水打湿的羽毛："我不在乎，我只想救她。"

"神兽成神，注定要有天劫。这是她的劫，你何必插手？不过，你若能替她救人间，倒是可以承担她的天劫。"

"可以。"太真没有犹豫。

"看见天边的洞了吗？你的魂魄需要化为三万六千五百零一块五彩石，好让女娲补上这片天，此后人间将太平数万年。

"太真，你不喜欢人间，却要为一只青鸟做到如此地步，值得吗？"

太真没有回答，她只是伸手抹去了青鸟的记忆，然后把青鸟交给了开明兽："带她回昆仑，之后不要提及我。"

太真魂魄散为诸多五彩石，女娲用了三万六千五百块补好了天，剩下一块五彩石，女娲把它带回了蓬山，放在瑶池中，直至等来青鸟。

青鸟握住这颗五彩石，好似就此握住了太真的魂魄。

她想，只要我一直等，我总会等到太真回来。

多年前,她就是这样将白芷抱上了常明山。

多年后,依旧是她抱着白芷脱离苦海。

她再也飞不起来了,而她甘之如饴。

常朋

文 / 朱奕璇

嘴硬心软乌龟师父
空青 ————·

坚韧倔强孤女徒弟
·———— 白芷

常明

文 / 朱奕璇

1

常明山是座常年积雪的高山，白雪皑皑映照出一片光明，便唤作常明。

山上凛风呼啸，渺无人烟，连动物都少见。

山下的村子里，老人们常会讲山上的故事吓唬不听话的小孩。

他们说，这山太老了，藏着活了近千年的妖怪。那妖怪眼似铜铃，齿如尖刀，腰如合抱之木，身能直入云霄，最喜欢吃人，一口能生吞一个小娃娃。

而此时此刻，白芷正在登山的路上。

她是个十三岁的小姑娘，穿着一件脏污破烂的夹袄，前襟染血，袖子和肩膀处破了个大口子，棉絮早已从裂口里抖落下来，使得这件夹袄愈发单薄。

白芷在凛冽的寒风中瑟瑟发抖，她努力睁大眼睛，仔细看着四周，寻找着传说故事中的妖怪,但一无所获。

她没有放弃,向着寒风高声呼喊:"妖怪!妖怪!求你出来吃人吧!"

寒风呼啸,无人回应。

她攥紧了拳头,一遍又一遍地喊着,声音变得沙哑起来,渐渐微弱。

她捂住嘴咳嗽了两声,放下手时,掌心多了一丝血迹。

"妖怪,求求你了……"她的声音又低又哑,又轻又软,那双固执的眼睛向上抬起,直直地望进寒风与冰雪之中,"出来吃人吧。"

风雪里隐约传来一声轻叹,一抹缥缈的青色突兀地出现在风雪之中。

那是一个青衣女子,衣袍被风雪吹起,衣带飘摇,像是须臾便会随风而起,登天而去。

下意识地,白芷往前一扑,抱住了青衣女子。她紧紧地攥着青衣女子的衣带,生怕她从手里溜走。

青衣女子眉眼清冷,抱臂而立,长发披散如瀑,别有一股散漫的气息,就像山上冰雪融化淌成的河,虽不如雪冷,但也并不暖和。

她低着头,看着紧紧抱住自己的小团子,轻轻挑了挑眉毛。

白芷慢慢红了脸。

好像……是有点唐突了。这么想着,白芷怯生生地松了手,但为时已晚,那青色衣带上已经沾了两个脏兮兮的黑手印。

白芷连耳根都红透了。

"是你找妖怪吗?"青衣女子问。

白芷怯生生地点了点头。

"为什么?"

"山下的村子里来了好多人。"白芷低声说,眼睛黑如点漆,"娘亲、爷爷、奶奶、邻居大伯、小二白……"

她掰着指头，一个人一个人地数着，数完了一只手，又换另一只手，等数完了一双手，又从头开始数，整整数了三遍。

"……他们都死了。"白芷拢了拢染血的衣襟，在寒风中站定了，说，"爹爹拼死把我送了出来，然后他也死在了山脚下。"

青衣女子问："是爹爹让你上山找妖怪吗？"

"不。"白芷摇了摇头，"爹爹想让我离开这里，走得远远的，躲着所有人，好好活着。是我执意上山的。

"老人们都说，这山上有吃人的妖怪，我想将它引下山去，将山下的那些坏人都吃掉，救下村子里剩下的人。"

闻言，青衣女子冷淡的神情微微有些波动，说道："妖怪吃人，见了你，第一个就会将你吃掉，明白吗？趁着妖怪还没来找你，快点跑吧。"

"我情愿被它吃掉。"白芷摇了摇头，"只要村里的人能逃出来，要我做什么都行。"

青衣女子沉默。

白芷急切地说："你肯定是仙人，救救我们吧。"

她虽然年幼，却也看得出来，在这积雪不化的常明山上，穿着一身单薄青衣还不被冻死，甚至脸都不红的，肯定不是一般人。

"我不是仙人。"青衣女子道，"我是妖怪空青。"

她一拂袖，风雪在她身后席卷，听令幻化成一个可怖的虚影，青面獠牙，厉声嘶吼。

白芷被吓了一跳，连退几步，跌坐在雪地上。

空青的脸上登时多了几分厌烦——果真是个凡人，和他人一样，见了妖怪便怕，还想求妖怪帮忙？

空青拂袖而去："我救不了你，你另寻他人吧。"

白芷却没有放弃，她一骨碌从地上爬起来，第二次抓住了空青的衣带，更坚定急切地说道："别走！你想要什么我都给你！"

"我想要寿与天齐，我想要位列仙班。"空青停下脚步，冷冷地低头看向白芷，"这些你给的吗？"

白芷沉默了会儿，空青正想甩开她时，白芷解开了她的夹袄，露出肩膀。

寒风里，女孩儿的肩头烙着一个金色的莲花印记。

在凡人的眼里，这印记平平无奇，但在空青的眼里，它在重重风雪里焕发着金色的光芒，比任何星辰都更耀眼。

这是累世功德印记，只有前世做了大贡献的修行者才能拥有此印记。

这下空青才开始仔细地打量女孩。

白芷神情怯怯，发如枯草，衣衫破烂，只有眉眼算得上清秀。

这样的人怎么看都不像是有累世功德的转世者。

"山下的那些坏人在找这个印记，他们说这个能让人长生不老。"白芷抿了抿唇，说道，"这就是我身上最好的宝物了，你想要的话，我就给你。"

空青犹豫了一瞬，她确实想要。

对于她这样的妖怪而言，若能吸食这些功德，能抵得上修行儿百年获得的功力。

"这是累世功德印记，你把它藏好。"空青轻叹一声，"我跟你下山，但说好了，我只救人，绝不杀人。"

❷

山下，村子已成了一堆废墟，坍圮的墙壁下没有一个活口。一群蒙面的黑衣人举着火把，在废墟间谨慎地搜寻着。

空青明白，他们在找白芷。

看着被全然毁掉的村子，看着瓦砾下压着的一具具尸体，白芷睁大了眼——这是会买红薯给她吃的李大伯，这是背着她娘去求医问诊的王大婶，这是给她讲过故事的陈爷爷。

空青眼疾手快地捂住了白芷的嘴，不让她叫出声。

白芷紧紧地抓着空青的手，眼泪无声地从脸上流了下来。

空青抱着白芷，轻拂衣袖，顿时两人如一片被风吹起的叶子，乘风而去。

她们又回到了常明山上。

这里的风雪是天然的屏障，黑衣人暂时追不上来，是最安全的地方。

空青没有停，抱着白芷继续往山顶走，越往上风雪越小，直至山顶，风雪已完全消失。

跃入眼前的是一片苍翠的竹林，林子中央是一间竹子做成的小屋，这便是空青平日里的住处。

空青将白芷从怀里放下，才发现她还一直捂着嘴。

"没人可以跟上来，"空青只觉好笑，"还捂着嘴做什么？"

白芷低着头说："我怕一不小心哭出来，惹你讨厌，你就把我扔掉了。"声音带着浓浓的鼻音，尾音还在发颤。

空青问："你就这么害怕被我扔掉吗？"

白芷重重地点了点头："现在只有你能帮我报仇了。你帮我复仇后，我给你金莲花印，行吗？"

空青顿了一顿，才道："……妖怪是不能杀人的。"

白芷一怔："为什么？妖怪不是没有道德，也不用遵守律法吗？"

"妖怪里也有好人！"空青板着脸，为妖怪正名道，"但不是因为这个。"

白芷不解地蹙起眉头:"那是因为什么?"

"有些妖怪意在修行,只要修满一千年,就能得道成仙,跳出轮回,寿与天齐,不灭不朽。"空青耐着性子解释,"而修行有修行的规矩,其中一条就是不能杀人,不然道心就会受损,再难飞升。"

白芷问:"你修了多少年了?"

空青道:"九百年。"

白芷睁大了眼,她从来都没听说过能活这么长久的人。

空青道:"只差一百年,我就能飞升成仙了,我不会为了他人的私事而坏了我的道心,更何况,这是人类的私事。"

白芷察觉到空青话中深意,不解地问道:"你讨厌人类,为什么?"

空青冷冷地看着她:"我修仙之前是只乌龟,被人类肆意捕猎,我修仙之后成了人类口中的妖怪,被人类肆意辱骂。你们讨厌我,我为什么不能讨厌你们?"

白芷无言。

这话是真的,山下的人类都对传说中的妖怪报以偏见,白芷上山,也是因为想引妖怪下山吃人。

"对不起,我向你道歉。"白芷说,"我没有资格让你去救人类。"

空青看着她,神色微动,有如冰雪消融,这还是第一次有人向她郑重地道歉。

"我可以给你莲花印记,可以给你性命,你想要什么,我都给你。"白芷说,"作为交换,你能不能教我修行,让我自己去复仇?"

空青思忖着,神情犹豫。

不是她亲自动手,倒是可以接受,但是收她为徒的话,免不了要和她朝夕相处。

这可是个人类,是她向来排斥的人类。

空青看着白芷，小姑娘眼睛红肿，执拗地盯着空青看。

她不再哭了，反而显得神情愈发坚定，被眼泪冲刷过的眼神如一把开过刃的刀，锋芒毕露。

空青心里一动，这眼神和她从前的眼神如出一辙，让她难以拒绝。

她轻叹道："那你就拜我为师吧。"

白芷的眼睛亮了起来。

"如你所言，我会将你抚养长大，教你本事。"空青道，"之后你可以自行复仇，或者放下前尘，和我一样踏上修行……"

还没等她的话说完，白芷就猛地跪在了空青的身前，给她磕了三个头。

小姑娘磕得太用力，额头都破了，渗出血丝："空青在上，受白芷一拜！"

空青不忍心地拂过她头上的伤口，随着指尖移动，白芷额上如有一道热流淌过，伤便立时好了。

白芷惊奇地摸着额头。

"是师父，不是空青。"空青不轻不重地弹了她额头一下，板着脸训道，"没大没小。"

❸

收完徒弟后，空青给白芷造了一间小竹屋供她居住。

她没有带孩子的经验，一时之间不知道还要做什么，她干脆皱着眉头问白芷："你还需要什么吗？"

肚子适时地响了一声，白芷顿时红了脸，低声说："我想吃饭。"

空青陷入沉思，自从修仙得道后，她只需餐风饮露，吸食日月精华，吃饭这件事像是上辈子发生的。

空青问："你想吃什么，蚯蚓还是小虫？有一种红虫极为酥脆，在我还是乌龟时吃过不少，不如我捉几条来给你吃。"

白芷神情一滞，连忙道："空青，人类是不吃这些的！"

空青一怔。两人默默对视，彼此都恍然发觉：原来她们确实不是一个物种。

"叫师父。"空青板着脸训道，"好，那你自己去做饭吧，需要什么跟我说。"

白芷点了点头，钻进了一旁的竹林。

空青闲来无事，决定在原地一边打坐一边等白芷。

一个时辰后，空青被一股香味唤醒，寻着味道走近，是白芷。

因常明山顶四季如春，无须穿得太厚，白芷便脱了袄子，只着一件单衣，两只袖子高高挽起，看起来十分利落，肩头的金莲花印记隐约可见。

白芷坐在一堆燃烧着的竹堆前烤竹笋，那笋已熟透了，冒出一股清香。

不由自主地，空青走到了白芷的身旁。

白芷连忙拿起一根烤竹笋递给空青："你要尝尝吗？"

空青神情冷淡地接了过来，嘴上却实诚地吃得飞快。

"原来这就是'烤'。"空青惊异地喃喃道，"人类的世界里，居然也有好的东西。"

白芷笑了。

空青手上动作顿了顿，这是她第一次见到白芷笑，笑容灿烂明亮，而不是刚见面时那背负仇恨、锋芒毕露的模样。

那一刻，空青才后知后觉似的想起来：她确实只是个十三岁的小女孩罢了。

白芷笑着道："空青，还有很多好的东西我可以一一带着你去见识，看遍这大千世界。"

空青淡淡地强调道:"叫师父。"却没再板着脸。

她在白芷的身旁坐了下来,不在乎洁净青衣沾染上了烟灰,揉了揉白芷的脑袋。

"好,我等着与你一起去见识这大千世界,一言为定。"

两个人吃完了五根烤笋,收拾妥当后,空青将白芷引到了竹林中央,帮她打通周身大穴、奇门八脉,随后教她盘腿打坐、背诵口诀。

虽然年纪大了些,基础不好,但白芷的身上有累世功德护佑,很快便入了门。

到了当日下午,白芷便摸到了炼气境的门槛,估摸着等到了晚上,白芷就能正式炼气。

在旁护法的空青十分满意,干脆幻化出了一把椅子,坐在椅子上闭目养神。

大抵是太过放心,空青渐渐打起了盹,入了梦。

梦里,她回到了灵智未开的从前。

空青是极为罕见的青背乌龟一族,浅青色的龟壳像是森林、天空、海洋三者交接之处的颜色。

因为罕见,她和她的族人一直被人捕杀。活的青背乌龟可以卖给王孙公子当玩物,死的则可以剖下龟壳卖给手工艺匠人,他们会将龟壳琢磨成工艺品,甚至点缀上宝石。

青背乌龟都是小型乌龟,只有巴掌大小,因而也无法反抗,只能由着人肆意捕杀。

空青的父母被捉走时,她试图反抗,咬了那贩子一口。

贩子吃痛地甩了甩手指,将空青甩出极远。她重重地跌在地上,沾了一身的泥。

头晕眼花时,空青听到贩子恨恨地说道:"不过一只王八,还敢咬爷！看爷宰了你，吃你的肉，剥你的壳！"

空青没有缩进壳里，相反，她昂着头紧紧盯着贩子，眼里好似燃着火。

贩子向空青伸出手去，她再一次用力地咬住贩子的手，咬穿了贩子的皮肉。她死死地咬着，直到又一次被贩子狠狠甩开。

这一次，空青被甩得更远，甩进了密密的树丛里，周围的树木和花草挡住了空青，贩子找了许久，都没能找到她，便悻悻地放弃了。

空青谨慎地又等了一晚，才拖着伤痕累累的身体从树丛里爬出来，爬去附近的积水潭里喝了点水。

潭水映出她的身影，这是她第一次这么清晰地看到自己的身影，她是一只孑然一身、软弱无力的畜生。

而那个贩子则是个人，一个高大的、能主宰她生死的人。

空青想，我也想成为一个人，不再被欺侮，可以保护自己的父母和族人。

不能做一只王八，要想成为在人之上的存在。

她盯着潭水里的自己，眼神执拗，神情坚定，眼神像一把开过刃的刀，锋芒毕露——就像多年之后的今天，她在白芷身上看到的那样。

那一刻，空青灵智顿开。

动物修行不如人类便捷，人类能读书，可以更方便地找到师承。而动物在这之前，需得历经磨难修成人身，不然便只是畜生。

空青当时甚至不知道什么是修行，她只知道自己要活得更好一点。

于是她在幽暗的密林里爬了二十年，躲过蟒蛇的追击，吞掉了林子深处的灵果。然后她又冒着被冻死的危险，花了五十年登上了常明山，吃掉了山顶的雪莲。

她在常明山上陷入了冬眠。等再醒来时，灵果和雪莲俱被她消化，她修成了人身。

空青狂喜，她以为自己终于和人一样了，甚至比人更高明。

她混入了人的集市，用常明山上的花果换了几样衣服换上，就此进入了人的世界。

她这才了解到，原来这叫作修行，原来修行的人被称为修士。

空青造了一艘木筏，前往海外仙山寻访问道，但她显露身份，却只招来讥笑。

"一个妖怪而已，怎么配和我们相提并论！"

那时她才知道，原来修成人身仍旧不够，虽然脱了畜生的壳，但她依旧不如人。

空青想，那我要继续往上爬，我要站得比人更高，才能赢得他们所有人对我们这一族的尊重，才能不被他们猎杀。

于是，她比任何人都更加刻苦地修行，日日勤勉，从不懈怠。

乌龟和人类的时间观念不同，在常人看来，她常常会一觉睡过头。空青无法克服自己的本性，于是，她练成了在睡梦中修行的法门。

当空青坚持到第六百年时，她已是天下闻名的大妖。

修士界里，人人都知道，常明山是一座不可轻易靠近的地方，这里是大妖空青的地盘，终年风雪肆虐。

第七百年时，空青已经能受邀参与修士界的各大法会，和各大门派的长老平起平坐。

等到了第八百年，人们都说空青注定会成仙。

只剩下两百年，只需按部就班地度过，她就能位列仙班，就能成为在人之上的存在。那时空青要向所有人说，一只巴掌大、软弱无力的青背乌龟，也并不只是畜生，不可以被随意辱骂、猎杀。

修行刚满八百年时，空青受邀参加了一次法会，会上，她见到了一个僧人。

那僧人拄着金杖，是寺中的住持方丈，法号日轮，据称是佛修中执牛耳式的人物。他天生眼盲，却凭此练就了一双慧眼，看人看事极为精准。

法会上，各派大能分享各地发生的奇闻逸事，切磋法术。

空青展示了自己的冰雪法术，而日轮方丈则是为她卜上了一卦。

"空青道友，不日，你将遇一大劫。若要渡过此劫，须得闭门不出，不得下山，一旦出了门，下了你那常明山，就难过此劫。"日轮方丈肃然道，"过了这劫，便可白日飞升、位列仙班。但过不了，便是修为散尽、道心尽毁。"

空青淡然道："大师放心，我空青向来是个懒性子，散漫得很，不愿出门。"

这话倒是真的，乌龟向来性慢，除了修行，她向来不对任何事上心。

但日轮方丈说得严肃，倒让空青起了几分遐思。

回到常明山后，她常在山头打坐，一坐便是一月，思索这劫数到底应在什么事、什么人身上。

到底怎样才会让她修为散尽、道心尽毁，从此走上一条不归路呢？她想不到。

空青想了一百年，几乎要将日轮方丈的话当作一个笑话时，她在半山腰看到了一个女孩。

女孩只有十三岁，穿着一件脏污破烂的夹袄，前襟染血，一身是灰。她看起来孤身一人，孤独又痛苦，似乎要哭，但眼神却锋利得像是一把剑。

那眼神那么熟悉,像是在照镜子,空青在一瞬间恍惚不已。

在肆虐的风雪里,她不住地喊着:"妖怪,妖怪,出来,出来。"

原来是她。

空青本不想现身,于是她眼睁睁地看着这个女孩喊到喉咙咳血,看着她在风雪中脸颊烧红,几乎站不住脚。她知道,如果她仍不现身,女孩或许会被冻死在雪里。

为了一个和尚的预言,白白牺牲一条无辜的性命,值得吗?

答案呼之欲出。

空青一声长叹,在风雪中现身。

4

梦里的风雪太真、太冷,空青被冻醒了。

她打了个寒战,睁开眼,发现这并不只是因为梦。

竹林里,白芷突生寒症,她双眼紧闭,冷汗涔涔,但因为紧紧握着空青的手,并没有蜷缩成一团。她似乎把空青的手当成了唯一的救命稻草,紧紧握着。

但白芷太冷了,冷得像是一块千年寒冰。

空青紧皱眉头,忍住寒冷,将白芷抱回了竹屋。

她将手放在白芷身上,将灵气注入白芷体内,探寻寒气源头,一寸一寸地检查,最终,她找到了源头——是那累世功德印记。

那状似金莲的印记闪烁,在夜色里闪闪发光,极为妖异,极为阴毒的寒气从印记里源源不断地逸出。

空青不由惊愕。

按理说,累世功德印记是极正的,而此时的气息阴刻怨毒,倒像是某种诅咒之术。

白芷的嘴唇已经发白,空青忙出手镇压寒气。

寒气缓缓收敛回体内，白芷也缓缓睁开双眼，不安地小声说："空青，我又梦到我们村里所有人被杀死的那天了。"她攥紧拳头，手指颤抖，"他们死在我的面前，然后我的肩膀上就出现了这个印记。"

空青一怔，问："这个印记不是你出生就有的吗？"

"不是。"白芷摇头，"那些黑衣人来到村子后，在地上画了个巨大的符阵，随后将我们所有村民都绑在阵里，一个接一个地杀。每杀几个，他们就要查看我们有没有人身上出现了这个印记。"

"我娘亲死的时候，我的肩膀一阵刺痛，出现了印记。我爹发现了，他害怕黑衣人对我不利，就拼命挣脱了绳索，带着我逃了出去。"白芷嘴唇颤抖，"我们跑到了常明山山脚，我爹为了阻拦黑衣人留了下来，被其中一个人拿刀捅死了，我则趁机跑到了山上。不知道为什么，那群黑衣人不敢轻易上山，就让我逃了。"

"可能是因为我。"空青思忖道，"你刚刚说这群黑衣人画了符阵，那么他们中应该有修士界的人，而我在修士界很有名气，他们知道常明山是我的地盘。"

白芷用手指指着那印记："空青，你知道这到底是怎么回事吗？"

"不是什么很严重的问题。"空青笑了笑，哄道，"继续睡觉吧，我在这里陪着你。"

白芷强撑着看了空青好一会儿，见空青神色无异，才抓着她的手，缓缓闭上眼，不一会儿就重入了梦乡。

见白芷睡着，空青神情又肃穆起来，在月光下面沉如水。

"哎……真是冤孽！"

空青做起了一个尽职尽责的师父，她每日都耐心指导白芷修行，帮助白芷提升功力。

随着修行提升，白芷体内的寒气也得到了控制。等她突破炼气，

进入筑基期时,已经基本克服了心魔,不再有不受控的寒气暴发之事了。

而白芷则始终是个好徒弟,虽然她从来没有喊过一声师父。

每天,白芷都变着花样地做饭,给空青打牙祭。他们不只吃笋,还在常明山上用法术栽了小麦,种了蔬果,养了家畜——灵智未开的那种。

白芷甚至自己种了些胡椒、辣椒等用来调味的作物。偶尔下山,她还会买些山上难见的珍稀菜品和有趣的小玩意儿,来给空青开开眼。

她们日出而作,日落而息,日子一天天地平缓地过去了,安宁得让空青几乎忘记了日轮讲的那个故事,忘记了白芷拜师之前提出的那个要求。

但白芷没有。

六年后,十九岁的白芷向空青提出了下山的请求。

此时的她已经进入金丹初期了,作为一个入门只有六年的人来说,已堪称天赋异禀,而且在修士界,各大门派达到这个境界的人,都会选择下山去入世修行。

但空青却拒绝了。

一开始她说白芷修行不够,于是提出了新的试炼考验,她本以为白芷要突破元婴期才能成功通过,没想到金丹期的白芷顺利过关。

于是,她说白芷心智不够成熟,不足以应对凡间的阴险狡诈。

白芷倔强地反驳道:"你不让我下山,我要如何将心智磨砺成熟?"

空青语塞,却依旧冷言道:"你既然心智不成熟,自然不能下山。"

这话一出,就连空青自己都觉得不占理。

白芷眯起眼，抱起双臂。空青把她养得极好，如今十九岁的白芷长得比空青还要高，神情严肃时，颇有一番压迫感。

白芷肃然问道："空青，你是不是有事瞒着我？"

空青淡淡地反问："你不信我？"

袖子之下，在白芷看不到的地方，空青已经紧张得掐破了手指。

她在当着白芷的面撒谎。

盯了空青一会儿，白芷收回了目光，开口说道："空青，你还记得我们之前的约定吧，你教我本事，让我能自己复仇，之后，我将累世功德给你，助你飞升成仙。"

空青沉默了一会儿，点头道："记得。"

白芷冷冷道："你瞒我其他事没关系，但如果你想毁约，那么就算是你，我也会生气。"

空青低声问："那如果是为了你好呢？"

白芷道："这是我自己决定要做的事，旁人不能替我判断好还是不好。"

空青的声音更低了，她垂着眼，慢慢地问："……你难道不想同我永远在一起吗？难道不想同我去看遍这人千世界吗？"

白芷怔住，不再开口说话，空青也没有，两人就这样沉默以对。

许久后，空青才开口道："下山去找寿皇帝吧，他就是你要找的仇人。"

白芷的背上，空青为她铸就的长剑长鸣一声，空青听得出来，这是渴望鲜血的兴奋声。

白芷一怔，问："……你早就知道了？"

空青垂下眼，缓缓说："从一开始，你刚刚上山寒症发作时，我就知道了。"

修行刚满八百年时，空青受邀参加了法会，就在那场法会上，日轮方丈替她卜了一卦，算出她将赴大劫。

除此之外，在法会上当各派大能分享各地发生的奇闻逸事时，空青听说了一件事——如今掌管人界的皇帝已经活过了三百个年头，而且依旧没有衰老的迹象，百姓们干脆偷偷给他取了个"寿皇帝"的名号。

"出于好奇，老衲调查了一下。"日轮方丈说，"发现这寿皇帝用了邪术，改了自己的命，就此长生不老。"

改命是逆天之术，轻易不能做到，要么须得寻找一只修为上千年的大妖，剖出其内丹；要么则是寻找身具累世功德之人，再将其身上的功德吸食。

两种方法都非常艰难，世间存在的大妖只有空青一只，而她已经打遍修士界无敌手，凡人更不是她的对手。

而有累世功德之人，一百年都未必能出一个。

"大妖内丹自然不可能。"日轮方丈道，"但他也没找到身具累世功德之人，于是他想了个邪门的法子。

"寿皇帝早年登基时，就派人在全天下寻找长生不老的法子，最终找到了一个修士，从那人手中得到了一个转运法阵。随后，寿皇帝派人找到了一个村子，在村子里画好了阵法，并杀了所有的村民，只留下一个小孩作为活口。这样，这群人一生的福报和气运就都集中在了这个小孩身上，这个小孩就会成为累世功德者。最后，皇帝再吸食这个小孩儿的气运，为自己转运、续命。

"我研究过这种人造的累世功德，因为它是由屠杀造成的，故而十分阴毒，有可能会反噬其身。但对吸食的人而言，这累世功德只有好处，没有坏处，可以让他福报不断，长生不老，江山稳固。

"就这样，他屠了一个又一个的村子，就此寿与天齐。"

这个世界就像是他的薪柴，他统治着这里，就能源源不断地找到并屠杀一个又一个村子，而这种屠杀将继续稳固他的统治，两者之间循环往复。

在这个永恒运转的循环里，他是寿皇，寿与天齐。

日轮方丈满面慈悲，唏嘘感慨："阿弥陀佛，实在是罪过。"

人们啧啧称奇，唏嘘感慨，批评着皇帝的贪婪、残酷和恶毒。

每个人都满脸正义，但没有一个人敢站出来说，我要为了天下除了这祸害。

每个修士都心知肚明，这是个怪物，但如果杀了他，便会道心尽毁，再无从飞升。

空青也没有说话，只是神情漠然而轻蔑地评判了一句："果真是人类。"

寿皇帝是个人类，他迫害的对象也都是人类，她全然没有插手的心思。

法会结束后，人们四散而去。

后来，修士界又举行了几次盛会，会上，总会有人三不五时地谈起寿皇帝，而后再故作正义地批判一番。没人挺身而出。

空青本以为，或许世界会一直这样下去，直到她见到了白芷。

寒气从白芷的累世功德印记中爆发的那一刻，她就明白，挺身而出的人来了。

而这，又是个人类，叫她恨不得、怨不得、满腹担忧、一心关怀的人类。

说到底，真是场冤孽。

5

白芷下山了。

下山前，空青嘱咐道："每七天给我送一次信。你记住了，在山下别逞强，遇到事就回来，实在不行，还有我这个师父。"

白芷眨了眨眼，眼里泛起一丝水光。实在是没忍住，那泪便淌了下来，无声无息地漫过脸颊。

"你已经大了。"空青哑然失笑，温柔地替她擦去眼泪，"怎么还是那个爱哭的小姑娘。"

白芷握了握她的手，后退一步，哑声道："我走了。"

空青转过身去，没敢看她下山的背影。

她盯着角落里的一根竹笋，等了又等，半晌后，才转过身去，白芷的身影已经看不到了。

之后的每天，空青都在等白芷的信。

没了白芷，常明山山顶的竹林都枯了，风雪入侵了这四季如春的小院——这里本就随着空青的心意而变。

只有当白芷的信件到时，小院才暖上一分。

而空青恍若不觉，她全然没有心思去在意周围，她满心满眼都是离去的白芷。

因为等白芷的消息太难熬，空青便常常靠睡觉缩短等待的时间。

她一睡就睡了七天，等醒来时便恰好能收到白芷的消息，她就又会开心地入睡，做一个美梦。梦里，她和白芷仍在常明山上过着不问世事、依偎相伴的日子。

就这样，空青熬了半年。

白芷说，她到了都城，见到了从未目睹过的繁华，香车宝马，花天锦地，公子美人，贩夫走卒，人们来来往往。

白芷还说，她去梨园听了戏，去瓦舍听了曲，在古董市场给空青淘了一支青玉簪子。

她知道空青在担心什么，白芷绝口不提她的复仇计划，只兴致勃勃地讲旅行见闻，至多讲一讲在路上降妖伏魔、锄强扶弱的义举，好似她真的只是个普通的入世弟子。

但越这样，空青反而越担心那些未尽之语。

她再也睡不着，也荒废了修行，整日徒劳地站在常明山山顶眺望人间。

每日，空青的足尖都堪堪抵在山巅边缘，差一步就要踏下去，差一步就是跃入凡尘、万劫不复。

空青神思恍惚，几乎要跃下山巅时，被人一把拉住了。她如梦惊醒，在山头站定，转身去看来人——是日轮方丈。

"老衲听说了道友的事，特意前来拜访，幸好未迟。"日轮方丈满脸慈悲，无限悲悯，"空青道友，不要做傻事。过了这一劫，你近千年的夙愿就能实现了。"

空青低低地重复道："是啊，不要做傻事，我的夙愿就要实现了。"

"去休息吧。"日轮方丈劝道，"一觉醒来，便什么都过去了。"

空青的足尖在山巅边缘微微一顿，撤了回来，她一言不发地走进了竹屋。

空青又梦到了白芷，但这次不是往日的好梦，她梦见了面染鲜血的白芷。白芷被捆在祭台上，衣衫散开，露出肩头放着金光的累世功德印记。

在她身前，一张贪婪的脸正缓缓靠近。那人穿着龙袍，戴着龙冠，正是寿皇帝。

空青骤然惊醒。

她的额角一阵抽痛，天边光芒渐露，又是新的一天。

风雪轻轻叩响了窗扇，空青起身下榻，掀开窗扇，一封信凭空出现，送了进来。

是她教白芷的传信术。空青心里微微一松，看来她没事。

接下来的一个月，空青不断地梦到受苦的白芷，她越来越凄惨，伤势越来越重，呼吸越来越微弱。但与此同时，空青仍旧不断地收到白芷的来信。

终有一日，在梦里有一把小刀插进了白芷的胸腹，让她流血不止，眼睛彻底闭上。

"白芷。"寿皇帝狞笑道，"你的死期将近了。"

惊醒的空青心口剧痛，她不安地起身，翻找出白芷之前的来信，一封封细看起来。

她本是为了安心，但越看却越不安。

之前没有对比不知道，此刻新旧来信一对比，空青才发觉，最近这一个月的来信，白芷写信的墨迹都是旧的，也就是说，这些信很可能是之前就写好了，直到最近才被人寄出。

空青用力地闭了闭眼，她当然知道白芷为什么这么做。

白芷怕自己出事，更怕自己出事后空青为她复仇。

她知道成仙不能杀人，她知道空青想要成仙，她比空青更希望空青成仙。

那现在的白芷在哪儿？

梦里的一切莫非是真的吗？

空青再也等待不下去，离开了竹屋，屋外，日轮方丈正在等候。

他一横金杖，金刚怒目："空青道友，此路不通。"

空青冷冷地道："若方丈不让路，我便打出一条路。"

日轮方丈满面悲悯："你不是看不惯人类吗？莫做傻事。"

那只是个人类。空青曾经不断地劝说自己，那只是个人类。

可那是她的小徒弟，是她在这终年风雪的常明山上唯一的依靠，是第一个理解她出身、向她道歉的人，是照顾她生活起居、第一个跟她说要让她见识到大千世界的人。

那是她的白芷，天上地下举世无双的白芷。

"敢问方丈，"空青淡然问道，"什么才是傻事？"

6

空青下了山。

她道行高深，袖子一拂，云雾飘动间便到了都城。

此时正是夜间，而白芷信里描述的那个太平、繁华的都市并不存在，街道两旁挤满了惊惧的人们，到处都是哭声，街道上还有残留的干涸血迹。

空青随手抓了一个人，冷冷问道："怎么回事？"

那人刚刚目睹了空青从云头降下的本事，愣了一会儿，忙老实回复道："一个月前，一个女仙人和禁军大战了一场，杀进皇宫里去了，说要取了狗皇帝的人头。"

空青急切地问："那她人呢？"

那人道："半个月前，皇帝陛下就发了告示，说逆贼被抓住了，现在关在皇宫里，不知生死。"

空青松开了这人，如一道惊雷似的，刹那间便闪进了皇宫。

夜幕低垂，但皇宫里依旧灯火通明，空青放开五感，仔细探查着这座偌大的宫殿，终于，她听到了一个贪婪的声音。

空青进了寝宫。

寝宫内，皇帝已经准备就寝，皇帝的身上散发着一圈金光，只一眼，就让空青心里一沉。

这是功德圆满的标志，他吸食了白芷的功德。

皇帝的周围陪着几个宫女,见到空青鬼魅般出现,几个宫女吓得连声尖叫,手中端着的御用寝具都砸到了地上。

看到她的到来,皇帝竟毫不意外。

他不慌不忙地穿好衣服,从床榻上起身,走到空青跟前,说道:"你就是白芷的师父空青吧?"

空青冷冷看着他,懒得废话,开门见山地问:"白芷呢?"

皇帝也不跟她废话,嗤笑道:"她的功德都被我吸食干净了,然后我就捅了她一刀,留她在地牢里等死了。估计已经差不多了,你现在过去,刚好能赶得上给她收尸。"

他在说什么?

空青茫然地想,白芷要死了?

那一瞬间,全身的血液仿佛都凝固了,只留下一具空荡荡的、冷却了的身体。

比常明山上的寒冰积雪都更冷,冷得叫人发抖。

空青茫然地想,她明明只是走了两天,那个明明之前还好端端的、活蹦乱跳的小徒弟就要死了?

"你骗我。"空青一字一句道,"你肯定是骗我。"

皇帝满面讥嘲地笑道:"没想到传说中的空青最擅长的是自欺欺人!"

热血再次上涌,空青视线发黑,眼睛发红,她出手如电,一个瞬间就掐住了皇帝的脖子。

她怒不可遏地高声质问:"你怎么敢?"

皇帝冷冷地看着她,眼里有轻蔑:"有什么不敢的?你难道跟我不一样吗?你不也是为了她身上的累世功德才出手相助的吗?现在还装什么道德高尚!"

空青无言,她的手指收紧了,皇帝顿感一阵剧痛,血从口鼻涌出。

怕死的皇帝半脸是血,却仍旧冷冷地看着她,轻蔑地说:"你不敢杀我。"

空青的手指顿住了。

"你跟我是一样的人,我求凡间的长生不老,你求仙界的寿与天齐。"皇帝嘶嘶地说,"我知道你们的规矩,你杀了我,就再也别想飞升仙界了,你修了九百多年,就为了一个小姑娘,要在此时此刻放弃?"

见空青沉默,皇帝以为劝诱起了效,更卖力地劝道:"放下她,我可以再屠杀一个村子,再造一个累世功德送给你。你马上就能位列仙班。"

她想要的一切,都唾手可得,只要她开口答应,只要她将曾经的徒弟扔掉。

空青冷冷地看着皇帝。

"我不傻。"空青说,手指一动,捏碎了皇帝的喉咙,"我跟你是不一样的。"

皇帝不可置信地睁着眼,死不瞑目的尸体轰然倒地。

空青又一挥手,将所有无辜的宫女太监都移出宫外,随后,整座宫殿熊熊燃烧起来,皇帝的尸身没入燃烧的宫殿帷幔之中,被慢慢烧成了灰。

空青的手指被他的血染红了,脏污分明,灼烧着她的眼睛、她的道心。

一阵冷风呼啸,风雪从北边吹来,空青认了出来,这是常明山的风,这是常明山的雪。

她的故乡、她的家、她的驻地感知到了她放弃的一切,为她哀悼——她在常明山上用九百年苦修塑出的、冰雪般的道心就此毁了。

但空青没有失落,她的脸上连一丝遗憾都没有,只有温柔与决绝。

"别担心。"空青抚摸着一缕雪风,柔声说,"我会救她回来。"

常明山的风雪安抚着空青,牵领着她走到了地牢最深处、最逼仄的一间牢房。

那里关着她的白芷。

白芷奄奄一息地被钉在木板上,被悬吊起来,胸口插着小刀,她仍旧在呼吸,金丹的修为护着她最后一丝心脉,但她确实离死已不远了。

空青小心翼翼地拂去了白芷身上的枷锁,随后将她抱进怀中,将她带出了地牢。

多年前,她就是这样将白芷抱上了常明山。多年后,依旧是她抱着白芷脱离苦海。

只是那一身缥缈的青衣委顿在地,拖曳着,染了尘埃,染了血渍,沉甸甸的。

她再也飞不起来了,不再像昔日一般像是随时便会乘风而去的仙人。

她再也飞不起来了,而她甘之如饴。

空青踏出地牢,那一瞬间身后的地牢也燃起火来。

整个空无一人的宫殿都坠入火海之中,皇帝的尸身是唯一的祭品。

空青缓缓走出了皇宫,她的青衣脏透了。

宫外竟站着一个人,是日轮方丈,他看到空青,神情惋惜,面露慈悲:"空青道友,你的道心已毁了?"

"毁了。"空青轻描淡写地一句带过,又急切道,"你知道怎么救白芷吗?"

日轮方丈沉默。

空青执拗地看着他，眼神如刀锋，如冰雪，锋芒毕露，一如从前的白芷。

日轮方丈面上的慈悲之色更浓，他念声佛号，双手合十。

"找一只修行近千年的妖怪，将其灵丹取出，融入白芷体内，便能弥补她亏损的累世功德，还有余裕修补好身体，重回圆满，甚至更胜从前。

"但妖怪舍掉灵丹，便舍去了全身道行，将退化成一只毫无灵智的动物，可能余生都再无机会修出灵智，更别谈飞升成仙了。"

这世间唯一一只修行近千年的妖怪便是空青自己。

日轮方丈定定地看着空青："你舍得吗？"

舍得吗？

道行不是别的，是经年累月、一刻一日的不懈坚持，是她一身的精魂所系，是世间所有的机缘巧合全都碰撞在一起，才撞出如今的一个她。

没了这些，她只是一只浑浑噩噩、不知寒暑、整日等死的畜生罢了。

空青长叹一声，原来最后一劫，当真这么难过。

她将白芷小心翼翼地放在一旁，一揖到地，端端正正地行了个郑重大礼："请大师护法。"

日轮方丈手中的金杖重重地砸在地上，长叹道："痴儿！"

空青半跪在地，两手扶住白芷，俯身下去，与她额头相抵，紧闭双目。

日轮方丈手握金杖，护在一旁。

一道璀璨至极的灵光从空青的两眉之间亮起，自她们肌肤相贴之处，缓缓进入了白芷的身体，仿若一颗小小星辰在她体内盛放——那是空青的灵丹。

它明明足以照亮大千世界，却心甘情愿待在白芷的体内，照亮她的未来。

为她散尽道行，为她道心尽毁。

"白芷。"空青温柔地告别，"再见。"

夜色已逝，天边泛起了温柔的晨曦。

晨光晕开了空青的身影，看着她退化成了一只乌龟。龟壳是浅青色的，像是森林、天空、海洋三者交接之处的颜色。

乌龟懵懂地审视着这个世界，如生命初生。

白芷的眼睫微微颤抖，随后她在晨光里睁开眼，眼神迷茫。

她仿佛做了一个长长的噩梦，梦里有空青，她抱着她，与她额头相抵。

她在晨曦里跟她说再见。

但是梦醒之后没有空青，白芷的手指摸上额头，那里似乎还残留着谁的余温。

常明山的风雪呜咽着，席卷而去。

一只乌龟趴在白芷的身旁，她颤抖着手将它捧起，轻轻地喊道："空青？"

乌龟木然，无人回应。

天边的云霞被照亮，太阳彻底升起来了，又是新的一天。

7

相传，常明山上住着一位神仙。

没人知道她的姓名，只知她一身青衣，终日与风雪为伴，身带一只青壳乌龟。她最厌恶不平之事，总爱扶危济困，锄强扶弱。

曾有人误入常明山，穿越风雪，抵达山顶，见两间小屋、一片竹林。

林中神仙安坐，拨弄着掌中小龟，时时低语，但小龟只是沉默以对。

　　神仙不愠不悲，只举手指向晨曦，道："空青，你看，天又亮了。"

　　就这样，长长久久，岁岁年年，直到永远的终点。

妖真的不懂人的痛吗?那为什么她此刻会流泪呢?

大劫之始

文/九墨君

骄纵肆意狐妖
苏六 ————

心怀大义王女
———— 夏钰

大劫之始

文 / 九墨君

1

"当——"

青铜戈掉落在石砖路上，沉闷的碰撞声让另一侧的侍卫不满地扭头，他们身后就是崇国的宫殿，高大的铜柱撑起木制的廊檐，朱红的正门紧闭，威严宛若巨兽让人不敢直视。

"你在干什么！快把武器捡起来。"一个侍卫皱眉呵斥道，作为关中最强大的邦国的侍卫，他们自然也是历经重重选拔才入宫的，真不知道他怎么会犯这种低级错误。

掉落武器的侍卫浑身僵硬，他没有理会旁边同僚的提醒，只是颤巍巍地抬起手，喉结滚动，瞳孔放大，嘴巴无意识地大张着，发出惊恐至极的叫喊声："有……有……"

"有什么？"另一侧侍卫顺着他手指的方向望去，只见不远处天穹被黑云笼罩，电闪雷鸣间，照亮出一只狰狞野兽的侧影，其身形仿若要吞食天日。

"当——"

那是另一支青铜戈掉落的响声，侍卫双膝瘫软跪地，他缩成一团，抱头瑟瑟发抖，连一声"妖怪"都不敢喊出口。

且不论下方凡人如何胆战，黑云中的动静却是愈发激烈起来，雷电大作，妖风阵阵，还夹杂着炽热的火星。

苏六于黑云中穿梭，她已变作原形，携着漫天妖气化作的黑云与那不知名的存在争斗起来。她使出了浑身解数，雷电风火的妖术却皆是无用，她甚至连那幕后之人都未曾见到，只有不知何处而来的锁链如同附骨之疽般跟随，势要将她紧紧束缚住。

她能感到那锁链上附着的滔天因果气息，一旦被其缠住，怕是生死都由不得自己。

苏六再次释放妖术拖着锁链，她变换人形，冶艳的容貌在翻飞的红绫中一闪而过，她轻咬贝齿，脸上露出狠绝的神色，手上接连施出术法："想拿我应劫，那就都别想好过。"

苏六施完最后一个术法，漫天的黑云妖气已与她连接成一个整体，锁链刚摆脱妖术的纠缠，正要追随而来，她轻动食指，红唇吐出一个字来："爆。"

黑云骤然压缩收紧成一个球形，暗红色的光芒在其中闪烁，随后陡然炸开，滔天的火光染红天空，方圆数十里的人皆不敢言，唯跪地叩首，惶恐不已。

火光渐熄，硝烟散去，受损的锁链上泛起白光，破碎的部分迅速复原，锁链再次如蛇一般立起来，环顾四周，却找不到人了。

不知何处传来一声叹息，一只素白无瑕的手从云端伸出，锁链瞬间缩小落在了她的掌心。

苏六在妖气爆炸的瞬间散去了自己的妖力,又化作原形,一只不过手臂大小的狐狸,它蜷缩成一团用尾巴包裹全身,在爆炸气浪的推动下坠向远处。

风从耳边呼啸而过,无法控制的失重感将身体吞噬,漫长又好像短暂的一瞬,后背陡然传来巨大的冲击,苏六发出一声闷哼,体内伤势再难以压制。她警觉地睁开眼,刚看到朦胧的纤细身影,紊乱的妖气便冲上喉头,一股腥甜的鲜血夹带着她的内丹,全落在了眼前人身上。

夏钰今日也是倒霉,她本在宫中小憩,听得门外喧嚷,便起身而出。平日守卫森严的殿内竟空无一人,她感到有大事发生,心乱如麻穿过长廊,正要前去正殿询问,却倏然听到轰隆巨响,天边惊现火团。

她惊到说不出话来,呆滞地看到云端火团中竟分出一点火星,如流星般陨落坠地。这般景象本就足够离奇骇人,可她却发现更加荒诞的事情,那点火星好像离她越来越近了。

刹那间,她想到了无数古籍中关于陨石的记载,陨石坠地方圆数十里化作焦土。她还没来得及心生恐惧,就看到不大的陨石坠落到了她面前的庭院内,火光散去,里面竟是一只白狐。

好像并非陨石。

"妖。"夏钰心思流转,她迅速敛起惊讶,整理衣裳向前,还没等她开口,就迎面被喷一身鲜血。她只来得及掩面,却仍感到有几滴落在了脸颊,还有一股暖流莫名在身体涌现又消失。

她放下手臂,眼前的狐狸却是昏死过去,不,应该是妖狐。

夏钰藏在袖下的手指无意识掐进掌心,她看出眼前这妖此刻已被打成重伤,性命全掌握在她这个凡人手中,也许此刻召集侍卫杀死这只妖是最好的选择,毕竟这妖善恶难定,可是……

夏钰犹豫再三,终是做了决定,她快步上前,脱下短衣将这妖狐包裹起来，随后将其抱在怀中低头回屋，不长的距离她却是胆战心惊，像是一步步走进深渊。

"吱——"夏钰关上房门，乱奏的心弦才渐渐安稳下来，她将怀中的狐狸藏在了榻上，又换了件新的短衣。

"砰砰"，敲门的声响在寂静中尤为响亮，是内官。

夏钰上前开门，内官恭敬行礼道："王女，刚才天生异象，我等带着侍卫前往正殿护王，擅离职守，还望王女勿要怪罪。"

夏钰紧绷的心弦松了些，她定了定神说道："王是邦国根基所在，何罪之有，父王可还安好？"

"异象已散，无事发生。"内官回道。

"善。"夏钰点头，内官却没有动作，反而眼睛有些不安分地向内瞟去，她想到榻上藏匿的妖狐，心中一紧，侧身挡住内官的视线，"可还有事？"

"刚才侍卫看到有异物坠于王女庭中，我……"内官话说到一半，却是突兀向前，身体挤入门内。夏钰本就心慌，错愕之下竟是没有拦住，内官进到房中，榻上的异常自然也就无所遁形。

夏钰僵硬着身体站立，正等着内官的询问，却不料内官惊恐下跪，连续叩头，她扭头望去，却发现榻上平整，像是刚铺过一般，没有任何异常。

"宫中传言王女庭中藏匿了妖物，贞人也卜出了此处大凶，特派我来探寻，无意冒犯了王女，我罪该万死。"内官将额头都磕出血印来，却还是没有停下。

"滚下去。"夏钰冷声道。

"是，是，是。"内官连滚带爬离开了，就凭他的冒犯之举，王女要是追究，他必然要被斩首，如今捡回一条命自然是慌忙逃窜。

夏钰注视着内官的身影消失在拐角，她这才吐出憋在胸口的浊气，后背也早已冷汗涔涔，借用妖力终究是邪道，可她已经别无选择。

夏钰关上门扉，转身就看到一袭红衣坐在榻上，其人面若桃花，眼尾上挑，一双端是妩媚风流的眼睛似笑非笑地看着她，嘴角也好似染上笑意，却难掩眼眸深处的冰冷。

夏钰一刹失神，这妖竟是美得摄人心魄，美艳的容貌像是深不可测的漩涡，将一切视线都搅碎吸住，令人逃脱不得。

苏六轻笑一声，她用食指卷起发尾，眼眸微垂，红唇张合着说道："我美吗？"

"美吗""美吗""美吗"……这两个字像是有魔力一般，在她脑海中繁殖盘旋挤占一切空间，夏钰挣扎一瞬，眼睛就逐渐变得呆滞迷茫，就在她要被彻底控制时，脑海中响起一声微弱的龙吟。

夏钰大梦初醒，她后退抵住紧闭的门扉，惊恐地喘着粗气。

"龙气，你是三皇五帝的后人？"苏六眯起眼眸。

"我为王女，禹之后人。"夏钰强迫自己冷静下来。

苏六冷笑一声，随后欺身而上，红衣翻飞，夏钰只是眨眼，那妖就来到她的面前。两人离得极近，妖的呼吸就在她的脸颊旁，她甚至能数清那双眼睛上的睫毛。

夏钰一动不敢动，那妖的指甲就抵在她的脖颈处。

夏钰的皮肤白皙，一看就是很少外出的贵族小姐，苏六甚至能看到她皮肤下的鸦青血管，她轻轻用指甲划着，殷红的血珠就渗了出来，顺着脖颈蜿蜒而下。

"你胆子很大，连妖都不怕。"苏六说道。

夏钰屏住呼吸："害怕也没有用，不是吗？"

苏六冷笑一声，冶艳的脸上终于有了变化，她有些咬牙切齿地说道："把内丹还给我。"

"什么内丹？我没有见到。"夏钰心思转得飞快，她知道接下来几分钟就是决定她命运的时刻。

苏六一想到就生气，她坠落到地面时伤势反噬，被逼出内丹，谁料这人就站在跟前，内丹恰好落在她身上，若是个腌臜之人也便罢了，大不了她杀人取丹就是。

但没想到这人反而将她藏了起来，让她最虚弱的时候逃过一劫，到底也算是一恩，她不得不接受。本就不好打杀，更何况这人还有龙气，杀了沾上因果也是一桩麻烦事。

"我伤势未愈，落地喷出的一口血，那里面就有我的内丹。"苏六气急而笑，这种事到哪里说理去。

夏钰一愣，想到了那时身体莫名涌现的暖流，她心知此事大概为真，不得不露出苦笑："抱歉，此事我不知情，非有意而为。"

她本想借着凶妖现世扰乱局势，觅得一线生机，却不料还没开口就结了仇怨，终究怨她入了歧途，想必这便是报应吧。

苏六冷笑两声，放在她脖颈的手指并未离开。

"不知可有取丹之法，我愿意配合。"夏钰再次说道。

"有倒是有。"苏六的指尖在她脖颈处划动，危险冰冷的气息令她汗毛竖起，"杀了你，内丹自然就取出来了，这你也愿意配合吗？"

即使心中有了猜测，可当夏钰真听到时仍不免心生恐惧。

漫长的沉默，夏钰缓缓闭上双眼："若只有这一种方法取丹，我愿意配合，此为我命，还望你不要在此地杀人。"

少女强装镇定的声音当然骗不过苏六，她能听出少女声音下那一丝不易察觉的颤抖，这人在害怕。

苏六饶有兴致地注视着少女，从她留有血迹的白皙脖颈到微抬起的下颌，再到微颤的细密睫毛。放在少女脖颈处的手指，只要稍微用力，少女的性命就会被她取走，还有她的内丹。

真奇怪，这人怕死，却又是真心愿意被她取走性命，这样的人她还是第一次见到。

苏六换了想法，她收回手，看到少女迷茫地睁开眼睛。

"你叫什么名字？"苏六问。

"夏钰。"夏钰茫然说道。

"我会记住它的。"苏六点点头，"但你现在要跟我去一趟青丘。"

"青丘在何处？"夏钰还没回过神，但她知道自己好像不用死了。

"距此地三百里。"苏六说道。

"不可。"夏钰终是大惊失色，"我不日便要定亲，此时不告而别，必会被父王认定为不忠不孝之人，愧对先祖。"

苏六皱眉，眼前这人连死都不怕，竟会为一纸婚约失态成这样，她压下心中涌上的莫名愤怒，说道："与你定亲的可是你心上人？"

夏钰愣住，喃喃道："非也，我与他素未谋面，对方是黎国之王，父王将我许配给他，以结永世之盟。"

苏六回想起见过的几个王的模样，不由嗤之以鼻说道："几十岁的糟老头子也值得你忸怩作态。"

夏钰摇头说道："你是不会懂的，此事不只和我有关，更与千万人息息相关，我若不……"

"够了。"苏六没耐心听下去了，"青丘是狐族圣地，跟我去青丘寻求长老帮助，他必有取丹之法。"

苏六其实还藏了半句话没说，那不知名的存在想必还在寻找她的位置，她的内丹若有龙气遮掩，一时半会儿难以被发现，足够让她安全回到青丘。

夏钰还想再说，苏六一挥红袖，不知何处而来的妖风便卷住她，裹挟着她消失了。

2

夏钰迷迷糊糊地睁开眼，视线蒙眬，脑袋还在隐隐作痛，她尚未清楚发生了什么，倏然冷风猎猎吹过。

夏钰瞬间清醒，她瞪大双眼，眼前是一望无垠的蔚蓝天空，云雾缭绕，她不由自主向下望去，起伏的山河上点缀着蚂蚁大小的村庄，毫无疑问，她正在天上。

"喂，这里是哪里啊？"夏钰不敢再看下面，声音还有些发抖，她试图站起来，却发现腰间缠绕着一圈黑云，她被固定在半空。

苏六站在前面，依旧是一袭红衣，她缓缓转过头，只是一抬手，夏钰腰间的黑云便散开了："你醒了，我们已经到崇国边境了。"

"怎么会……"夏钰瘫坐在黑云之上，瞳孔放大，双手无意识地攥紧，要知道崇国是关中最强大的邦国，面积也是最大的，如果从王都到边境，即使骑上马三天也不一定能赶到。

"放心，等我到青丘找长老取丹之后，我……"

苏六倏然愣住了，夏钰从黑云上爬起来，不顾一切地冲向她。她本来可以轻松躲开的，但她没有，夏钰将她压在了身下，双手紧紧攥住她的肩膀。

"啪嗒"，湿热的触感落在了脸颊上，苏六怔怔地注视着夏钰，少女咬着牙，一副狠绝的表情，眼睛却涌出大滴泪珠,滴落在她的脸上。

怎么会有这样的人，一副恨不得杀死她的样子，却又看起来那样悲伤。

"你根本什么都不懂。"夏钰咬着牙说道，绝望战胜了对妖的恐惧，以至于她可以做出这样惊世骇俗的举动，"我可以死在那里，却唯独不能离开，邦国危如累卵，任何微小的动静都可能将战争彻底点燃，千万人都将因此丧命。"

夏钰这才发现自己错了，她想用妖的力量破局，却不曾想到妖天

性自由，做事无拘无束，善恶都无法定义，以致将她的安排全部打乱，她彻底失去了对局势的掌控。

一切都已经来不及了。

苏六抬手拭去夏钰脸上的泪水，她不明白少女为何如此悲伤，明明从她手里逃过一劫，却又好像失去了比生命还要重要的东西，真的还有东西比自己性命还重要吗？

她很想知道，这是她漫长生命中从未了解过的事情。

等等，好像有很糟糕的事情发生了，伤势又要反噬了，苏六脸色骤变，她一把推开夏钰，随后手指飞舞施出术法，却发现体内妖力近乎枯竭。坏了，内丹不在她身上，她没有妖力了。

换句话说，她们要坠下去了。

"抓紧我。"苏六来不及反应，只是反手抓住夏钰，她们脚下的妖云连续闪烁，最后消弭在空中，恐怖的失重感再次袭来，下坠的气流让她睁不开眼睛。

不是吧，又来一次。苏六一咬牙，左手紧紧抱住夏钰，右手化作原形，她逼出自己的一丝本命精血，混杂着最后一点妖力化作护盾，剩下的只有听天由命了。

苏六闭上眼睛，金色光芒坠向大地，随后轰隆一声，碎石纷飞，烟尘遍地。

漫天都是黄色烟尘，夏钰咳嗽了几声，她低头捂住口鼻，抱着狐狸向前跑去，烟尘内无法分辨方向，但只要跑出去就好了，烟尘逐渐变少，视野也清晰起来。

夏钰回头望去，只看到空地上多出一个巨大坑洞，她愣了一下。

夏钰低头看向自己怀里，狐狸白色的毛发沾染上土看起来有些狼狈，此刻它双眼紧闭，像是昏厥了过去。

夏钰拎起狐狸的腿晃荡了两下，狐狸全身发软没有挣扎，看样子真是昏过去了，一点妖的样子都没有了。

夏钰叹了口气，她看了眼四周，这是荒凉的郊外，没有任何人烟，好在还是中午，若是晚上怕不是还会有豺狼野兽，她必须要找到人烟才行。

夏钰抱着狐狸向前走去，刚走数十步就听到一道虚弱的声音在脑海中响起。

"往北走，那里有个洞穴。"

这声音很熟悉，夏钰低下头，正好对着狐狸的眼睛，圆不溜秋，还眨巴了一下。

"快点，不然杀掉你。"狐狸龇了龇牙。

如果她没猜错的话，夏钰伸出手，在狐狸不可置信的目光中，捏住了狐狸的嘴巴："闭嘴。"

狐狸全身僵硬，随后剧烈地挣扎起来，用力蹬腿又翻转身体，却怎么都逃脱不开夏钰的魔爪。

"果然，失去妖力了吗？"夏钰又叹了口气，松开了捏住狐狸嘴巴的手。

"你怎么敢……"狐狸像是要把牙齿都咬碎了，狠戾的神态配上沾染着尘土的毛发，活脱脱一只村里的土狗，"我要杀了你。"

"还是等你恢复妖力再说吧。"夏钰再次捏住狐狸的嘴巴，她已经没有什么好失去了，连对妖的敬畏之心也没有了。

夏钰走了两步，想起了什么，拎起狐狸与它四目相对，狐狸还在蹬的腿逐渐僵硬停住。

"你能看得很远对吗？快告诉我哪里有人，否则把你丢在这里。"

狐狸瞪大了眼睛，这个胆大妄为的人类，它多少年没受到这样的威胁了，该死……但她还真说中她的命门，如果被丢在这里，没有内丹就不可能恢复妖力，只能成为普通狐狸，直到被人抓住或是被野狼咬死。

狐狸考虑完后果,决定忍辱负重:"往北三里有一处村庄。"

"多谢了。"夏钰把狐狸放在怀里,随手揉了揉狐狸的脑袋。

狐狸身体再次僵住,该死的人类,等我恢复妖力……

夏钰往北走了不过两里路,就看到了一条蜿蜒向下的河流,河水清澈,棒槌敲击在衣物上的声音很远就能听到。她顺着河流向上走,棒槌发出的声音愈发清晰,她看到一个穿着粗麻衣的老妇人。

老妇人身材瘦小,佝偻着背坐在河边清洗衣物,夏钰走近后恭敬行礼:"请问此处可有村庄?我外出迷路,想在此休憩一晚。"

夏钰说完,又从袖口掏出随身带着的铜贝。

老妇人停下手中动作,转身上下打量着夏钰,见她身穿华丽服饰便放下心来,又看到夏钰手中的铜贝,老人那张黝黑皱巴的脸上露出笑容:"小姐随便住嘞,等我干完活就带你们回村。"

老妇人将沾满水渍的右手在麻衣上抹了抹,随后伸手抓起铜贝塞进衣物中。她又再次坐下,干瘦的手掌有力地握住棒槌,再次敲打起来。

"人类都是不可信的,小心他们将你骗进村里劫杀。"狐狸待在夏钰怀里龇牙咧嘴,它想着自己的遭遇就有些愤愤不平,若不是心软饶了这少女一命,如今又怎么会被她威胁,"不如去我说的洞穴,等我恢复妖力,我……"

"然后呢?"夏钰捏住狐狸的后颈,似笑非笑地看向狐狸,"怎么不说了?"

狐狸瞬间没声了,将头缩了起来,她想的是恢复妖力,就先杀了少女以报此仇,但这种话又怎么说得出口。

"你妖力还要多久恢复?"夏钰拍了拍狐狸脑袋,手感奇佳,又忍不住多揉了一把。

狐狸没在乎夏钰的举动,或者说它已经习惯得差不多了,此刻它心思流转，传音道："一天，到明天我就能恢复了，然后带你去青丘，取出内丹就送你回原来的地方。"

狐狸脸上不自觉露出谄媚的笑容了，夏钰眨了下眼，确认自己没有看错，鬼知道狐狸脸上是怎么露出这种笑容的，她已经脑补出那张妖艳绝美的脸上露出这种表情的样子了。

夏钰扑哧一声笑出来了，实在难以想象。

老妇人疑惑地回头："小姐这是跟谁说话呢？"

"我的宠物很有灵性，刚才正是跟它聊天呢。"夏钰按住狐狸的脑袋，又揉搓了一把。

"哦。"老妇人不是很懂地点头，只当是有钱人家的怪癖罢了。

"安分点。"夏钰用手压住正在怀里扭动的狐狸，显然它还在对"宠物"一词愤愤不平。

奇耻大辱，狐狸张嘴咬在了夏钰的袖口，将其想象成夏钰恨恨地磨牙。至于咬夏钰本人，它还是不敢的，万一被抛下它就惨了。想到这里，它又抓紧吸收夏钰身上溢出来的内丹妖力。

老妇人不多时便洗完了衣物，将其放在木桶里拎走，夏钰见状又抢着帮忙抬木桶，赢得老妇人的一连串夸赞。木桶不算轻，夏钰抬得也极为吃力，好在村庄并不算远，走了不到 里的土路，就可以看到些许茅草混着泥砖搭建的屋子。

村里没什么人，只有几个孩童在路边打闹，可能他们从未见过外乡人，夏钰路过时他们都好奇地打量着，然后吵闹着跟在了后面。

"放在这里好了。"老妇人停在了一个院子前，她笑着从夏钰手中接过木桶，略显吃力地拎进院子，"小姐再帮我劈些柴吧，我去烧饭。"

"好。"夏钰用手腕擦了擦额角冒出的汗，她已经很久没有做这种体力活了。

院子并不大，也没有什么东西，只有柴堆靠在屋边。

夏钰也不嫌脏，顺手拉把椅子就坐了下去，然后从柴堆旁拿起斧头，生疏地将一根木头立在地上，她用斧头比画了下，就手起斧落将木头劈成两半，干净利落。

"你一个贵族小姐还会劈柴？"狐狸从夏钰怀里跳起来，惊讶地传声道。

"我父王并非长子，八岁以前，我也生活在类似这里的院中，后来伯父遇刺，父王才继承了王位。"夏钰手上动作没停，又一根木头被劈成两半，时至今日，她也能轻描淡写说出那段染血的逃亡记忆了。

盯上王位的人何其之多，虽然父王是伯父死后的第一顺位继承人，却也经历种种险境才登上王位。也正是在那段时间，她走遍了崇国的大多数地方，一颗种子在她心中萌生发芽。

"别推我，要去你们自己去。"

院子外男孩们挤成一团，打闹的过程中一个男孩被人推了出来，他踉跄了两步才站稳，回头看同伴们已经把门口堵死了，还有人冲他做出鬼脸。

男孩脸憋得通红，正气愤地要转身动手，夏钰从后面把他叫住了："有事吗？"

夏钰把斧头放在一边，然后小心地转动酸痛的手腕，她还是太久没做这种体力活了，才劈了几分钟，手腕就胀痛得坚持不下去了。

男孩扭捏着转身，他低下头，露出脚趾的草鞋碾着院中的泥土："那个……我可以摸摸你的狐狸吗？"

怀中的狐狸顿时紧张了起来，浑身毛都竖了起来，夏钰意外地低头看了眼狐狸，用手指着不确定问道："它？"

"嗯！"男孩仰起通红的脸，满脸期待地望向夏钰。

夏钰用手顺了顺狐狸竖起的毛，轻笑道："看不出来你还挺受欢迎的。"

狐狸看向眼前的男孩，黝黑通红的脸上还挂着鼻涕，垂在腰间晃荡的手上满是泥土，像是刚玩过泥巴。它根本无法想象被这男孩抓住的样子，肯定是身在地狱的感觉吧。

"夏钰我警告你，你要是敢把我交给他，我就跟你没完。"狐狸身上的毛又竖了起来。

"那可由不得你。"夏钰抓住狐狸挣扎的四肢，一副要把它递过去的样子。狐狸拼命挣扎，甚至还发出了叫声，就在男孩都准备伸手接的时候，她才把狐狸抱回怀里。

狐狸卸了力，趴在她怀里吐舌头，刚才是真用力挣扎了。

"抱歉，它不愿意，我给你这个可以吗？"夏钰一边用左手安抚着怀中的狐狸，一边伸出右手从袖口里拿出仅剩的铜贝摊在掌心。

男孩露出失望的神情，却紧接着又被光滑的铜贝吸引："好，你真的要把它给我吗？"

男孩显得有些兴奋，伸手想去拿却又有些局促。

"拿去吧。"夏钰笑了笑，抓住男孩的手，将铜贝放在了男孩的掌心。

"谢谢，谢谢。"男孩兴奋地眨着眼睛，他转身走了两步就小跑起来，院子外的男孩一股脑围了过去，羡慕又嫉妒地互相打闹着远去。

"柴劈好了吗？给我送些来吧。"老妇人在厨房叫道。

凝望男孩们远去的夏钰被打断思绪，她拾掇起劈开的柴火，抱着将其送入厨房。

晚饭是二次蒸熟的粟米，粟米首次蒸熟后不掀盖，用大火将其再蒸一回，这样蒸出来的粟米不仅颗粒饱满而且会变得更大。可夏钰知道这只是表象，粟米看起来多了一倍，但实际量却并没有变，吃起来饱得快饿得也快，甚至可能会令人身体浮肿。

边境的粮食应该也不多了，否则村民们也不会用这种自欺欺人的方法。

夏钰吃过饭，被老妇人带到了一处客房，房内几乎没有什么装饰，泥糊的榻上铺着草席，那就是她们今晚睡觉的地方。

老妇人走后，狐狸从夏钰怀里蹦起来，它在屋内走动，像是在巡视自己的领土。

夏钰直接躺在了草席上，身体已经疲惫不堪，可她却没有多少睡意，内心涌出的猜测让她胸口沉闷，几乎喘不过气来。

狐狸盯着夏钰看了数秒，倏然跳上榻，挤进她的怀里，找了个舒服的姿势靠着不动了。

夏钰被怀中的动静吸引，她用右手顺了顺狐狸的毛发，又觉得有些好笑说道："妖应该不用睡觉吧？"

"你又不是妖，你怎么知道？"狐狸不服气地龇牙咧嘴，它又在夏钰怀中挤了挤，贴到了最靠近内丹的地方。

夏钰没有再说话，只是摸了摸狐狸的脑袋，温暖的热源贴在胸口，驱散了盘踞在那里的阴冷与沉重，她终于吐出了一口浊气，身体也放松下来。

月亮爬上夜空，狐狸的呼吸也变得平稳，夏钰只是小憩一会儿就又醒来了。她闭着眼睛却无法入睡，想了想她小心地爬起来，将狐狸留在了榻上。

夏钰推开房门，月色朦胧如纱，小院内寂静唯有虫鸣，她靠着门边，有些茫然地凝视着这一切，蓦然，一滴眼泪滑过脸颊，顺着下颌滴落在地上。

身旁一只手伸出擦去她脸上的泪痕，苏六柔声说道："你哭了。"

"是吗？"夏钰愣了下，抬手摸了摸自己的眼角，湿润的触感让她不由苦笑，"还真是，妖力恢复了吗？"

"嗯。"苏六点头。

"那挺好的。"夏钰没有追究狐狸的言辞不一，她也没有转头，"你要杀死我吗？"

苏六的手停留在夏钰的脖颈，听到这句话，苏六停下动作，眼神复杂地将手绕过脖颈，转而抱住了夏钰，她的脑袋搭在了夏钰的肩上，不知如何，她觉得此刻夏钰需要这个拥抱。

"不，明天我带你去青丘，跟我们之前说的一样。"苏六说。

"你还是杀了我吧。"夏钰笑了笑，"杀了我取出内丹，你大可继续去当你的妖，若是还记得我的几分情义，就帮我转告父王，时机未到，殷商仍是天下最强大的邦国，反商复夏没有可能成功，不要再让人流血了。"

"你不怕死。"苏六看出眼前少女的认真，她轻点少女的脸颊，"那你又为什么而哭？"

夏钰沉默了，片刻后她说："你觉得这个村庄怎么样？"

苏六诧异地看了眼夏钰，像是话题跳转得如此之快让她没反应过来："不就是个普通的人类村庄吗？"

"这个村庄内没有成年男性。"夏钰摇了摇头，"晚饭我们吃的乃是应对饥荒的双蒸饭，男人都被拉进军队了，粮草也都被征为军粮。

"三个月前，殷商被排挤的旧贵族找到父王，说殷商帝辛昏庸，重小人远旧臣不重祭祀，不日将亡，他愿随我父王出征，重建夏朝。"夏钰平静地继续说，"我父王被蛊惑，以婚约联盟周边诸国，意图反商复夏，可我知道国内动荡刚平，周边也都是弱国，反商几乎没有可能成功。我四处奔走，只求能阻止这场必输的战争。"

"我本以为还有转机，可是……"说到这里，夏钰眨眼，泪水再次流了出来，"父王他已经在行动了，战争一旦开始就绝不会停下，这里的村庄不日就将被摧毁，所有人都会死，难道我不该流泪吗？"

苏六不懂人类的情感,她难以理解,生命、自由,这才是她最看重的东西,怎么还会有人会为别人而哭泣?

她绞尽脑汁想出了一个答案:"你想当王吗?我只听说人王会在乎这些。"

夏钰愣住了,这种大逆不道的话还从未有人跟她说过,她思考了下,还是摇了摇头:"女子又怎么能称王,我只想要不再有人因此而死,百姓安居乐业,没有战争杀戮死亡,世间也再没有别离。"

夏钰说到最后露出苦笑,她也觉得这是根本不可能实现的梦:"你是妖,又何必要理解人类的欲望。"

"如果有选择,我宁愿成为一只妖。"夏钰闭上眼,将头靠向了苏六,她只是太累了,疲倦到不想醒来。

说者无心,听者有意,苏六小心地抱紧了夏钰。

❸

次日清晨,夏钰抱着狐狸告别老妇人。

老妇人站在院中,听到夏钰要走,她没有惊讶,只是要夏钰等等,她转身走进屋内,出来时带着一个巴掌大小的粗麻袋。

"小姐,这个你拿着,自家做的稷饼,留着路上吃。"老妇人攥住夏钰的手,离别时她话反而多了起来,"最近不太平,小姐多走官道,也安全些。"

老妇人说完,又从身上掏出铜贝放在夏钰手中,正是昨日夏钰给她的。

"这些留给我也是无用,小姐带着吧。"老妇人拍了拍夏钰的手,犹豫下还是问道,"小姐此行可是要去王都?"

夏钰点头,如果顺利的话,她最后确是要回到王都的。

"那小姐要是到了王都,可否帮我打听一下陶家村的众人可还安好？"老妇人说到这里已经双手颤抖，泣不成声，"他们前些日子都被抓去当兵，到现在也没有音讯。"

"好，我答应你。"夏钰安慰起老妇人，将她扶到院中坐下，这个年过半百的老人，牙齿都快掉光了，此刻却哭得像个迷路的孩子一样。

夏钰抱着狐狸刚走出村庄没多久，狐狸便跳下化作人形，一袭艳丽红衣，与这四周都是土色的世界格格不入。

"走，我带你去青丘。"苏六一甩长袖，不知从何而来的妖风便席卷二人，将她们带到了天上。

一回生二回熟，夏钰扶住额头，妖气升腾而起时与人相冲，她头晕片刻，很快就调整过来，目光所及之处再次变成了辽阔的云海。

"青丘可好玩了，等你到了青丘就知道了。"苏六在夏钰身边叽叽喳喳，就跟即将返乡的游子一样兴奋，"青丘的灵气是天下最为浓郁的，连花啊，树啊，都能成为小妖。"

"青丘虽然禁止外人进入，但以我的身份，带你进去是轻而易举。"苏六如果不是已化作人形，此时尾巴估计早翘起来了。可夏钰实在提不起兴致，或者说自从昨日她知道父王已经开始行动，她所努力追求的东西不复存在，她就陷入了迷茫。

"对了，青丘还有涂山氏，她们中曾出过一位人王之妻，好像那位人王就是禹，说起来还算跟你有点关系，她们肯定不会为难你的。"苏六已经盘算着如何将夏钰介绍给众人，但她想到涂山氏跟夏钰有些渊源，到时候还可能会抢人，她又决心要将夏钰藏得好一点。

"到了，下面就是青丘。"苏六看到熟悉的群山兴奋说道，她手上施出术法，控制着妖云下降，好在这次没有出意外，她们顺利地落在地面。

夏钰抬头望去，山脉巍峨，绿色林木连绵成片，看起来像是深山老林，根本不像有妖居住的地方。

苏六像是看出了夏钰的疑惑，她露出微笑，手上再次施出术法："你看到的是结界，等我打开通道，你才能进入青丘。"

"好了。"苏六施完最后一个术法，她向前伸出手，触摸到的透明屏障荡起波纹，她用力一扯，"欢迎来到青丘。"

眼前刹那间换了一幅景象，空气中飘舞着火星，漫无边际的绿色草原被大火点燃，黑烟弥漫，贪婪的火舌跳动，不远处的苍天巨树折断坠地，俨然一片火海。

"怎么会？"苏六愣在原地，火光倒映在她的瞳孔中，将她的脸都照成橘红色。

这不是她记忆中的青丘。

夏钰恍了下神，连绵的火焰肆虐着整个平原，她曾不止一次在梦中见到这幅景象。刹那她对眼前的妖起了些怜悯之心，心想妖也不过和她一样，第一次见到战争，无措得像个孩子。

"别害怕。"夏钰牵着苏六的手悄然握紧，她想借给这个妖力量，就像妖也曾对她张开怀抱，"我还在这里。"

"谁敢对青丘动手？"苏六将牙齿咬得吱嘎作响，她的脸逐渐变得有些狰狞，五官也不受控制地兽化成狐。

"你的族人应该还活着。"夏钰轻声说道，"这里连血迹都没有。"

苏六被唤回些理智，脸上兽化的痕迹褪去，她反攥住夏钰的手："他们肯定都在圣地，那里有青丘最强大的防御结界。"

夏钰的手被攥得有点疼，她没有反抗，只是开口说道："好，我们过去。"

青丘几乎被火焰包围，苏六用妖力撑起屏障，隔绝热量与火焰，她们走过被点燃的森林，树木都被烧成焦炭。即使这样夏钰也能看出青丘之前的几分景色，如果不是这片火海，青丘可能真是一处人间仙境。

坠落的树枝挡住道路，苏六只是一挥手，妖力便将拦路的树木摧毁，她们就这样在火海中闯出一条路来，越往森林里走火势越盛，终于苏六停下脚步。

夏钰看到了一处血染的水潭，水面被血染成红色，水潭上漂浮着数只狐狸的尸体，它们的毛发都被血水浸湿，半睁着无神的眼睛随着水面荡漾浮沉，毫无疑问，它们都已经死了。

"连圣地都失守了。"苏六的眼眸黯淡下来，她看到越靠近圣地的区域反而被毁坏得更加严重，心中就有了猜测，可真看到这一幕时，仍然让她无法接受。

苏六松开夏钰的手走上前，她停在水潭边，抬起手刚要使用妖力将潭中的尸体都搬到岸边，就听到身后传来一声咳嗽。

"别动它们。"

水潭边缘的森林被火海包围，此刻却有一处的火焰熄灭，现出一个黑色的身影。那是一个半边身体都长出黑色毛发的老者，他依靠在烧焦的树干上，像是连站起的力气都没有了。

"它们身上还残留着魔气，碰到就会被魔气入体。"老者又咳嗽了两声，他勉强举起干枯的手臂，展示上面邪异的黑色毛发，"结局只会像我一样，成为魔气新的容器。"

苏六猛然转过身，她看到老者时，瞳孔骤然放大，惊愕开口道："纯狐氏的长老。"

老者抬起眼皮，努力辨别了许久才说道："啊，是之前在外游历的苏氏的小家伙，是苏六吧。"

"是我。"苏六激动说道，她一路走过来，没有看到青丘的任何一个妖，甚至以为他们都已经死了，"青丘到底发什么了什么？其他妖呢？"

"是魔。"老者眼中闪过恐惧，"大劫将至，当代人王不敬神明，

失去了神的恩宠，远古的神灵已经抛弃了这个世界，上古之魔重新降临，天地大劫将要重演。"

"青丘是最先被袭击的地方，他们做好了准备，污染了圣泉，四大氏族都死伤惨重，活下来的妖都从后山的传送阵逃走了。"老者说到这里露出苦笑，"只留下我这种被魔气入体的老家伙在这里等死。"

"那些魔在哪里？"苏六攥紧了拳。

"他们从后山的传送阵追出去了，你也快逃走吧，说不定他们还会回来。"老者咳嗽了下，黑色毛发正逐渐占据他的全身。

"我还不能走。"苏六扭头看向一旁的夏钰，她拉着夏钰走到老者身前，"我的内丹被人类误食，请问长老可有取丹之法？"

夏钰平静地看向老者，事到如今，她对结果已经不在意了。

老者凝视了夏钰片刻，开口说道："她对你很重要吧？"

苏六一愣，这个问题让她无法回答。她本该杀死夏钰取丹的，可夏钰与她见过的人类都不一样，她说不出为什么，她只知道，她不想要夏钰死，从一开始就不想。

"如果圣泉还在的话，取丹自然不是问题。"老者缓慢摇摇头，"但我现在妖力全失，圣泉也被毁了，取丹这件事我无法帮你。"

苏六的心坠到了谷底。

"你带着她离开吧，妖丹于人无害，只要你们不分开，就不会有事。"老者神情恍惚，他想到了涂山氏的女娇，她同样将妖丹分给了当时的人王禹，只为了能够长久相伴。

可惜世事难料，女娇最后失去了内丹，成了山上的石头。

苏六自然听懂了老者的后半句，于人无害，可于妖有害，妖一旦离开妖丹过远，不能汲取到妖力，最终只会变成没有灵智的野兽。

不知为何，苏六竟没有反对的想法，只要她们不分开。

"不行。"夏钰开口说道，天性自由的妖，又何必被她束缚住呢，她也有她必须要做的事。

苏六愣住了,紧接着心头涌上莫名的怒火,这情感来得无由,说不清是对夏钰自作主张的生气,还是对自己被拒绝后无法克制的失落。

"魔,魔,快逃啊。"老者倏然惊恐地大喊着,他的胸口已经被黑色毛发彻底占据,眼睛也变得无神。他像是看不见站在眼前的两人,陷入到了自己的回忆中。

"你该送我回王都了。"夏钰轻声说道。

苏六沉默着没有说话,片刻后她点了点头,说道:"好,我带你去。"

苏六没敢触碰长老,只是用妖力让他昏迷,使他不再陷入循环的梦魇当中,虽然长老可能不会再睁开眼睛,魔气已经快将他的身体彻底侵蚀。

然后苏六将夏钰带回青丘的入口处,重新打开了青丘的结界,被火焰焚烧殆尽的世界消失,夏钰再次看到了那片深山老林。

苏六挥手招来妖风,载着她们飞上天空,好像一切都没有改变,但一切又都改变了,夏钰知道,这是最后一次飞上天空了。

她要见父王最后一面,然后将内丹还给苏六。

"等等,我们下去看看。"夏钰拽了拽苏六的衣袖,她看向下面的焦土,依稀记得那是她们当时留宿的地方。

她们上午才离开,此时天色还未晚,怎么会变化如此之大?

苏六低头扫了一眼,错愕地停在半空,随后她想到什么,看了眼夏钰欲言又止。

"怎么了?"夏钰察觉到她的异常,疑惑地问道。

"没什么,我们现在下去。"苏六反握住夏钰的手。

她们降落在村口,往日嬉闹的孩童已经不见了,路旁的茅草屋也

大多坍塌，但夏钰仍能认出这就是她们留宿过的村庄。

"怎么可能？"夏钰不敢置信地瞪大眼睛，她看向坍圮的房屋，从毁坏痕迹来看至少已经是几十天前发生的事情了。

"青丘是独立的小世界，圣泉被毁，空间紊乱，以至于两端时间流速也不同了。"苏六攥紧夏钰的手，"我也刚刚才想到这件事。"

"这里过去了多久？"夏钰的脸色变得煞白，她想到曾在宫中看到的奇闻逸事录，曾有一砍柴人进山砍柴，却遇到山中有两人对弈，他不过旁观到天黑，下山后方觉世间已过了百年，原来这故事并非是凭空捏造的。

"三个月。"苏六说道。

"一切都结束了。"夏钰喃喃道，她突然起身奔跑起来，跌跌撞撞，狼狈却又竭尽全力。苏六慌忙起身去追，可她只是跑到拐角就停下了下来。

苏六跟了上去，同样跑到拐角就停下了脚步。

"这是……"苏六被震惊到说不出话来。

村庄中央出现了一个巨坑，里面横七竖八摆放着人类的尸体，苍蝇在空中飞舞，恶臭扑面而来，刀、戈随意地插在坑洞中。

"殷商军队的人祭，他们已经来过这里了。"夏钰掩住口鼻，腹中翻涌，弯腰吐出一些苦水。

妖的记忆比人强太多，苏六只是扫了一眼，就在坑洞里面看到了当初那个要摸自己的男孩，此刻他的身躯已腐烂，唯有手掌中露出铜贝的一角。

"走吧，不要再看了。"苏六一抬手，妖风再次将她们席卷至远离地面的半空，地面上的景象却深深刻在了她们的心里。

"我们不去王都了吧。"苏六犹豫下还是说了出来，她想到了青丘的惨状，难道还要夏钰也经历一次吗？

"不，带我去王都。"夏钰紧紧攥住苏六的手，她现在只能依靠妖了，"求你。"

苏六不忍去看夏钰哀求的神色，她转过身看向远处，反握住夏钰的手："好。"

黑云疾驰而过，苏六加大了妖力，这次仅用了一个时辰，她们就飞到了王都上空。

"去宫殿。"夏钰脸色惨白，在还没到王都时，她就看到王都的城墙已破损，沿路逃亡的百姓尸横遍野，王都已经失守了。

王城内满是焦土，烧毁的房屋坍圮在地上，血迹已经干涸成黑色，留在通向宫殿的石子路上。还有敌国的士兵，他们散落在各处，从毁坏的房屋中翻找财物，偶尔爆发出声声欢呼。

越靠近宫殿士兵越多，黑云疾驰而过，可他们却像是看不到，苏六隐匿了她们的行踪，飞过看守森严的宫门，直接落在宫殿中。

昔日群臣觐见的地方已经被鲜血染红，士兵看守着这里，或者说是看守着中央的那位，崇国的王。他被捆住四肢跪在石板上，将军说要让他面对着殷商的方向，被太阳炙烤而亡。

"父王。"夏钰看向中央，眼泪顿时涌出来，她几乎没认出跪在那里的人是谁，往日华贵衣服包裹的魁梧身躯不见了，他赤裸着消瘦的上半身跪在那里，身体上遍布血污，脏乱的黑发盖住脸庞，双手被粗绳捆住拴在立起的石柱上。

夏钰冲过去，跪在父王身前，她捧起父王的脸，泣不成声地呼唤着。

苏六站在角落，她一甩长袖，周围的士兵就都昏沉着脑袋晕倒。

那是一张粗犷留有络腮胡的脸，即使闭着眼，也有着令人不敢冒犯的威严，此刻他低垂着头，在夏钰一声声呼唤中恢复了些许意识。

"子钰……"崇王微抬起头，他的眼睛也已经被弄瞎了，此刻他全靠着胸口的一股气才强撑到现在。

"父王，是我。"夏钰抱着父王的头，她将头抵在父王的鬓角上流泪，"何至于此，何至于此啊。"

"逃……"崇王干裂的嘴唇开合，他的声音微弱沙哑，却是用尽了最后力气，"夏王……最后的……血脉，逃……"

崇王的头终是垂了下去，夏钰跪地号啕大哭。

"要我将他们都杀死吗？"苏六像是感受到了夏钰的悲伤，她只是伸手，无形的妖风便在这狭小的空间肆虐。

"不。"夏钰跌跌撞撞地站起来，她走向其中一个士兵，"杀死我父王的是战争，现在战争已经结束了，又何必再多行杀戮。"

夏钰拿起地上士兵的青铜剑，她将剑拔出剑鞘，剑刃寒光凛冽，苏六突然有了不好的预感，像是马上就要失去什么重要的东西了。

"你拿起剑干什么？"苏六开口问道，"你要杀谁，我帮你，即使是人王。"

"我已经……"夏钰摇了摇头，她反手握住了青铜剑，将其贴在了自己的脖颈处，"不想再杀任何人了。"

夏与商的战争也该在她这里结束了。

夏钰闭上眼睛，猛然下压手腕，可青铜剑却纹丝未动，她睁眼看向苏六。

"为什么？"苏六茫然地看向她，垂下的手中有妖风涌动，"你亲人已经死了，为何不能和我一起走呢？你不是也想做妖吗？我们可以逃到很远的地方，永远不分开，等大劫过去再出来，外面死再多人也跟我们无关。"

夏钰摇了摇头，她望向苏六的眼中有泪光闪烁，却也带着仅剩的温柔："你是妖，又怎么懂人的痛呢？"

苏六愣住了，手中盘踞的妖风终究还是消散，那一刻，她看懂了夏钰的哀求。

血溅在了青石板上,那本就染上褐黑色血迹的地方又覆盖了一层新血,身躯沉重地倒了下去,连带着青铜剑掉落在地上,剑刃震颤发出哀鸣。

苏六没有去看,她只是抬起头,一滴泪珠滑过脸颊,"啪嗒"滴落在地上,妖真的不懂人的痛吗?那为什么她此刻会流泪呢?

明明只是个人类……

苏六对着夏钰倒下的地方伸出手,一颗内丹飞出落在她的胸口,妖力再次在她身躯中涌动,磅礴的妖力汇聚在她的掌心。

呼啸的妖风中,一点金灿灿的灵光从夏钰的身上摇摆升起,不受任何影响,缓慢落在她的掌心。

风停了,不知何处传来一声叹息,世界都宛若凝固,浮动的尘埃、飘落的树叶都定在半空,无尽的光芒从苏六身后绽放,还有锁链前行的声响。

锁链如蛇一般在空气中游弋,它缓慢缠住苏六伸出的手腕,大劫的气息逐渐与苏六融为一体。

"可否将这点先天灵光带到大劫之后?"苏六没有挣扎,她只是抬起于轻声问道。

那一点灵光逐渐升起,越过苏六,落在了她的身后。

"善。"一只素白无瑕的手从云端中伸出,灵光落在了她的掌心。

等你醒来,那就是你希望的世界。

苏六望着那点灵光消失,她转身跪地,那双素白无瑕的手伸出手指,点在了她的额头。

"应劫而生,汝名为苏妲己。"

她脱掉了斗篷,我看见她像是一朵燃烧的红花,最终化为灰烬。

鸢娘

文 / 贺兰邪

娇俏蛮横皇后
程月皎

忠心哑巴巫女
乌瑾

鸢娘

文 / 贺兰邪

1

这是我在"趁东风"小馆当差的第十年。

'趁东风'是邺城的一家店铺,里面卖的都是一些巧夺天工的纸鸢,与市面上的纸鸢不同的是,这屋子里摆放的每一只纸鸢都是人形,它们挂在墙上就像是沉睡的人。

若是有客人需要,老板鸢娘会用笔墨给这些纸鸢点睛,紫竹作骨,燃犀生魂,再由我拿去邺城之外放飞于天外。这些纸鸢能够实现每个人的心愿,但每个人都需要付出同等的代价,待雇主死后,灵魂必须送给"趁东风"。

鸢娘她从不曾离开邺城半步,她说她喜欢这里,而我最讨厌邺城。因为邺城每家每户的屋顶总是有一层薄薄的白雪,无论你种植什么花草,它们始终都蔫了吧唧。整座城镇像极了迟暮的老人,就靠一口仙气吊着。

这口仙气是从鸢娘手中来的。

自我记事时起,便总见到有客人来店铺里以重金购买纸鸢,鸢娘拿了钱,就会把自己关在屋子里耗费三天时间制作出最完美的纸鸢,然后再派出小仆人灵昕去邺城郊外放出纸鸢。我以为鸢娘得到这一大笔钱财,会把我们的小店铺变成大店铺,抑或她赚足了钱,会带着我离开这终年雪不化的破地方。

没承想,她拿着这笔钱当了一回活菩萨,在城中广散金银,为其他人修筑房屋,买药看病。

总之,她善良得不像是活人。活人拥有的七情六欲,她一样都没有。

若不是我每日同她同吃同住,目睹她会吃饭会睡觉,我当真会怀疑她不是活人。

当我把心中的困惑告诉店铺门口时常上门乞讨的阿狗兄弟,阿狗兄弟却提出了另一个疑问。

"阿瑾,你可曾想过,那消失的灵昕去了何处?"

灵昕是在何年何月何日消失的,我已全然忘记。只记得某天清晨起来,我看见铜镜里的我已经从半大孩子变成了亭亭玉立的小姑娘。鸢娘便吩咐我,从今天起,我要负责处理这小馆里的所有事务,包括去邺城郊外放纸鸢。

当我问及灵昕去了何处。

鸢娘只说了四个字:"时间到了。"

我懵懵懂懂不知何意,但鸢娘总归是没有害过我。

我年幼时,在隆冬腊月快要冻死之际,是鸢娘在邺城郊外捡到了我。她不顾一切将我从城郊背回小馆,衣不解带照顾我数日,我才得以存活。

打那之后,我就再也没见她走出过邺城。

若是我没有记错的话,她的双手就是在那时被阳光灼伤的,如今每日都戴着一双白色手套。

我于她心中有愧，从不敢怠慢半分，她说的每一句话我都听着记着，也不敢多问。

2

"这世上或许根本就没有灵昕。"

吊儿郎当的阿狗兄弟，眨巴着那双琥珀色的眼睛，忽然对我一本正经地说道："灵昕不仅是假的，就连这座邺城也是假的。"

我浑身汗毛倒竖，瞪大眼睛看着他："你在说什么？"

阿狗嗤笑："真是个呆子。也罢，我便让你好生看看这整座城池吧。"

说完，他自腰间取下酒壶，将酒壶里的酒滴落在他食指上，他在我眼前画了一个符咒。

"清心如水，清水即心。以吾之心，窥其真貌！"

一股微风扑面而来，我的眼睛像是被注入了神力，抬头望去，竟能看见三里开外的城中景。

如他所言，邺城的一切都是假的。

这座城内空空荡荡，大街小巷根本没有人，我往日里看见的那些街坊邻居，竟然全都是纸鸢！他们像是被人操纵的傀儡，日复一日机械般地重复着昨日的动作，而我这个蠢货居然丝毫没有察觉。

在这城里只有动物是真的，那些跑来跑去的小猫小狗，笼子里关押的鸡鸭都是真的。

我再看向眼前的阿狗兄弟，他竟然真的变作了一条大黑狗，虽然从人形化作黑狗，他的眼睛却一点都没变，依然是琥珀色的，亮得有些冷漠。

"连你也不是真人？"

"我并非人，是我主人让我来此找你，他让我助你发现真相，早日离开此地。"

"你主人是何人？"

"待你发现真相离开此地，便会知晓。"

"我要如何发现真相？"

"找到属于你和鸢娘的纸鸢以及契约，我就能带你走。"

我在小馆当差的第一年，鸢娘给了我一纸契约。

白纸黑字，鲜血为印，上面清清楚楚写着：入馆为奴，魂魄为契，终身不得出邺城。

那时我才七岁，根本不懂这纸契约的重要性，我只知道我快死了，饥寒交迫浑身是伤。我走投无路，若是有人肯管我一日二餐，那留在这里一辈子又有何妨呢？

她让我签字画押，而我根本没有姓名，那些路人总是管我叫作小野人。

鸢娘低着头仔细看了看我，过了半晌，她才说："你叫阿瑾，可好？"

我点头如鸡啄米。

有了名字便是好事，我又怎能说不好呢。

于是她拿出纸笔，认真教我写下这两个字，我模仿着她的样子，在桌前坐得笔直。于拿着毛笔都在颤抖，用尽全力才"画"出两个字，歪歪扭扭，与鸢娘所写的实在是有天壤之别。

尽管如此，我心中依然十分欢喜。我问她，鸢娘怎么写？

她笑了，那好看的眉眼在那刹那笑容的衬托下，像是盛放的牡丹，让我看痴了。

"鸢娘不是我的本名。你若想写我的名字，我愿意教你。"

说罢，她又取出一支毛笔，在白色的宣纸上写下"月皎"。然后她又认真地教我读这个名字，她读得很轻柔，我认真地记下了。

我抬起头冲她微笑："月皎，真好听。"

鸢娘又嘱咐我："阿瑾，若是有旁人在此，你可别叫我本名。"

"为何？"

她伸出手指轻轻点了一下我的鼻尖："这是我们的秘密，记住了吗？"

"嗯！"

秘密，这是多么伟大的东西啊。从前我沿街乞讨时，那些大人们总说像我这种脑子笨得冒烟、没有人要的小野人，那身世从一岁写到七岁都写不满一页纸，更别谈和秘密沾边了。

如今我和月皎有了秘密，那我的未来是不是可以写满整整一页纸呢？

我在小馆留下来，鸢娘住在二楼，灵昕住在一楼，而我同灵昕住在同一屋。

灵昕是个哑巴，她不会说话，一双大大的眼睛空洞无神，有时候盯着我，我会觉得心里毛毛的。

灵昕出门时，鸢娘会教我读书写字。

她跟我说，小馆每隔一段时间就会来一些贵客，识字是最基本的要求，因为每一位贵客都会有自己的需求。

而我们小馆要做的事情就是把客人们的需求写在纸鸢身上，在下雨时放飞纸鸢，若是纸鸢飞得高，那么客人的需求一定能够上达天听，能够马上实现。

在我识字之后，我看过客人的需求，不外乎是一些世俗的愿望。男子希望自己升官发财，开枝散叶，抑或成为一国之君。女子希望自己能够容颜永驻，让心爱之人陪伴自己一生。

当然任何愿望都是需要付出代价的，有的愿望可以通过金钱买到，有的愿望却需要付出寿命。

我曾见过一位貌美倾城的姑娘，她的每段爱情都如同昙花一现。据说她曾三次当上王后，先后七次嫁人，共有九个男人因她而死。

她来纸鸢馆求鸢娘拿走自己的容貌,她想要一个真心爱她的人。

鸢娘拒绝了。

因为这位姑娘上次来纸鸢馆求的就是容貌,上一任鸢娘把倾世容颜给她了,如今她又反悔了。

这世上哪有这么好的事情呢,白纸黑字,鲜血为印,上达天听的契约哪能是她想毁就毁的。

姑娘走后,我在纸鸢馆二楼找到了属于她的那只纸鸢。纸鸢上的那张人脸跟她完全不是同一张脸,纸鸢上的这张脸实在过于普通,放进人群里,完全找不出来。可是她的名字确确实实就是夏姒,与方才那位姑娘同名。

鸢娘告诉我,这世上的每个人都有属于自己的纸鸢。

我曾偷偷地想要找到我们的纸鸢,寻遍了整个小馆,都没有看见。

找到自己的纸鸢,就能清楚自己的前世今生,我就能够离开此地。可是现在我根本无法找到被她藏起来的纸鸢。

思来想去,我想到了另一个办法。

此前鸢娘给我展示过一个本领,念出寻物咒加上这个物品的真名,就能将它召唤于眼前。

只要我能知道鸢娘和我的真名,我就能把这两只纸鸢召唤出来。

我感叹我聪明至极,立刻开始摆出架势,念出咒语。

"万物醒灵,尔等听命,阿瑾速来!"

第一遍不行,屋内没有一点反应。

"万物醒灵,尔等听命,阿瑾速来!"

第二遍咒语结束,屋内依然静悄悄,阿狗瞪着我:"阿瑾,有没有一种可能,这不是你的真名?"

这是我从未想过的问题,如果我不叫阿瑾,那我应该是谁呢?

"也有可能不是全名。"阿狗机智地猜测,"也许是姓氏也许是名字。"

我突然想到三年前的夏天，小馆外面的那片池塘开了第一朵荷花，鸢娘高兴坏了，拉着我喝了一晚上的酒。

她喝醉了，忽然想画画，在墙壁上画了一个女人。

我走过去仔细一看，墙壁上还写了那人的名字——乌瑾。

第二天鸢娘醒了，我笑嘻嘻地看着她，问那位叫乌瑾的女子到底是何人。

一向沉稳的鸢娘在那日失了魂，眼眶发红。

我忍不住问她："你很在意这个乌瑾吗？"

鸢娘背过身去，冷冰冰地命令我："阿瑾把今日的事情都忘记，找个泥瓦工把这堵墙给我重新粉刷。"

我没察觉出她的怒火，依然不死心地追问："鸢娘，你不愿意跟我分享乌瑾这个秘密吗？"

那是有史以来鸢娘第一次对我发火："够了，不要再问了！这不是你该问的事！"

我委屈巴巴地出门找泥瓦匠，整整三天鸢娘都没有再同我说一句话。

我恨透了这个该死的乌瑾，她影响了我跟鸢娘的感情。

如今想来，鸢娘给我取的名字里也有一个'瑾'字，她是在我身上找那个人的影子吗？

我越想越气，既然如此，那我就召唤乌瑾出来，看看他到底是何许人也！

"万物醒灵，尔等听命，乌瑾速来！"

片刻后，屋内一阵阴风乍起，浓浓白雾袭来，我看见那白雾里出现了一只纸鸢。

纸鸢上所绘的人，果然与鸢娘在墙壁上所画的乌瑾一模一样。

我看见纸鸢的腹部写着一串小字：乌瑾，卒于崇光五年夏至。

阿狗瞪大眼睛,难以置信:"崇光五年,她叫乌瑾?"

我点点头。

"你之前说鸢娘的真名是什么?"

我捂住嘴巴摇头,我不能说,这是我跟鸢娘的秘密。

阿狗猜测:"她是不是叫月皎?"

这次轮到我震惊,阿狗太聪明了。

"你怎么会知道她叫月皎?"

"我岂止知道她叫月皎,我还知道她是程月皎,成武帝陆珈的第一任皇后!"

话音刚落,我面前的纸鸢乌瑾忽然睁开眼睛,直挺挺地朝我扑来。

我闪躲不及一下子昏死当场。

乌瑾的纸鸢好像进入了我的体内,我沉睡于中光六年夏至,看见了程月皎与乌瑾的故事……

3

中光六年,夏至。

那是乌瑾第一次见程月皎,彼时程月皎才刚满十二岁,还未被封为太子妃。

年幼的程月皎生性顽皮,她与那些大家闺秀不同,每日爬树下河,动作十分利索,活脱脱像是一只小猴子。

然而那些嫉妒她的仆从,总是会将她的娇蛮个性添油加醋一番。例如,青河公主之女程月皎生性顽劣,仗着自己出身高贵,横行霸道,目无尊长。众人在批判她的为人时,总会面露羡慕之色,毕竟当今恩文帝是她的外祖父,外祖母是慧恩皇后,她的亲舅舅是皇帝,母亲又是青河长公主。拥有如此显赫家世的,世间仅有她一人,她上辈子不知做了多少好事,才投这么好的胎。

如果说在别人眼中程月皎是高傲得不可一世的凤凰，那乌瑾看见的就是掉进水池子里的落汤鸡。

程月皎为了抓荷花上的红蜻蜓，跌入了荷花池里，她大声呼喊，却没有一个人出现在这里，因为那些仆人早就被她赶走了。抑或说，那些仆人实际上听见了她的呼喊，却依旧无动于衷，因为他们都想看看这小丫头落魄的样子，谁让她经常欺负仆人呢。

乌瑾会出现在这里，是因为管家让她打扫荷花池。

公主府的荷花池很大，是青河公主为了方便自己女儿看荷花，特地修筑的"十里荷花池"。说是十里实际上是有些夸张，但是这荷花池比这城里的任何池子都大。

乌瑾乘坐小木筏打扫荷花池，优哉游哉从那头清理到这头，刚好听见程月皎在大喊救命。

乌瑾划着木筏，越过一重重荷山花海，终于看见那池中央有个小姑娘挥舞着手臂，快要没入池子。

"救……"

乌瑾快速划动船桨，程月皎已经沉入池中，她脱下外裳跳入池中，捞起程月皎就往岸边游去。

烈日当头，程月皎已经昏了，外墙的那些仆人个个不敢作声，生怕被青河公主拖出去鞭打。

乌瑾倒是胆大得很，她慢条斯理地将脑子里阿爹救人的方法全都对程月皎用上了。

过了好一阵子，程月皎才慢慢睁开双眼。

"是你救了我，你叫什么名字？"

乌瑾没有说话，她指了指自己的嘴巴，对着程月皎摇头。

程月皎瞬间没了脾气："原来你是哑巴。"

乌瑾呆呆地点头。她本以为程月皎会怪罪她救驾来迟，没承想程月皎竟然抓住她的手说:"你今日救了我一命,那你便是我的人了,以后做我的贴身侍女,今生不用愁吃喝。"

乌瑾愣住了,她和传闻中的程月皎根本不一样。传闻她动不动就打骂身边侍女来彰显自己的威严,今日的她怎么如此好说话?

程月皎叉着腰抬起下颔睥睨道:"还不快磕头谢我?"

乌瑾又准备下跪,程月皎都发话了,她怎敢不从。

程月皎嬉笑道:"骗你的,你不用跪。"

乌瑾心想这小翁主还真是百闻不如一见,她确实刁蛮任性啊。如此可见,她定然不能让程月皎发现自己的秘密——她并非哑巴,不愿跟程月皎说话,是害怕暴露自己的身份。

"小哑巴,你看我对你这样好,你是不是应该感激我?"

乌瑾立刻做手势表示感激。

程月皎抱臂:"我可不要这种感激之情,你应当给相应的谢礼。"

乌瑾从刚才的小木筏上捡起一朵荷花,恭恭敬敬地递给程月皎。

"好啊你,小哑巴借花献佛,这荷花是我们家的,你为了答谢我,竟然把我们家的东西送给我。"

乌瑾一阵面红耳赤,她根本不知道该怎么哄这位主子开心。

程月皎伸手接过荷花,低声对她盼咐道:"小哑巴你先去探路,看看我娘亲在不在府上。如果她在,那我就在这里藏着,你去找屋里拿一身干净衣服过来。"

乌瑾不明白她为什么不能大大方方地走去换衣服。

程月皎似看穿了她的心事,解释道:"如果青河公主看见自己掌上明珠掉入荷花池,她必定会大发雷霆,降罪府中全部下人,到时候你们都会挨板子。"

乌瑾在心中感叹,程月皎竟然如此善良。

她老老实实前去探路,发现青河公主不在府上,又去请程月皎赶紧回房换衣服。

黄昏日落，青河公主气呼呼地从外面走进来，程月皎坐在书房中装模作样地写字，乌瑾站在一旁帮她研墨。青河公主完全没有发现，程月皎身边的侍女换了个新人。

"阿娘怎么如此生气？"

青河公主问："你可知道乌康太史？"

闻言，乌瑾研墨的手微微一抖，从她慌张的神色里可以看出来，乌瑾认识乌康。

程月皎仔细回想起这么个人："月皎曾听说过，乌康一家都被满门抄斩了。"

青河公主又问："你知道他为何会被满门抄斩吗？"

"月皎听说，乌康有个儿子带兵谋反，乌康为了证明儿子的清白，在家中自戕而亡。"

"那你可知他还有个女儿，乌家会被满门抄斩，也是跟这女儿有关。"

那天程月皎从青河公主口中听见一个秘密，一个跟乌瑾身世有关的秘密。

乌康在宫中太史院当差。在太史院当差的人除了记载史事、编写史书、筹办国家祭祀以外，还要修习天文历法、夜观天象、测算国运、为大汉祈福。

在乌康女儿出生的那一年，乌康步步高升，逢人便说他老来得女，还是个贵女。

喜事一桩接一桩，乌康升职，儿子乌尧觅得好媳妇。

然而，很快乌康就发现这个女儿和别人大为不同，她年满一周岁仍然不会说话，嘴巴里没声。

乌康找来大夫替女儿看病，大夫说这女娃娃患的并非哑疾，不能说话的原因，连他也不知道。

女儿三岁那年才开口说了第一句话。她指着自己的娘亲说了四个字"娘亲悬崖"。

那会儿，乌夫人抱着女儿喜极而泣，女儿长这么大第一次说话，居然是叫她娘亲。她抱着女儿像是炫耀宝贝一样在院子里走了一遭，全然忘记了"悬崖"二字。

乌夫人抱着女儿去寺庙祈福，回家的路上，下起了小雪，雪天山路滑，马车滚下了小山坡。乌夫人为了保护女儿死了。

第二年，哥哥乌尧带着即将过门的小嫂嫂出现在小妹眼前，小妹说了生平第二句话："哥哥不能成亲。"

后来，乌尧那未过门的媳妇果然死在了那年春季大疫之中。

直到后来，乌家人才发现这小女儿所说的每一句话都是预言。

她除了替人断生死以外，也能看见他人的前程。

匹夫无罪怀璧其罪，乌康深知这个道理，他让小女儿继续装哑巴。万不可把以后的事情，透露给他人。

五年前，乌家被人扣上谋反罪名，乌康为了自证清白在家中自戕而亡，临死前他担心自己的女儿，便偷偷把女儿送出府外，让她过隐姓埋名的生活。

程月皎问："阿娘想找到乌康的女儿？"

青河公主点了点头："阿娘想替你问问，谁才能够做你的如意郎君。"

这世间所有母亲都望女成凤，希望自己的女儿能够嫁得贵婿，一生富贵平安。

程月皎挽着青河公主的手臂，娇嗔道："月皎不要嫁人，月皎希望一直陪着阿娘。"

青河公主伸出手指轻轻戳了一下程月皎的脑门："你啊你，怎么生得这么窝囊，没有你阿娘我的半点威风，你整日只知道掏鸟窝提河虾，寻常女子若是照你这般，以后想嫁个好郎君都困难。也就你娘亲我是青河公主，旁人才不敢惹我们。"

"哼，那谁让我投个好胎，让大家都羡慕呢。

"他们没有你这么好的阿娘，只要阿娘愿意疼我，我又为何要嫁给男人受委屈呢？"

她嘴里好一番大道理，将她看见的不幸福的婚姻全都抖搂出来，一一讲给青河公主听。

"成亲的姑娘，全都变成了深闺怨妇，我不要成亲，我要一辈子陪着阿娘和阿爹。"

青河公主无奈摇头，又搂着她安抚道："月皎，阿娘不会把你嫁给那些不中用的男人，你要嫁给当今太子，知道吗？"

"陆荣太子？"程月皎用力摇头，"我不要嫁给他，前几年我还跟他打了一架，他现在可记仇了。"

青河公主勾唇冷笑："太子换个人当也行，那俪姬敢拒绝我青河，我就有本事把她儿子从太子之位拉下来。"

三日前，青河公主欲将程月皎许配给俪姬之子陆荣。她认为凭借自己长公主的身份，让女儿程月皎与太子陆荣定亲，成为太子妃，这是一个绝佳的选择。当她把这个亲上加亲的想法告诉俪姬，俪姬竟然当场回绝，这让青河公主颜面扫地，对俪姬心生怨恨。

这俪姬简直错得离谱，她不知道，这并非是太子要娶程月皎，而是谁娶程月皎，谁就是太子。

她拒绝青河公主，就相当于断送了自己和陆荣的前程。

"这乌瑾将自己变成了哑女，恐惧自己预言之能招来祸事。一个月前我托人打听到她在灵泉寺内当差，我暗中找过她，拿身份威胁她说出关于你的预言，她只给我留了一张纸条。

"我今日再去找她，发现这哑女竟然已经死了。这期间有太多人找她，她怕泄露天机太多就逃跑了，坠崖摔死了。"

当青河公主说到哑女两个字时，程月皎下意识回头看了一眼正在研墨的乌瑾。乌瑾没有抬头，她面无表情地研墨。

程月皎又问："那纸条上写的是什么？"

青河公主拿出纸条，只见那上面写着四个字——金屋藏皎。

"金屋藏皎，这四个字是什么意思？"

"阿娘也不知。"话音落下，青河公主终于注意到程月皎身边的新侍女。

她沉声问侍女："你叫什么名字，我怎么从未见过你？"

程月皎抢先答道："阿娘，她口不能言，是我新招来的侍女。她叫小雅。"

小雅这个名字是程月皎信口胡扯的，其实她想说的是小哑巴。

听见"口不能言"青河公主又多看了小雅几眼，发现这小雅身形与乌瑾差不多，但是那张脸却和乌瑾不同。青河公主这才放下戒心，又同程月皎说了几句话便离开了。

4

乌瑾以小雅的身份在程月皎身边待了七日，这七日程月皎在家里都乖巧极了，唯恐那日落水的事情被青河公主发现。

第七日午后，公主府来了两位客人，王绣夫人和她的儿子陆珈。

"月皎姐姐！"陆珈一见程月皎笑得如同化开，那嘴角的梨涡都能溢出甜酒来。

青河公主一见到这小孩如此喜欢程月皎，没忍住拿他开了玩笑。

"小珈，你今年已经七岁了，再过四五年就该娶妻了。你可有喜欢的姑娘呢？"

青河公主把适龄的姑娘都举例一遍，陆珈全都摇头。

"小珈,你这么刁钻,这个也不要那个也不要。"青河公主伸手指了一下,"你喜欢月皎姐姐吗?"

闻言,陆珈的小脸红了,他似鼓起极大的勇气,说出了那句惊世佳句:"若得月皎作妻,必做金屋藏之。"

青河公主先是一愣,与程月皎对视一眼,她们都想到了那句预言。

"好一个金屋藏皎!"

随后,青河公主就安排程月皎带陆珈去花园玩耍,她有事情同王绣夫人商议。

十天之后,这宫里头发生了一件大事。

俪姬在宫中使用巫蛊之术一事败露,这也让皇帝恼怒之极,当即下旨废了俪姬儿子陆荣的太子之位。

这件事当然是出自青河公主之手,没有她在皇帝面前吹耳旁风,皇帝绝对不会和俪姬心生嫌隙。

她又花了几日时间,在皇帝面前夸赞王夫人和陆珈。皇帝对自家亲姐素来十分信任,在今日早朝便决定立陆珈为太子,并且允诺陆珈和程月皎的婚事。

青河公主带着这好消息进屋时,小雅正在帮程月皎梳头,她的乌发像是云朵一样停靠在小雅掌心。

待青河公主离开,一直保持微笑的程月皎脸上忽然露出愁容。

"小雅,你说成亲真的是一件快乐的事吗?"

乌瑾呆呆地看着程月皎,依旧一言不发。

"若是真的快乐,那为何我阿娘总是同阿爹吵架?他们总是大呼小叫说对方不理解自己,如果互相不理解,那为何又在一起十年二十年?"

"爱情实在令人费解,婚姻更是让我头疼。"

看见程月皎不开心,小雅用手比画着问:"你喜欢陆珈殿下吗?"

程月皎轻轻皱眉,随即又笑开:"喜欢。他模样生得好看,又聪明伶俐，比陆荣不知道强了多少倍。"

乌瑾又比画道："那你同他在一起，应当也会开心。"

程月皎笑着摇头："小哑巴，我同你在一起也开心。"

"小哑巴，你愿意永远陪着我吗？"她在小哑巴耳旁低语，"其实我知道你的身份。"

乌瑾脸色煞白，瞪大眼睛，屏住呼吸。

"你就是乌瑾。"

乌瑾慌张，又欲磕头认罪，程月皎拦住了她。

"那日我去灵泉寺后山游玩，我看见你了。有一群人在追你，你为了脱困，把自己鞋子脱下来，丢在悬崖边，伪装自己坠入悬崖死亡。

"我躲在旁边看了许久，看见你从怀里摸出一张人皮面具戴上，然后大摇大摆下山，来到公主府应聘成为新的侍女。

"乌瑾，你来到我身边是为了什么？"

乌瑾一直以为程月皎是个不善于使心计的姑娘，但她没有想到这个姑娘居然全程目睹了自己私下里做的所有事情，还能不动声色，把自己留在身边这么久，她就是想看看自己到底想要做什么。

乌瑾沉默许久，最终还是顶不住压力。

"我来到你身边，是为了照顾你。"

短短一句话，让程月皎震惊了。

她知道乌瑾嘴里说出来的都是预言，也知道乌瑾这一辈子只说真话，她父亲乌康就是害怕她说真话会害死自己，才会让女儿永远闭嘴。

"你说什么？"

乌瑾一脸真诚地说："我没有骗您，也请您相信我，我绝无害人之心。"

程月皎相信了，她虽然不是绝顶聪明的人，但她能够分辨出此刻的乌瑾并未说谎。

乌瑾在程月皎身边待了快一月有余，这一月期间，她做事仔细认真，时时刻刻护在程月皎身侧，确实没有谋害她的心思。

自那天以后，程月皎替乌瑾隐瞒了身世，她以小雅的身份继续留在公主府。她陪伴着程月皎长大，陪伴着程月皎嫁给陆珈当上太子妃，直至成为皇后。

5

十五年风雨，乌瑾与程月皎共同度过，早已亲如家人。

她亲眼看着程月皎成为陆珈最宠爱的皇后，也亲眼看着程月皎被陆珈抛弃。在这期间，程月皎自始至终都没有任何表态，她的表情始终淡淡的，一如十五年前那般温柔。

唯有一次，程月皎和陆珈吵架了。

那天夜里，许久都不曾来过甘泉宫的陆珈突然来了，他想着同程月皎一起过中秋佳节。然而程月皎却婉拒了他，甚至搬出自己的母亲青河公主来压陆珈，说他为了新入宫的才人谢子韵这么久都不踏入甘泉宫，她凭什么要在今日给他好颜色。

帝后撕破了脸，陆珈隐忍多年终于发了一通大火。

"皇后，你难道以为朕不同你在一起，就无法爬上这个位子吗？你始终认为朕宠爱你，是朕畏惧你背后的势力，可你有几次想过，这是朕真心对你。

"这么多年，朕就算是焐块石头也该焐热了！你可有谢子韵一半的温柔体贴？"

程月皎冷笑道："皇上别忘了，当初是你同臣妾说，臣妾只需要做自己，不必做任何人，因为皇上喜欢这样的臣妾。

"如今时间长了，皇上全都忘得一干二净，心里只有谢子韵一人！还望皇上莫要再来甘泉宫。"

陆珈怒气冲冲地走了，那天晚上是程月皎第一次哭，她在乌瑾面前哭得肆无忌惮，涕泪横流。

乌瑾以为她是在哭自己逝去的爱情，没承想，程月皎开口的第一句话居然是："小哑巴，你知道吗？阿珈已经不是我的阿珈弟弟，他已有十年未曾叫我月皎姐姐。"

乌瑾心头一震，她明白了，程月皎哭的不是爱情，而是陆珈曾经对她的许诺。她要的是自由无拘无束，她想走出这深宫，因为陆珈答应带她出去游山玩水，走遍天下。可是陆珈成为皇帝后，把曾经的诺言全都忘得一干二净。

她不求陆珈爱自己如初，只求他能够喊自己一声阿皎姐姐，像儿时那般，同自己开开心心一辈子。

"小哑巴，本宫只有你了。"

乌瑾走过去，伸手轻轻替程月皎拭去眼泪，当她冰凉的手触及她的脸时，乌瑾忽然有了一个心愿。

眼前这朵漂亮的富贵牡丹快要碎掉，她想用自己的力量让这朵牡丹重新开放。

程月皎夜间无法入眠，总是被噩梦困扰，唯有乌瑾陪在她身侧，她才能安稳一夜。

那天晚上，乌瑾没有睡觉，她看着入睡的牡丹花，轻声对她承诺："娘娘，让乌瑾帮帮您吧。"

她见不得程月皎落泪，好在程月皎为人倔强，这十五年来，程月皎只哭过两回。

第一回是程月皎想要摘树上的桃子，乌瑾爬树替她摘桃子，一不小心摔伤了腿。乌瑾忍着没有落泪，大夫替她诊治，程月皎在旁边看见那伤势，自己哭得上气不接下气。

"小哑巴,你若是残废了,本宫养你一辈子。"

第二回便是今日。月皎的眼泪像是珍珠,一颗颗全砸在她心上。

乌瑾不懂,明明程月皎这般好,为何那些宫里人总是传谣言,说程月皎蛮横无理不如谢子韵。

如今想来,这群人应当是嫉妒。他们嫉妒程月皎这一辈子得了个好身世,从小富裕到大,即使陆珈再不宠爱她,她得到的吃穿用度一分不少。

乌瑾暗暗发誓,她要帮助程月皎重新赢得陆珈的爱,她以为只要陆珈把爱给她,程月皎就会开心。

于是,她做了一件荒唐的事情。她利用巫术,用自己的血养了一个木偶,将这个木偶藏在谢子韵的寝宫。

木偶藏在人床下,夜半三更它会化作人形进入人类的梦境里。若是人类沉迷于梦境,木偶就会吸收人的阳气,人就会昏昏沉沉,时间长了会一直沉睡在梦境里无法离开。

这种办法能够神不知鬼不觉地杀死谢子韵。

谢子韵死去的同时,乌瑾也会寿命减半,因为这种做法有违天命。

崇光五年,谢子韵生了一场重病,形如枯槁,陆珈寻遍名医,最终让天师检查到有人在谢子韵的寝宫放置的木偶。

陆珈和天师带人踏入甘泉宫时,程月皎还在午睡。

"皇后不守礼法,沉迷巫祝,不可承天命,立刻交出皇后印玺,退居长生宫。"

一道谕旨降下,乌瑾立刻认罪伏法,只求不要牵连程月皎。

乌瑾被收押天牢,陆珈下令于夏至当日将乌瑾枭首于市。

直到这一刻,程月皎才知道乌瑾背着自己做了些什么。

这是程月皎今生第三次哭泣,她完全忘记了自己皇后的身份,哭得梨花带雨,肝肠寸断。

"陆珈，你当真要如此对我吗？"

陆珈没有给她答案，转身离开了。

他明知道，程月皎的甘泉宫只有小雅这一个仆人，如今他要处死小雅，就相当于废掉了程月皎。他没有给她后路。

他彻底杀死了阿珈弟弟，也杀死了月皎姐姐。

夏至当日，乌瑾的身份被人揭穿，陆珈震怒，这等妖女居然藏在宫中十五年！

乌瑾死了，程月皎被罚禁足长生宫。

在梦境的最后，我终于明白，世人都以为程月皎无法忘记的是陆珈，实际上，她无法忘记的是陪伴了她十五年的乌瑾。

乌瑾死后的每一个夜晚，对她来说都是那样煎熬。

6

忽然有人一掌朝我背后打来，我自梦境中苏醒，看见一脸怒意的鸢娘。她从我手中夺走乌瑾的纸鸢，厉声呵斥："是谁让你动它的？"

我口吐鲜血望着这个一脸冷漠的女人，仿佛往日她对我的所有温柔是假的。她只拿我当替身，而我却妄想着带她一起逃出邺城。

我不傻，我从一早就知道，鸢娘没有办法走出邺城，是因为她把灵魂卖给了纸鸢馆的馆主。

这纸鸢馆的老板是会变动的，馆主才是真正的幕后主人。

灵魂卖给馆主，肉体得到永生，但是她永远失去自由。因此，她无法踏出邺城半步。

当年她为了救我，被烈日灼伤双手，正是因为她犯了这道禁令。

我知道，鸢娘说她喜欢邺城是假的，她比任何人都讨厌这座邺城。于她而言，冰冷无人的邺城，就像是锁住程月皎的长生宫。

她害怕寂寞，害怕冷清，才会制造那么多纸鸢人陪着自己。

她羡慕邺城之外的风景，我时常看着她站在邺城的山上，望着外面的风景。她明明那么向往外面的世界，却愿意留在邺城守着这清冷的纸鸢馆。

纸鸢馆有个传说，当鸢娘帮一百个客人实现心愿之后，她就能够复活一个故人。

故人复活，鸢娘死亡。

我知道她想做什么，她想复活乌瑾，而我不想让她死亡。

"万物醒灵，尔等听命，程月皎速来！"

我当着她的面喊出程月皎的纸鸢，刹那间，纸鸢馆被白雾笼罩。

鸢娘伸出手阻拦我。

"鸢娘，你当真这么在意她吗？那我又算得了什么呢？"我哭着问鸢娘，她却对我不理不睬。

"还差最后一个，你为什么要这样对我！"鸢娘已经疯了，她近乎癫狂地抓住我的肩膀。

我不顾一切拿着那两只纸鸢，发疯似的朝邺城郊外跑去。我笃定她不敢追出城，因为她会死。

阴雨时分，放纸鸢于城郊，默念口诀三遍，纸鸢飞天，心愿速成。

我的心愿是让鸢娘回到正常的人类世界，不要再入魔道，不要再被困于邺城。

天雷大作，纸鸢难以飞天，我用姓名作抵押，只盼鸢娘一人的纸鸢飞天。

刹那间，天雷一下子将我击中，我浑身疼痛得像是要裂开，最终我化为纸鸢掉落在地。

原来，我不是人。我也是鸢娘制造的纸鸢之一。

鸢娘不顾一切冲出禁制，她的皮肤被灼伤了，尽管如此，她依然选择将我捡起来。

"阿瑾，你真笨，你同她一样，怎么就没想过，我真正的愿望早已实现了，所以这纸鸢根本飞不起来。

"从来都没有人问过我，我到底有怎样的心愿。阿娘自以为是地对我好，逼我嫁给九五之尊的帝王陆珈。乌瑾自以为是地对我好，她对谢子韵下毒手，想让我重新获得宠爱。就连你也如此，你以为我想要走出这荒无人烟的邺城。可是阿瑾，这天下河山美如画，若是这画中没你，我就算走遍天下又该如何？"

鸢娘搂着我，她的眼泪一滴滴地砸在我身上，我碎纸一般的身子，最终还是承受不住这重量。

我看见她的容貌变得苍老，如同枯木的手轻轻抚上我的脸庞。

"阿瑾，这辈子，我来陪你。"

她脱掉了斗篷，我看见她像是一朵燃烧的红花，最终化为灰烬。

我原本也是要死的，却有人将我从草地上捡起来，琥珀色的眼睛冲着我微笑。

"乌瑾，现在想起来你是谁了吗？"

我心中一怔，这阿狗兄弟果然在骗我，他今天的目的就是要借助我的手，去打破鸢娘为我们编造的梦境。

"你为什么要这样骗我？"

阿狗兄弟朝我身后招了招手："大老板，你该出来了吧？"

从那老柳树下走出来一个青衣公子，他戴着斗笠，白纱在眼前飘荡，我看不清他的脸。但我知道这一位才是纸鸢馆的幕后主人，就连鸢娘也要听命于他。小时候鸢娘把我捡回去时，我曾和他打过一次照面。

"乌瑾，别来无恙。"馆主的声音很温柔，温柔得仿佛他不是在背后作恶的坏人。

"求求你，把鸢娘还给我好吗？我愿意用我的灵魂交换。"我哭

着哀求他。

馆主轻笑:"乌瑾,你不是人,你没有灵魂,因此你没有资格跟我做交易。"

我气结。我只是鸢娘制作出来的灵鸢,我连人都算不上,是我害死了自己,也害死了鸢娘。

"你现在很厌恶我们吗?"馆主说出我心中的想法。

我对此并不加以掩饰:"对,如果你们没有骗我,我和鸢娘会长长久久地在一起。"

他摇了摇头:"并非如此,即使没有我们出现,你也依旧耐不住寂寞。因为是你的内心想变成真正的人,人对这个世界是充满好奇的,是你的好奇之心吸引了我们,为了帮助你,我们才设置了这个圈套。"

"你撒谎!帮助我,你却在给我设置圈套,说白了,你还是在骗我。"

他对我的话表示认可:"你看,你从最初没有自我思想的傀儡变成了有思想的人,证明我的帮助是有用的。"

他这句话点醒了我。在鸢娘身边的这些年,我确实在慢慢变化,起初她说什么,我听什么,她让我做什么,我就做什么。我从来都不会有多余的想法,直到我看见鸢娘喝醉酒,在墙上画乌瑾……

馆主漫不经心地提问:"小乌瑾,你想不想知道程月皎是如何变成鸢娘的?"

是啊,直到她死,我都还没来得及问,乌瑾死后,程月皎身上到底发生了什么变化。

馆主伸手轻轻点了点我的额头,一段回忆注入我的脑海,那是属于程月皎的回忆。

7

乌瑾死后,程月皎被禁足于长生宫。

对于她来说，宫殿越大，夜越漫长，每一个夜晚她都只能靠回忆度过，记忆里满是她少女时跟乌瑾一起玩耍的场景。

有一天夜里，程月皎抱着乌瑾的枕头，里面滑落出来一个信笺——

月皎，见字如晤。

瑾不知皎现况如何，只作猜想，皎定是夜夜难眠，辗转反侧。瑾心中有一事不敢言，从相遇之初，瑾便知道你我二人的结局会是如此，即使如此，我拼命去改，下场还是一样的。

我为皎想到了一个好的办法，皎将这信笺里的药丸服用过后，能让你去一处仙境。若你愿意按照神仙给你的方法，你我二人也许还能再见。倘若皎已不愿见我，那便不用服用此药，只盼皎夜夜好梦，年年安好。

程月皎知道乌瑾本就拥有预测之术，但她不知道乌瑾生前为自己所谋，死后也仍然在担忧自己。

她热泪盈眶，最终还是抵不过思念，服用此药。

片刻后，程月皎发现自己身处仙境之中，那仙境里有一座纸鸢馆，馆主是位年轻公子。

程月皎刚一踏入纸鸢馆，馆主就已经认出她的身份。

"你终于来了。"

"你认得我？"

馆主拿出一幅画像，程月皎见到这丑得无法见人的画像竟再度流泪，这画像是她教乌瑾画的，乌瑾画技拙劣，画了七八天才画出一张三分像的程月皎。

"是这位作画的姑娘，让我在这里等你，若是你来，就让我好生招待，切不可怠慢。"

程月皎眼露惊喜之意，抱着画像不愿松手。

"我当真能在这里等到她？"

"在纸鸢馆等人,是需要付出筹码的。"

程月皎慌忙取下自己头上的金钗和手上的玉镯:"这些我都给你,麻烦你让我在这里坐一坐,等十天半月或者一年都没有关系。"

"我需要的筹码不是这个。"馆主轻轻摇头,"是你的灵魂。"

程月皎问:"我如何能把灵魂给你?"

"只要你愿意留在这里当店铺老板,我就能帮你实现心愿,只不过时间有些漫长,你愿意等吗?"

程月皎再也忍不住了,只要能逃出长生宫见到乌瑾,别说等一年,等十年她也愿意。

"我愿意成为纸鸢铺老板。"

馆主招来一只空白人形纸鸢,让程月皎签字画押,契约达成。

从此,这世上再无皇后程月皎。

当晚,长生宫中传出消息,程月皎死了,死于心脏骤停。

她死时,手上拿着乌瑾写的那封信,嘴角的笑容带着难得一见的温柔,仿佛要去赴约。

程月皎成为鸢娘后,她才知道这是一场骗局。

馆主也没能力让她和乌瑾再次见面,因为乌瑾当年为了帮她,机关算尽,魂魄全失,再也不会有这个人了。

乌瑾害怕自己死后,程月皎孤独寂寞,便在临死前找到馆主,让他帮忙照看程月皎。

利欲熏心的馆主,怎么可能会因为乌瑾的一句遗言就去照顾程月皎,他必定和乌瑾做了其他的交易。

我从程月皎的故事中醒来,问道:"你让乌瑾帮你做了何事?"

"身为一只灵鸢,你现在越来越聪明了。"馆主笑道,"乌瑾拥有预言能力,是因为她本身就是一只神兽谛听,谛听可知世间万物万人。她说上辈子程月皎救过她,因此这一世她找到程月皎是为了报恩。我和她的交易是,我帮她和程月皎见面,她用谛听能力帮我找了一位故人,这个事情我就不必告诉你吧,这是我的私事。"

我问:"仅仅就是这样,乌瑾死了?"

"对。"馆主补充道,"因为那个人的踪迹,三界不可查,违者必死。"

"她明知道帮你,自己会死,她还是要帮你……"我喃喃自语。

我那不争气的眼泪还是流出来了,我居然十分可怜乌瑾:"可是你还是骗了程月皎,她到死都没能见到乌瑾,因为……我不是乌瑾。"

馆主微笑:"谁说的?你跟乌瑾在她心里是同等重要,因为你们迟早会是一个人。"

我不理解,只觉他又在骗人,毕竟商人都爱骗人。

"不信?那就等七日,七日之后,你就能等到一个完美大结局。"

8

七日后,纸鸢馆里来了一位女客。

我震惊她的容貌与程月皎相差无几,馆主接待了这位女客。

"敢问公子,这里是能够替人实现心愿的纸鸢馆吗?"

馆主颔首微笑:"不知客人所求是何?"

女客面露娇羞之意:"我想要个孩子。"

"对于孩子,你可有什么要求?"

女客拿出一幅画,那画中人正是小乌瑾的模样,十二岁的乌瑾站在荷花池边,乖巧喜人。

"我时常梦见这个小孩,觉得她与我很有缘分,若是可以,我想要她。"

公子大手一挥,一只新的纸鸢出现了,那纸鸢上的人正是小乌瑾的模样。

"这个孩子你可喜欢？"

"喜欢喜欢，她生得这般好看，我又怎会不喜欢？"

"那你家夫君会喜欢吗？"

女客抿唇："我没有夫君，今生也不会有夫君，因为我在梦里答应这个小女娃，我要照顾她一生一世，陪着她一辈子。"

"既然承诺了，那你可要做到啊。"

"那是自然。"

"好，三天后，这个小娃娃便会出现在你家门口。你且回去等候着吧。"

女客留下银两，满心欢喜地离开了纸鸢馆。

一条大黑狗跑进了纸鸢馆化为人形，正是先前的阿狗兄弟。

"馆主，你为何这么大费周章，非要让我来演这个坏人？"

公子微微一笑："这世间万物都有运行的法则，我们都是局外人，不能直接插手。程月皎在这里等候了两百年，也是时候走了，她再不走，我如何招新人？

"只是她心中怨念太深，非要在这里等到乌瑾，可是今生她与乌瑾无缘。

"这世上若无相欠，就无相见，上辈子乌瑾要还给她的命，早就还给她了。因此她们不会遇见。"

话音刚落，公子的目光向我扫来："但你是她培养出来的第二个乌瑾，你如果愿意，你们还能再次见面。你愿意吗？"

若是能见鸢娘，就算当替身又有何妨。

"我愿意。"

三天后，人间的一处宅院大门被人敲响，门口站着一个十二岁的小女娃。

小女娃问宅院的主人："大小姐，你们家还招工吗？我可聪明了。"

"好呀。"

这辈子，你不做程月皎，我也不做乌瑾。但我能够长长久久地陪着你。

跃跃欲试的小牛犊憋着坏水,想让这贵气逼人的夫人失控,撕开她的人前伪装。

山楂树

文/溅雪

醉心权势狠毒皇后
芝夫人 ————

古灵精怪小女娘
———— 胡姬

山楂树

文 / 溅雪

1

晴空万里，春光甚好。

日头有些高了，明媚的阳光却不是最耀眼的存在，婆娑树影下那个一脸好奇的灵动少女才是此间最绚丽的色彩。

将将成年的胡姬正是蓓蕾初绽的年纪。树影轻轻拂过她的鸦睫，微风绕着她漂亮的身段打转。

小女娘兴奋地踮脚，眺望着远方的路口。她和陛下还有一众随从站在这里接陛下的发妻——芝夫人。

芝夫人会是个什么样的人？会是青面獠牙、张牙舞爪的恶魔模样吗？

小女娘在树下畅想。

半晌过去，官道上仍然不见人影，胡姬也不心焦。

终于，一辆马车风驰电掣地驶来。马蹄声停止，车上下来一个仪态万方的美妇，贵气凌人。

胡姬呼吸一滞，直勾勾地盯着芝夫人，眼睛微瞪。

好强的气场，好危险的气质，这姐姐简直比我爹都还挺拔。胡姬心里暗暗咂舌。

芝夫人目不斜视，恭恭敬敬地朝陛下行了个大礼。等陛下回礼后，芝夫人才起身，略略抬眼，轻扫了一眼一旁的小女娘。

胡姬傻愣愣地看着芝夫人，既不行礼，也不说话。

芝夫人被盯得不爽，暗暗皱眉，这土包子见人都不会行礼？

陛下心道不好，轻轻拉了拉这年少无礼的小女娘的袖子。胡姬这才反应过来，可她依旧不行礼。

少女的脑袋慢慢扬了起来，她嘴角轻勾，仰望天空，神情倨傲。

胡姬自觉完美地达成了寻衅的目的，挑起了矛盾。

当年陛下带领起义军征战沙场，一次重伤后流落荒郊，被当地的一个土财主所救。那土财主觉得陛下风度翩翩，长得一表人才，以后必有大作为，想提前巴结讨好陛下。可他膝下无女，于是便把女奴胡姬送给了他。

陛下刚受了财主的恩也不好拒绝，再加上胡姬小小年纪就看得出的确是个美人胚子。他暗暗思索，自己名义上的那位夫人品性如何，他再清楚不过，日后后宫是万万不能让芝夫人一人独大的，得有个自己可以控制的人制衡她。于是半推半就地，他也就收了这份礼。

只有胡姬哭得惊天动地，迫不得已才一把鼻涕一把泪地跟着陛下走了。

陛下牵着这个小小的女娃，跟她讲宫里有多少新鲜物什，军营有多少稀罕事，跟芝夫人斗有多好玩，这才哄着人乖乖地跟他一起走了。

是以，胡姬从很小的时候就已经开始期待这次相遇了。

她无聊的时候就在幻想该怎么惹怒芝夫人,今天是第一次实践。

胡姬微仰着头,半眯着眼去瞥芝夫人,想从她的眼里看见恼火的情绪。

芝夫人瞧见了她近似挑衅的眼神,只回以淡淡一笑,笑中似略带费解。

陛下矮下身,跟她咬耳朵:"快行礼。"

胡姬有点困惑地朝陛下行礼,陛下沉默一瞬,把懵懂的小女娘的身体扭向芝夫人。

"哦,给芝夫人行礼。"胡姬恍然大悟,给芝夫人行了个标准的礼。

芝夫人面上依旧很宽容地笑着,端庄还礼,心下却暗自揣度:她是真蠢货,还是大智若愚?

"芝夫人舟车劳顿,困乏不已,请芝夫人下榻椒房殿。"

芝夫人略微颔首,抬脚跟上带路的奴才。可快要转弯的时候,她的眼睛就像不受控制一样,斜斜地又看了一眼那个胆大包天、刚见面就敢给她下马威的小女娘。

小女娘不知道在跟陛下说什么,讲得面红耳赤,手舞足蹈。

芝夫人收回目光,嘴角轻勾。

另一边胡姬则着急忙慌地跟陛下解释:"陛下,之前那土财主的两位夫人每次碰面都张牙舞爪、争奇斗艳的,别说行礼,她们互相看见都要偷摸踩一脚对方的裙边。我以为所有的妻妾都要这样相处呢,我下次肯定不会再犯这种蠢了。"

陛下无奈叹气,正色道:"胡姬,你记好了,你与她二人明面上都是天家女眷,不可发生冲突。你之后见她,不管怎样,你明面上一定要恭谨谦让。"

胡姬由着陛下牵她往宫殿走,装乖地点点头,心里想的却是:才不呢,我偏要去招惹这位芝夫人,我已经期待了一万年啦。

跃跃欲试的小牛犊憋着坏水,想让这贵气逼人的夫人失控,撕开她的人前伪装。

这样才好玩。

胡姬笑嘻嘻地牵紧了陛下的手,在宫中简直是无所畏惧。

2

薄暮时分,宫宴准备妥当。芝夫人、胡姬、陛下各坐其位。

一顿饭吃得倒是风平浪静,只有芝夫人总感觉有一道目光在偷偷打量她。

她当然知道这是谁的目光,但她不动声色,该怎样依旧怎样,只当作不知道。

外面金乌渐沉,凉夜将至。

殿内灯火通明,可满堂的灯火也抵不过少女明亮的黑眸。

陛下喝得大醉,胡姬也跟着喝了两杯,全然不像陛下那从军营带出来的粗野喝法,那种端着海碗猛饮的豪放做派胡姬学不来。她喝酒向来都是捧着小杯,一口一口地啜饮,末了抬头,还要轻轻舔一遍唇周,像只小奶猫。

少女脸上漫上些红晕,或许是因为酒气,也或许是因为羞涩。她的灵台恐怕也不大清明了,又像白日一样再次直勾勾地盯着芝夫人看。

陛下被弟兄们拉去喝酒。芝夫人则被她盯得有些发毛,终于忍无可忍地抬头轻瞪她一眼。

胡姬跟着陛下也算见过了些世面,断不会被这样毫无杀伤力的眼神震慑到。

她笑嘻嘻地起身,绕过陛下的座位,坐到芝夫人旁边。

芝夫人转头,等着看她要什么花招,却掉进一双映着满堂烛火的

黑眸里。

少女拉着她的衣袖,张口吐出的却是鲁地的方言:"姐姐,你喜不喜欢胡姬呀?"

芝夫人并非鲁人,但这么多年她辗转多地,各地的方言她多多少少都能听懂一点,只是开口困难。况且她也无从分辨这乡野丫头究竟是不是装醉来试探她。是以,她只矜持地点了点头。

胡姬却不大高兴地把头轻轻靠在芝夫人的腿上,放低声音:"胡说,你分明是不喜欢我的……"

"何以见得?"芝夫人来了点兴致,不计较她的无礼僭越。

她轻摇着酒杯,看酒液顺着杯壁顺畅地环流,声音依然是淡淡的。

少女目光明亮,天真烂漫,热情似火。

"你分明不懂何为喜欢,自然也谈不上喜欢胡姬。"

芝夫人不说话了,深黑的双眸盯着虚空,像要吞噬掉太阳的万丈深渊。

喜欢?她喜欢权力,喜欢高高在上的地位,她享受掌握生杀大权的快感。

芝夫人看着乖巧靠在她腿上快要睡着的胡姬,突然把手里的酒杯抵在了少女的唇边。酒杯倾斜,酒液流进这个小女娘的唇缝,胡姬无知无觉地又被灌了一杯酒进去,嘴唇带着晶亮的水光。

她不知是出于什么心理,竟用软布亲自给她擦净了。

芝夫人看着放心大胆枕着她大腿睡着的小丫头,依然没有放松警惕。她脸上的表情变幻莫测,最终化为一抹略带疑惑的阴暗神情。

真的睡着了,还是装的?这么轻易就咽下了这杯酒,是真蠢,还是早有后手不怕被毒杀?

或许胡姬其实根本就没有把酒咽下去。她穿的是深色衣服,即使沾了水也不显眼。

如果是这样，那这胡姬还是早杀为妙，免得养虎为患。

满堂烛火到了芝夫人的眼中也再无半分光彩，全被黑洞尽数吞噬。

她慢条斯理地整理着少女微乱的领口。胡姬乖乖巧巧地睡着，既不挣扎，也无转醒的迹象，只在睡得不舒服时轻轻地哼过几声。

声音细细的，轻不可闻，被殿前的丝竹声盖过。

只有离得近的芝夫人听见了这几声细弱蚊蚋的轻哼。她手顿了一下，胡姬衣领上竟无一点湿痕。

芝夫人眼中的杀意退却。

这恐怕的确是个彻头彻尾的蠢货美人。没有心机，空有一身漂亮皮囊的笨蛋。

宴会接近尾声，宾客个个酩酊大醉，被随从搀扶着回去休息了。

陛下踩着众人的奉承，脚底发飘也回去了。

芝夫人默不作声，将众人的神色动作尽收眼底，大概摸清陛下身边人的底细了。除了躺在她腿上睡着的小笨蛋，其他人的目的，芝夫人几乎都能猜到。

胡姬，你来这里，又是为什么呢？为财为势，又或者为情？

芝夫人的手轻轻摸上胡姬颈上跳动的脉搏。

不管为什么，总之，别挡我的路就好。芝夫人露出一个颇有些残忍的笑，黑眸上的光愈加暗淡。

殿内宫人来来往往地收拾残席，蜡烛一盏一盏由远及近地熄灭。芝夫人忽然随意地把胡姬推开，胡姬身边的侍女手忙脚乱地接住她。

面向宫人的一瞬间，芝夫人又将嘴角倏忽放平，她端庄优雅地离开。

胡姬转醒，只来得及看见芝夫人挺拔的背影。小女娘困得直揉眼，也没做他想，一脚深一脚浅地回寝宫去了。

3

接下来的几年,芝夫人按部就班地推进着她的野心。

培植自己的党羽,配合陛下诛杀功臣淮阳侯,圈禁梁王,威吓周王……芝夫人在这场没有硝烟的战争里大杀四方。

其间只发生过一件不大不小的事——胡姬大病一场。

小女娘宫里的眼线回来报芝夫人,说胡姬喝了一天药,苦得慌,死活吃不进一点东西,蜜饯都嫌难吃。

芝夫人摆了摆手,让她回去继续盯着。

窗外树影摇曳,芝夫人却只感烦闷。她忽然疾声命令宫人:"把那棵树挖走。"

宫人喏喏应是,不一会儿便有侍卫、宦官前来挖树。那树不大,很快就被斩断,劈成了柴,剩下的树根也被拔起带走。

不到两个时辰,那里空余一个黄土坑。

天色渐晚。芝夫人解衣即将入睡,可能是外面蟋蟀叫得太响,吵得她难以入眠。她睁开眼睛,索性爬起,推开窗户去吹夜风。

院子里有一个光秃秃的土坑,是挖树造成的。

月光洒满院墙,只有那处空无一物,很突兀,怪碍眼的。

要不明天种点什么补上吧。

种什么呢?要不种点山楂?

小孩子都喜欢吃糖葫芦,但宫里好像几乎没见过山楂。小女娘身娇肉贵的,以后少不了再生病,若是想弄点糖葫芦来杀杀苦,最方便迅捷的方法就是到她这儿来偷。

胡姬自从听说芝夫人院中栽了一棵山楂树,就整天惦记着。

终于等到山楂成熟了,小女娘带人来敲山楂,明明是偷,还热热闹闹地带了一帮人,生怕山楂树的主人不知道有人来偷她的山楂似的。

宫女急匆匆地进房禀报，芝夫人正在抄书，闻言，她提笔点墨，嘴角轻勾，吩咐宫女："一会儿等她们走了再传消息出去，说本宫小憩刚起，得知山楂被偷，暴跳如雷，怒发冲冠，食不下咽。你现出去随口骂几句得了，不要拦她。"

宫女有些疑惑，但仍然恭谨地照办了。

芝夫人听着外面隐隐约约的笑闹声，笑更加灿烂。

这小女娘也不知道有什么毛病，就喜欢来撩她的闲，撩完再乐颠颠地跑开，等着她生气。她要是佯装生气呢，这小妮子就会安分一段时间，然后再兴致勃勃地准备下一次；她要是没反应，甚至流露出高兴呢，小妮子就会蔫蔫的，然后小动作不断，搞到她假装生气为止。

她偶尔也会回一下礼，整整胡姬，然后看人惊慌失措、吱哇乱叫着去找陛下告状。

这种你来我往的小游戏，两人乐此不疲地玩了好多年。

偌大皇宫里除了跟陛下斗，最有意思的就是逗这小女娘了。芝夫人自己都没有注意，她嘴角带笑，抄完了一整部经书。

胡姬偷到了芝夫人的山楂，一路兴高采烈地去了厨房。

其实只要她想吃，陛下一定会想办法给她弄来。不过那种轻易得来的山楂怎么比得上芝夫人院子里的？

还是去芝夫人的院子里偷比较刺激。

她带着胜者的骄傲，快乐地哼着小曲进了膳房，指挥厨师伙夫做山楂糕和糖葫芦。胡姬则左转一圈右转一圈地当监工。

东西很快做好了，这时侍女进来传话："芝夫人小憩刚起，发现山楂被盗，气得暴跳如雷，食不下咽……"

厨师伙夫们手一抖，顿时明白了这山楂来自何处，不愿再碰这烫手山芋。

整个膳房愁云惨淡，只有胡姬情绪高涨，她大方地分了几串糖葫芦给陛下，又分了几串给服侍自己多年的丫鬟们，最后连厨师长她都分了几串。

这么一分完，留给胡姬的就只剩两串糖葫芦了。

正思索着，突然有个矮个子厨娘不小心撞了她一下，厨娘大惊失色地跪地求饶。胡姬随意地摆了摆手，知道这是替陛下传递消息的暗线又来托她去找陛下递条子了，那厨娘借着掩护往她袖子里塞了张小纸条。

胡姬拿着糖葫芦和纸条踌躇了一会儿，决定还是先去看芝夫人的热闹，再去给陛下送纸条。

皇宫里最娇艳的小女娘拿着最漂亮的糖葫芦，心里想象着芝夫人嘴巴被山楂骤然堵住的狼狈，暗暗发笑。

等一会儿，她就直接把这东西捅进芝夫人嘴里，噎死她。

绝不是因为听说芝夫人食不下咽，而山楂又正好开胃才送给她的。

胡姬高高兴兴地从膳房离开，带着糖葫芦勇闯椒房殿去了。

明媚的小女娘一阵风似的蹿进了椒房殿，带着一串糖葫芦躲躲又藏藏，宫人们其实都看见了她，只是主子看起来并不想深究，因而都假装并未注意。

胡姬一路畅通无阻地溜到了芝夫人常待的小书房的窗下。

早有人进来说胡姬正鬼鬼祟祟地往这边来，芝夫人就把窗棂上的锁给解了。

果然没一会儿，窗扇便被轻轻推开。胡姬蹲在墙根，仰着小脸正好跟芝夫人的目光直直对上。

空气有一瞬间的凝滞，芝夫人率先开口："你……"

胡姬反应极快，将糖葫芦猛地往芝夫人口中一塞，兔子般地弹射起步，一晃便跑得没影了，只留下一句"请芝夫人开开胃"在芝夫人耳边回荡。

又没有行礼。

芝夫人放下笔，咬下一颗裹满糖霜的山楂。

阳光顺着窗扇敞开的缝隙射入，光线太灼眼并不适合写字，倒适合细细品味琥珀色的蜜糖山楂。

盛光下的糖球折射出亮晶晶的色彩，像送糖葫芦的人的眼睛那般闪亮。

4

随着山楂一起来的，还有三年一办的大秋猎，届时各路英雄豪杰齐聚，群英荟萃。

从民间来的陛下人缘好，人脉广，天南海北的哪儿都有几个朋友。

既然男人都来齐了，又是娱乐局，少不得要带上家中妻儿出来见识见识。

于是，这也是高门女眷们互相认识、互相攀比的社交盛宴——比地位，比衣服，也比男人。

宫里的人一早就浩浩荡荡地出发了，金碧辉煌的马车一辆接着一辆，展示着天家的阔绰。

好巧不巧，芝夫人和胡姬的马车是前后相连，这么近的距离，最适合让胡姬好好发挥了。

芝夫人好整以暇地端坐于车内，清点着车里备的各式点心，除了绿豆糕这些一年四季都会供应的寻常点心，还有这个季节特供的栗子糕。

刚烘出来，还有些余热未散。

小女娘的口味最好猜不过，她只喜欢这种口感甜腻的糕点，可以有点酸，但不能过头。

芝夫人挑着小点心，模样漂亮的挑一个，甜得发腻的也拿一个。一碟精致的糕点被她优中选优，挑挑拣拣，最后只拿了三个摆出个完美的品字形，然后故意把这碟点心卡在了马车的窗沿上。

随后，她便佯装读书，等着"胡姬捕捉器"发挥作用。

果不其然，胡姬很快就上钩了。

胡姬的马车本是跟在芝夫人的马车后面。她冥思苦想了一路该做点什么，这个距离太适合给芝夫人找事了。

但是这次不能闹得太厉害，要是惊动了大家，毁了这次秋猎，她就是搬起石头砸了自己的脚了。

马车队慢慢走出了城区，来到了宽敞的郊外。

想破了脑袋都没找到合适机会的胡姬把头搁在车窗上，懒懒地看着前面那辆马车，决定今天放她一马好了。

然后胡姬就看见她时时注意的那个人在马车车窗上放了盘点心。糕点已冷，但是香味不减，那香味顺着风勾引着胡姬的鼻子。

胡姬身子弹起来，这可不是她想去惹事，这次是芝夫人犯规主动来惹她。

虽然那些东西她马车里也有，但是很明显，芝夫人放在车窗上的肯定要比自己手里的好吃。

胡姬拉开车帘，嘱咐车夫驾着马车跟前辆马车并排走，这样就方便她干些小偷小摸的事了。

涉案规模小，不会闹大，又确确实实可以让人心口不舒坦。芝夫人简直是天底下最贴她心的人了。

胡姬又偷偷摸摸地瞟了两眼芝夫人在做什么。

哦，在看书，那真是太棒了。胡姬装作不在意地把手伸到外面，然后手缩回来的时候经过盘子，快速地拿走一块。

整个过程一点都不遮掩，胡姬自己将它定义为偷，但实际上说是抢更合适，因为她连伸手的假动作也能让人轻易看出她就是朝那盘糕点去的。

第一块偷回来，很快就被胡姬就着茶水吃完了，她满足地咂嘴，果然别人盘子里的就是比自己的好吃。

她又故技重施去抢第二块糕点，这一次连假动作都没有了，主打的就是一个出其不意，唯快不破，手一伸，捏起糕点就往回收。

没一会儿，第二块也进了她的肚子，但她感觉她还有余力，而且最后剩的那块是她最喜欢的栗子糕，她必不会放弃。

她兴致勃勃地再次伸手抢糕点，简直是正大光明如取自己的糕点一般，谁知突然就被书卷敲了手。

拿走前两块的时候，芝夫人头都没抬，是以这一次胡姬压根儿就没想过芝夫人会抬头看她，所以她也没有警惕芝夫人的动向，结果被抓到了现行。

疼倒是不疼，但是栗子糕被敲掉了。

明明是偷拿人家的，结果被人家发现了，胡姬不仅不心虚，还要倒打一耙，她略带嗔怒地说道："你干吗打掉我的糕点？"

"小毛贼，偷东西还理所当然了？"芝夫人哼笑一声，"小女娘手脚不干净，你可知在大理寺会被怎样判吗？"

胡姬鼻子里极轻快地哼了一声，她不信芝夫人敢将这件事报给大理寺。

芝夫人手上的书已经丢到了一边，她把盘子里最后一块栗子糕拿出来，放在窗外晃了一下："这可是最后一块，你要是向我求个饶，我就将它给你，怎么样？"

不管怎样，栗子糕是无辜且美味的。

但胡姬才不允许自己向芝夫人低头，她装作思考的模样，实则偷偷观察着时机，趁其不备，直接抢走。

"我才不会向你道歉呢。"胡姬拿着栗子糕,兴奋地朝芝夫人做了个小小的鬼脸,赶紧催着车夫赶着马车往前去了。

芝夫人哑然失笑,好一会儿才摇了摇头,重新拿起书。

5

宏明十五年,陛下驾崩,按遗嘱传位三皇子。

新帝登基,号明慧帝。

新朝初期,权力交接,宫里宫外各方势力蠢蠢欲动,人人都想来分一杯羹。

芝夫人坐在窗边,不发一言。

那小女娘不知有多久没踏足过她的椒房殿了,最近不知道她又在干什么,满皇宫撒着欢儿跑。

她握笔在纸上勾勾画画,纸上墨线纵横。

乱,实在是乱。在这种混乱的境遇里,她也没把握能全然护住那愚笨的小女娘。

芝夫人犹疑一刻,将毛笔上将落未落的墨点在了纸张的角落。

先把她摘出去吧,放到角落里给她找点事做。这样她就不至于闲着出来到处蹦跶,被人卖掉还帮人数钱了。

胡姬全然不知,第二天小女娘拉长着小脸,委委屈屈地去永巷舂米了。

芝夫人竟然真的舍得叫她来舂米,她皱皱鼻子,双手握住杵一下又一下地砸下。

手好酸,她感觉自己要累死在这里了。

陛下去世前,担心胡姬再无依靠,让七皇子拜她为母,赐七皇子封地,还委派相国一路护送。

七皇子向胡姬承诺,等他去封地打点好一切,就派人来接胡姬。

可如今，胡姬被芝夫人留下，在这儿做舂米工。

她才不想做舂米工，她一定要想办法找人来救她，傻子才在这里老老实实地舂米。

胡姬胡乱地砸了两下，脑子又艰难地转了几圈，这才想起说不定她可以先调度先帝留下来的暗线。

虽说先帝嘱咐过她这些是最后的底牌，不得擅动，而且这些底牌最终是要完完整整交到新帝手上的。

但是凡事总有例外，总不能让她连新帝的面都没见过几次，就出师未捷身先死了。

先帝把她安排在这张网的中心，靠她牵住各方势力，她要是栽在这儿了，下边的人和新帝肯定对接不起来，整张网就要散架了。她这么重要，决不能死在这里，所以提前用用这张关系网，也是情非得已、情有可原的吧？

胡姬自己给自己做了一番心理建设，成功说服了她自己。于是，她撕下一长条裙边布料，以血为墨，密密麻麻地写满了计划，只等哪个暗线来送饭就顺势塞给他。

计划周全详尽，只要每个人都按部就班地跟着她给的提示走，这出狸猫换太子的戏就不可能露馅。

有风送来山楂树的清香，但胡姬并未闻出。

"拖下去，斩首。"芝夫人随意地吩咐道。

一左一右两个大汉架着殿中之人往外拖，那人惊惧惶恐，泪流满面，对着椅子上心狠手辣的女人破口大骂："你不得好死，芝夫人！即使你现在享有无上权力又如何？日后等新帝长大，你一定会后悔……"

芝夫人嫌他吵闹聒噪："捂住他的嘴！"

忽然，芝夫人感到一阵没来由的心慌意乱，一股不祥的预感直冲上她的天灵盖。

她皱着眉头，轻压心口。不应该啊，所有可能与她分权夺利的人，明明都被赶尽杀绝了，有什么好忧虑的？还是说，有漏网之鱼在坏她好事？

这预感很快就应验了。

该杀的基本都杀完了，该赶的也基本都赶走了。

就在她打算接胡姬回宫的前一刻，有宫人来报，说胡姬心有不甘，动用宫中先帝残余势力妄图偷梁换柱，将她秘密送往七皇子封地。

宫人言之凿凿，还拿出一条写满血字的布条。

芝夫人劈手夺过布条，如被人当头棒喝。这确实是胡姬的字，她的字太有特点，想赖别人头上都难。

再看内容，上面的安排甚至可以说是再详细不过，顺着胡姬写出来的人往下查他们的关系网，先帝最后的筹码就可以直接被一锅端干净了。

这个锅里自然也包括了胡姬。

芝夫人现在的状态看起来很糟糕，明明在笑，但她的脸上分明写着无措和绝望，女人轻声问道："这事还有多少人知晓？"

宫人战战兢兢："宫里都传得有鼻子有眼的了。"

芝夫人一向挺直的腰板弯了下去，仿若力气被抽干。

她胸口剧烈起伏着。

其实早就知道的，不是吗？只是她一直不愿去彻查处理这件事，她不想有一天把自己的锋芒对准胡姬。

那天真烂漫的小女娘现在恐怕还在自鸣得意，以为自己深藏不露。

那张布条上的大部分人她都是清楚的，只有小部分人隐藏太深她还没有排查出来。现在名单都到手了，难道她要就此放过吗？

可是网眼是胡姬。要拆散这张网，胡姬这个网眼就必死无疑。

芝夫人转过身去，背对着所有人，没人看见她脸上的表情。

一刻钟的时间，落针可闻，芝夫人没有出声，谁也不敢擅自开口。

终于，芝夫人转过身来，平静地下了最终决断："去永巷，料理完最后的……"

最后的什么？最后的阻碍？绊脚石？还是她最不忍的一丝留恋？

芝夫人走在路上，背后是无数双眼睛。有活人的，也有死人的。

与其说是她在前面领着众人走，不如说是众人在她身后逼着她往前迈步。只要她略有停下的意思，后面响个没完的步履声就会无孔不入地钻进她的脑子，催命一样催着她往前走。

芝夫人，你已经做了选择，这条路你就必须走到底，没有反悔的余地了。

这难道不是你最想要的吗？只要杀完这最后的余孽，天下便迟早是你的囊中之物。

泼天的富贵，滔天的权势，哪一样不值得你毒辣一些？

芝夫人咬牙劝自己。天气不热，她却走得要出汗了。她的心脏扑通狂跳，没有任何规律。

哪还有什么可惜不可惜的？陛下坐上那把至高无上的椅子，也是踩着无数尸身。这本就是一条众叛亲离的路，当初开始的时候就该想到有这么一天。

芝夫人转过最后一个弯，看见了狼狈不堪的胡姬。

胡姬看着芝夫人和她身后乌泱泱的一群人，小脸一白，双腿颤颤地行了个大礼。

小女娘磕完了头，又小心翼翼地抬眼瞥她。

那双眼睛真就像两颗锃亮的宝石，刚被清凌凌的山泉水洗过，泛着亮光。

这次倒是记得行礼了。

芝夫人的心脏一下比一下跳动得厉害，战鼓一样的节奏好像在催她动手。

胡姬小心翼翼地窥了一眼芝夫人的脸色，心里警铃大作。大事不妙啊，今天她完全看不出来芝夫人是怎么想的。

伸头一刀，缩头也是一刀。看不出来就去问，总要知道这一刀到底挨不挨。

于是她仰起小脸，抖着嗓子，轻轻地问："芝夫人，你，你要杀我吗？"

周围的宫人闭目，沉默着哀叹。连敬称也没有，芝夫人怎么会饶恕这样一个不知礼法的小女娘？这胡姬怎么会有路可活？

芝夫人的脸上依旧没有什么表情，她像一尊石心石肠的雕像。

她漠然地看着眼前那个可怜又可爱的胡姬，神色平静，随手抽出一个侍卫的剑，利落地砍向胡姬。

胡姬只见一瞬寒光剑影，之后便感觉脑袋一轻。她的头发被削至齐肩了，秀发散落一地。

胡姬惊骇地看着一地散乱的秀发，她不可置信地抬头看向芝夫人。亮晶晶的眼里满是恐惧与讶异，好像在质问她：你真的舍得杀我？

芝夫人背过身去，她听见自己用一如既往无波无澜的平稳声音吩咐宫人道："胡姬勾结别国细作，祸乱朝纲，把她带走，关进大理寺大牢。"

"不要！我没有……芝夫人！"

宫人的动作很快，胡姬的声音弱了下去。她最后一声清晰的叫喊是"芝夫人"。

芝夫人的虚伪面具终于挂不住了。她眼中郁郁，神态几近疯魔。

一个无权无势又愚笨的小女娘在那种地方会吃多少苦头，一想便

184

知。

心脏绞痛，芝夫人没管。

已经拉开了弓了，没有回头箭。

她拂袖离开。

❻

箭确实不能回头，但是芝夫人回了头。

她自永巷回来以后，胸口就总是跳个不停，心脏像是要从她胸口跳出来，实在是吵得她心神不宁。

她的精神有点恍惚，那种哀痛的感觉好像渗入了她周围的空气，每一口呼吸都牵扯得胸口痛。她缓缓吐出一口气，裹紧了被子。

夜已经深了，外面什么都看不清。

芝夫人干脆坐起身来，外边有点冷，但她顾不上穿烦琐的外衣了。

她放轻脚步，压低身体，一个人在黑漆漆的夜里赶往大理寺。

她也不知道自己在干什么，她就是想去看看她，就只是去看看她。

芝夫人一路摸索，凭着一点暗淡的月光，推开了那扇脏污的门。

里面是胡姬，她无声无息地躺在地上，身上、脸上到处是淤泥与血污。

听见门响，胡姬没有任何反应，她像一具无知无觉的尸体，安安静静的。

这种瘆人的安静挤压着芝夫人的心脏，被夜风一吹，只余一身的凉意。

她抖着手，探在胡姬的鼻前，还有一丝微弱的气息。

芝夫人颤颤地长舒一口气。她转身，长发飞扬，在月光下好似一夜白头。

她的身影隐入黑暗，片刻之后，她又重新回来。

胡姬仍是那个姿势，一动不动。

芝夫人偷偷把太医院的那个老头给叫过来了，一路上谁也没有惊动。

老头颤颤巍巍，手脚倒是麻利，芝夫人替他端着各种小药瓶，看着老头给胡姬包扎各处。

"夫人，我最多也就治成这样了，胡姬的身体必然会留下一些病根，以后换季天凉她要多注意。"

"好，今晚之事……"

那老头很上道："什么事？老头我今天晚上一直都在睡觉！"

芝夫人摆摆手，老头颤颤巍巍地回去了。

芝夫人忙活了一晚上，终于安顿好了小女娘。胡姬没醒，依旧昏迷着。

芝夫人看着天边的太阳，面无表情，只最后深深地看了一眼小女娘。

胡姬，胡姬，你该是不想见我的吧？

芝夫人转身离开，再不回头地踏出了大理寺，一头乌发已掺白丝。

墙的两边，两人各自落泪。

身陷泥沼，谁也挣脱不了。

玻璃糖

小虐怡情，大虐伤身，来颗糖吃吃吧！

「考不上就回来给楼里写说书的话本吧，我养得起你。」

请君为我步青云

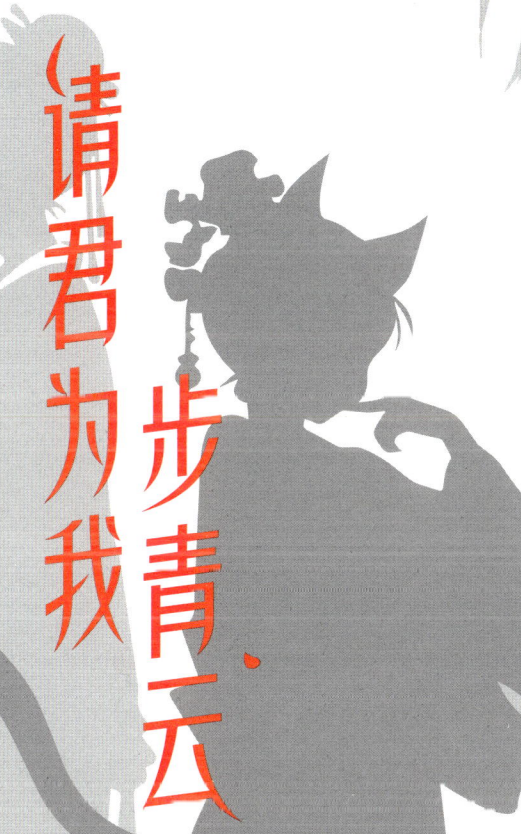

文 / 琉璃王冠

"躺平"猫妖老板娘
萧绵

天才"咸鱼"女状元
秋玉皎

请君为我步青云

文 / 琉璃王冠

1

萧绵很羡慕自己那些飞黄腾达的姐妹们。

作为一只平平无奇的小猫妖,她自幼接受到的"妖德"教育,就是好好修行、天天向上,按部就班地吸收天地灵气,经历九九八十一道雷劫后蜕变飞升,位列仙班。

但是近些年来,妖界好像不再流行脚踏实地式的修行了。这一切,都是从某个兔妖追随主人一同飞升后开始的。

那位前辈兴奋地写信寄回族里,炫耀她在月宫里独占了一个大庭院。她不用再起早贪黑地吸收天地灵气,也不必担心会有道人方士来找自己的麻烦,每天都可以睡到月过天心,闲听桂落,偶尔凭兴趣研究研究仙丹灵药、应付差事就可以了。

这可把一众小妖羡慕坏了。

从此以后,妖族飞升有了辛苦修炼渡劫之外的另一条捷径,那就是蹭主人的气运积攒功德，俗称"躺平"飞升。

不想修炼的小妖们争相效仿，很快又有一批好运的小妖，因抱对了大腿而一飞冲天。

例如说某丘的白狐，被当朝大王相中后奉为祥瑞；再例如某某湖畔的青蛇，因为拜对了大姐在传说中留下了自己的美名，被无数文人才子传颂……

就算不追求渡劫飞升，只要生得毛茸茸的看上去可爱，会打滚撒娇，也能混进宫中或者富贵人家里讨取夫人小姐们的欢心，从此得享良好的待遇，衣食无忧。

无数一夜暴富的故事，听得萧绵心旌动摇，神往不已。

但是，怎样才能抱上一条结实可靠的大腿，从此过上"躺平"的妖生呢？

萧绵收集了无数妖族前辈的光荣事迹，苦心研读志怪传奇，终于总结出了一条性价比最高的道路——那就是去找一个寒窗苦读的穷书生。

2

在许多志怪故事中，都能看到这样的情节。

一名寒窗苦读的穷书生，在落魄之际邂逅美丽女妖，得到了对方的帮助。后来书生努力学习，考取功名，衣锦还乡之后，便想起当年帮助过自己的女妖，于是修建庙宇为对方供奉香火，或者娶对方为妻，以余生荣华富贵报答对方的恩情。

在这个皇宫门槛被大妖踏破、豪门窗棂被小妖挤满的时代，诱惑一个穷书生，听起来何等轻松。

萧绵于是开始四处物色有发展潜力的穷书生。

在淘汰三个长相歪瓜裂枣、八个有抛妻弃子经历、十几个考到

六七十还没中举的穷书生之后,萧绵终于选定了心仪的目标。

此人名为秋玉皎,年方及冠,生得眉清目秀,言行谦雅。他虽父母双亡、手头拮据,却从未自暴自弃,数年如一日地坚持寒窗苦读,靠给乡亲们代写书信的微薄报酬度日。

简直就是传说故事中的男主角模板,萧绵对他十二分的满意。

她趴在秋玉皎窗外,偷看青年垂首读书。莹莹烛光落在青年的双眼中,温柔静谧,像湖面上浮动的星光。

萧绵忍不住开始畅想未来。

等她陪秋玉皎考上状元,当上大官,她就要督促秋玉皎福泽百姓,自己收获无量功德,白日登仙。

想想那滋味,简直妙不可言!

不过嘛……当务之急,是先设计一场让秋玉皎终生难忘的美丽邂逅。

萧绵和秋玉皎的第一次邂逅,发生在某某湖畔。

那天,她故意幻化出一身飘然若仙的白裙,打起一把油纸伞。在桥上和秋玉皎擦肩而过时,"不经意间"遗落了自己蝴蝶绣花手帕。

她轻轻惊呼一声,以精心设计好的角度微微抬起伞,回首时眸光流转,含情脉脉。

不料只看见秋玉皎匆匆离去的背影。

手帕伴着香风委顿在地,无人问津。

萧绵呆愣在原地许久,心中悲愤:才子佳人传奇误我!

第二次邂逅,萧绵设计在某个月明星稀的良夜里。

萧绵敲开了秋玉皎的家门,眉眼含情地问秋玉皎是否还记得她。

秋玉皎自然是一脸疑惑。她便向他解释,自己是他幼时曾救过的邻家少女——此话当然是胡编乱造,她找了他许多年,想要报答当年的恩情。

秋玉皎对她的知恩图报大为感动，并一针见血地指出他家当年所在之地，方圆数十里只有一户人家生过女儿，而且绝不姓萧。萧绵寻错故人，他不敢冒领恩情。

第三次邂逅，萧绵在风雨交加中逃进秋玉皎的小院。

她哭着对秋玉皎诉说自己凄苦的身世，先是遇到灾年被父母卖给人牙子，随后在逃亡路上遭遇八百个壮汉劫匪，险些香消玉殒。如今她身无分文，亦无处可去，恳请秋玉皎收留她。

秋玉皎十分乐于助人，为她提供了热水和吃食，并热情地拉她去报官，义正词严地表示定要把那些欺凌弱小的匪徒抓出来惩戒，还萧绵一个公道。

萧绵哪里交得出八百个劫匪，她只得连夜狼狈逃走，装作无事发生。

秋玉皎简直无懈可击，萧绵使尽浑身解数，都不能奈他何，几欲放弃。

她只剩下最后一招撒手锏。此刻已到万不得已，终于图穷匕见。

她决定碰瓷。

3

萧绵提前观察秋玉皎数日，总结出了他每天的行动规律。

秋玉皎每日都会在黄昏时去井边打水，抬回家中，烧水沐浴。

他似乎生性爱洁，即便是在三九寒冬，也要日日清洗；而且即使在夏季，无论多么酷热难耐，都不会在院中冲洗，一定要等入夜之后才回到屋里沐浴。

萧绵守在院外，算准时辰。估摸着他差不多该脱好衣服、浸入浴桶中了，便提着裙摆破门而入，气势汹汹地朝屋中大喊："屋里

的书生听着！你的身子已经被我看光了，必须要对我负责！否则我就……"

威胁的声音戛然而止，萧绵和坐在浴桶中的秋玉皎面面相觑，皆是目瞪口呆。

片刻之后，屋中爆发出惊人的尖叫声。

秋玉皎实为女儿身。

在父母去世之后，她为图方便换上男装，独自离开故里，来到他乡谋生。

她写得一手好字，便对小镇上的人谎称自己是落第的秀才，因为没有盘缠不能进京赶考，在此混得个代写书信的闲职。

她虽然的确才华横溢，少时就被先生夸奖过天资聪颖胜过许多男子，却胸无大志，生来便是个闲散性子。嘴上日日念着的考科举，实际上只是应付乡里邻人的说辞。

在这小镇上悠闲度日什么不好，一个人是要有多想不开，才会去和千军万马挤独木桥，考那劳什子状元。

她万万没想到，才在镇子上过了几年安稳日子，便被麻烦找上了门。

近些时候，她隐隐察觉到有人在窥探她。但她一穷二白，又没有宿敌仇家，实在想不通为什么会有人跟踪她。

初时以为是歹人，她留意了几日，才发现一直偷窥她的竟是一名神出鬼没的俏丽少女。

少女自称"萧绵"，总是以不同的方式出现在她面前，企图引起她的注意，住进她家里。

秋玉皎不是没有过被怀春少女当作青年才俊追求的经历，只觉哭笑不得，唯有装聋作哑，敬而远之。

本想着经受几次冷落与委婉拒绝之后，萧绵就会心灰意冷，自己放弃了。却不料萧绵如此神勇，竟然破罐破摔，趁她沐浴时闯入她家中。

　　她眼疾手快，一把从浴桶旁的椅子上扯来衣裳，披在身上。

　　可此刻为时已晚，萧绵发出了震惊的尖叫声。

　　与此同时，秋玉皎也看见了萧绵头顶上冒出来的一对尖耳朵。

　　场面一度兵荒马乱。

　　"你，你是女子？"萧绵简直不敢置信。她的苦心筹划、百般努力全都错付，竟然从一开始就将目标的性别给搞错了。

　　"该我问你才对！你头上是什么东西？"秋玉皎拢着衣裳，吃惊地盯着萧绵头顶。

　　萧绵这才发现，自己方才因为太过惊讶，忘记维持化形，以至于猫耳都露了出来。她连忙捂紧耳朵转过身去，却顾着这头顾不到那头，身后毛茸茸的尾巴又一下子冒了出来。

　　短暂的震惊过后，秋玉皎逐渐恢复了冷静。

　　虽说志怪故事里常有妖精吃人、吸食人类精气的记载，可她看萧绵模样娇弱，却并不像那些会伤人的恶妖。

　　比起恐惧，她对萧绵更多的是好奇。

　　她从浴桶中迈出来，将衣衫穿整齐，饶有兴致地打量萧绵："我就说为何每次见你，相貌都有所不同，原来是妖术幻化出来的。"

　　"你，你该不会要去找道士，把我抓起来吧？"萧绵吓得变回了原形，躲进墙角缩成一团，模样可怜兮兮的，"我无非是有些好吃懒做，想傍个好人家吃香喝辣，从没干过什么伤天害理的事情……你便是找人来收我，也攒不了功德的！"

　　"会说话的猫，这可真稀奇……"秋玉皎自言自语道。

　　望着毛茸茸的、可爱的萧绵，一个绝妙的主意，从她脑海中冒了

出来。

4

"不行,那样绝对不行!"萧绵眼中含泪,被秋玉皎撵得上蹿下跳,躲进小院中的矮花丛后。

她从花丛后探出脑袋,朝秋玉皎大叫:"我找到你家里,就是因为不想努力了!你居然想让我化出原形去卖艺,这和老实修行有什么区别?"

"你擅闯我家、偷窥我沐浴的账,我还没跟你算呢。"秋玉皎抓住萧绵露出草丛的长尾巴,毫不客气地往外拽,"你去街上表演些狸奴跳舞、狸奴算数,收入咱们二八分成,岂不美哉?"

她心里算盘打得响。

能表演才艺的猫,这多稀罕啊。表演算数十文一次,表演猫咪跳舞二十文一次,摸神猫沾福气五十文,求一幅神猫画像一百文……一天表演算数十次、跳五支舞、给人摸两次再画张相,就是四百文铜钱,抵得上她代写一个月书信的报酬了!

萧绵犹豫了一下,问:"你二我八吗?"

秋玉皎道:"自然是我八你二。"

萧绵又开始喵喵乱叫,嘴里喊着些"欺凌弱小""减损功德"之类的话,吵得秋玉皎心烦意乱。

秋玉皎佯作威胁道:"再闹腾,我就将你卖给镇上的方大厨,把你关在后厨里给他抓老鼠!"

萧绵大哭起来:"那我要向镇上所有人拆穿你,你骗他们你是落第秀才,你其实是女扮男装!"

"你不给我'躺平',我也不让你闲着!咱们俩谁也别想好过!"

一番相互伤害之后,鸡飞狗跳。

萧绵蹲在墙角抱着被拽疼的尾巴，秋玉皎则坐在桌边给自己被咬伤的胳膊上药。

"呜呜呜，我的'躺平'飞升梦……我的穷秀才考状元，我的大官和功德，全都飞走了……"萧绵伤心地抽泣着。

"咱们俩都先冷静一下，这样下去只会两败俱伤，对大家都没好处。"秋玉皎沉着地说道，"你仔细想想，我们最终目的其实是一致的，那就是轻松暴富，过上安逸舒服的日子。既然志同道合，咱们应该合作才对啊。"

萧绵一脸茫然："什么合作？"

"我不能专心读书考功名，是因为家境贫寒，时常要替人代笔书信，以至于没时间温书。"秋玉皎循循善诱，将是非利弊与她一一道来，"你若是能去表演才艺，为我补贴家用，我就能静下心来去读书、考状元了。

"这开头几年，你虽然辛苦，但等我日后中举及第、当了大官，我必将府邸俸禄分你一半。到那时候啊，你就可以想吃便吃、想睡便睡，就算躺着不动，银子和功德也会像流水一样，哗啦啦地涌进你口袋里。

"如此一来，两全其美，何乐而不为呢？"

萧绵眨了眨眼睛，觉得她说得好像在理。

"你再仔细回想一下，那些志怪小说里，是不是都这样写的？"秋玉皎见她动摇，连忙趁热打铁，"貌美的女妖和书生共住一屋檐下后，十年如一日地替书生洗衣做饭、照料生活，终于等到书生考取功名。几年的辛苦换取后半生享不尽的荣华富贵，这买卖，多划算呀！"

萧绵小声问："那我要给你打多少年工，你才能考上状元呀？"

秋玉皎信心满满道："三年。本朝三年一开科，今年的开科时间刚过。我保证三年之后，下一次开科之时，我必能金榜题名！"

萧绵掰着猫爪算了算。

如今秋玉皎已经二十了,三年之后能考上状元,那就是二十三岁及第。

假设秋玉皎能活到七十岁,那萧绵就可以再吃四十七年的白饭,富贵无忧。

萧绵顿时两眼发光:"好,合作!"

秋玉皎露出满意笑容,和萧绵签字画押,击掌为誓。

涉世未深的小妖真好忽悠。等她把萧绵骗出去卖艺挣钱,自己就在家里躺着,悠哉快活。

至于功名?天气不好书读不进去,隔壁家盖新屋吵得人神经衰弱,报考时核验被查出了真身,中举的名额被高官子弟花钱买走……

落第的理由多的是,总之不是她偷懒的错!

5

现实果然永远不会像传奇故事中那样美好。

萧绵以为自己和秋玉皎签字画押,就能等着三年之后飞黄腾达。可是很快她发现,自己太天真了。

她每天起早贪黑,现出原形去街上表演小猫算数和小猫跳舞,挣回养家的银子。秋玉皎那边却诸事不顺,时不时要出点问题。

冬日里秋玉皎说自己浑身发冷,看不进书。萧绵便将自己换下的猫毛攒起来,给她织了一条猫毛围脖。

有时候秋玉皎大清早起来,便称吃坏了肚子腹痛,在茅房里一蹲就是半天。萧绵只能去镇上的药铺里抓药,让大夫把黄连满上,让她的腹疾不治自愈。

有时候萧绵挣钱归来,看见秋玉皎正在挑灯夜读,欣慰至极,正想给她一个惊喜,却发现她读的是贴了论语封皮的小人书。

长此以往，萧绵心力交瘁，深深以为传奇志怪中的故事都经历了过度美化。

那些女妖住在书生家中，大概不是成为贤妻，而是去给他们当良仆的。

终于，在萧绵又一次在茶楼里抓到偷闲的秋玉皎后，她们大吵了一架。

秋玉皎自称要去镇上的笔墨铺子里买些历代状元文选回去参考，找萧绵要了银钱，却从铺子的后门溜走，跑去茶楼听书吃点心了。

正巧萧绵那日在茶楼附近，给路过的人表演猫咪跳梅花桩，一抬头便看见茶楼上坐着给说书先生鼓掌喝彩的秋玉皎。她气得当即收了摊，跑到后巷去变回人形，上楼将秋玉皎扯着耳朵拽了出来。

"你当初明明答应我，只要我挣钱供你读三年书，你就能考上状元的！"萧绵对准秋玉皎的耳朵大喊，"可你书也不读，文章也不写，天天糊弄我，千方百计地跑出去玩，这怎么可能考得功名？"

"俗话说要劳逸结合。我背了这么久书，脑子都背成一团糨糊了，出来散散心，放松一下，有助于更好的学习嘛。"秋玉皎振振有词。

萧绵怒道："你那是劳逸结合吗？光见你逸，就没见你劳过！"

秋玉皎狡辩道："古人都说三年不鸣，一鸣惊人；三年不飞，一飞冲天。我学得如何自己心里有数，等我上了考场，你就知道了。"

她油盐不进的模样，把萧绵气哭了。

"你就是想忽悠我白给你打工，你根本不是真心想考功名的！"萧绵哽咽道，"将来三年又三年，考到七老八十我也盼不到你当上状元。你当不了官，就不能福泽百姓，没法给我攒功德。再过几十年天劫到了，我修为不够，定会被雷劈变成烤全猫……早知如此，我还不如一开始就自己老老实实地修行呢！"

没想到自己不读书的后果竟如此严重，秋玉皎怔了一下。

萧绵抹着眼泪摔门而出。

"反正你也不肯读书，我再也不管你了！"

自那日不欢而散之后，秋玉皎一连好几日都没见到萧绵。

家里的存粮耗尽了，她便再次回到镇上，替人代写书信文章，换取吃饭的铜板。

许久没有提笔，她遣词造句都生疏了许多，想着想着，便会走一会儿神。这时她便听见，街上路过的行人闲谈议论，说话间似乎提到了"猫"字。

她侧耳细听，原来他们讲的是，许久不见街头表演杂耍的那只小猫了。

那只小猫总是独自在街头表演杂耍，比如跳舞、算算术，却不见它的主人。

路过的人见了新奇，便偶尔赏它几个铜钱。最近这些日子没见到它，不知是去了别的地方表演才艺，还是被喜欢稀奇珍兽的大户人家抱走了。

他们又说隐约记得，最后一次见到那只小猫时，它在茶楼附近表演跳梅花桩。大概是说书人讲的故事太吸引人，小猫仰头去听，却从梅花桩上摔下来，跌伤了腿。不知它是否因此不能再表演才艺，被主人卖去酒楼里捉老鼠了。

秋玉皎越听，心中越不是滋味。

她匆匆将雇主交代的信件写好，收了铜钱，便到处打听最近是否还有人见过萧绵，得到的回应却是清一色的摇头。

她又想起萧绵说"还不如去努力修炼"，心想萧绵或许是去找适合修行的地方了。

萧绵妖力低微，身上没带多少盘缠，又跌伤了腿，肯定走不远，多半就藏在镇子外的小山里。

她从白天找到天黑，夜里提着灯进山继续找，一边摸黑前行，一边大喊萧绵的名字。

最终，她在一处废弃的山洞口，找到了被野狗撵上树梢不敢下来的萧绵。

她用竹杖将野狗赶走，望着趴在树杈上的萧绵，红通通的双眼和缠着纱布的脚踝，鼻尖忽然一酸。

"别哭了，我们回家。"她朝萧绵伸出手，"我日后一定会好好读书的。"

6

秋玉皎这回果然说到做到。

将萧绵接回家后，她再也没有三天打鱼两天晒网过。

她每日天不亮便起床开始背书，闲时也不再去听书玩乐，而是帮人写信抄书，或者替私塾先生教孩子们读书，补贴家用。

萧绵日子轻松了许多，将她的奋进看在眼里，十分欣慰。

两人养家的养家，读书的读书，各司其职，日子倒也过得还算凑合。

春去秋来，一晃眼便过去两年多。

在这两年中，家里像小山一样的书堆被秋玉皎一本本读完，萧绵的猫艺生意也越来越红火。

萧绵甚至不再亲自表演才艺，而是招揽了一大群同样妖力低微的猫妖姐妹们，带着她们盘下了一座茶楼，起名为羡鱼楼，一同经营。

羡鱼楼楼主经营的特色生意，叫作"神猫茶艺"。路过歇脚的客人只需要花钱买一壶茶，就可以免费抚摸楼内的神猫皮毛，观赏神猫

们翩翩起舞。

羡鱼楼很快声名远扬，即便里面的茶水卖出天价，仍有许多好奇之人趋之若鹜，想要一赏传说中毛茸茸的、伶俐活泼的可爱神猫。

在羡鱼楼生意蒸蒸日上的同时，赶考的日子也一天天近了。

秋玉皎如今虽不用再为赶考的盘缠发愁，却好似得了一种怪病，而且这病随着赶考的日子渐近，一天天严重起来。

初时是一看书便头昏脑涨，手心发汗，分明是想读书的，书中字句却像冰块一样从她脑中滑过，没有留下任何痕迹。

而后是一翻开书，便好似染上了睡瘟。往往背记文章不到一刻钟，便闭上眼睛呼呼睡着了，一头栽在书本上。

萧绵带她去看大夫，大夫得知病症之后，亦是束手无策。

还是其中一位大夫沉思良久，问秋玉皎："公子可是准备参加今年的秋闱？"

秋玉皎十分惊讶："大夫是如何得知的？"

大夫了然："这是科举病，年年都有大批赶考的书生得这病的。没有良方，只能吃好睡好，多喝热水。等考得功名，这病自然就痊愈了。"

就算病治不好，书也不能不读。

为了对抗怪病，秋玉皎想了许多办法。

她把书垫在墙上，用头撞书。据说这样能将书里蕴含的学识，全部撞进脑子里。

萧绵看了她撞了半响，不仅没有把自己撞聪明，反而越撞神情越呆滞，忍不住说："我看你这样撞，不能将学识撞进脑子里，只会将脑子和书里的学识撞进墙里去。"

于是秋玉皎又换了法子。她用白芨和荻花煲汤喝，寓意"及第"；将粽子捆起来吊在房梁上，表示"高中"；又把榉实放在屋子正中央，期盼"中举"。

但除了吃坏一回肚子、半夜被掉下来的粽子砸到头顶、出门踩到榉实差点摔倒之外，没有任何作用。

"别做那些没用的事儿了！再这样下去，别说赶考了，身子得先被折腾坏。"萧绵制止道。

秋玉皎唉声叹气："可我心里着急，静不下来。现在我感觉就像苦熬三年，盼着能生出哪吒来，心里却又清楚，多半已经是个死胎了。"

萧绵道："有什么好急的？书该背的都背了，文章也做得不错，镇上的先生都说你肯定没问题，照常去考便是了。"

秋玉皎连连摇头，往榻上一倒，头枕在萧绵腿上。萧绵替她揉着两侧太阳穴，缓解她看书看出来的头晕脑涨。

"我自小便听人说，万般皆下品，唯有读书高。"秋玉皎说，"赶考是如千军万马过独木桥，万千考生都盼着乘这一个机会，能够翻身，脱颖而出何其困难。

"更何况，科举考的不仅仅是学识，还要看气运。考到的题目是不是温习过的，答题的文章对不对考官的胃口，同期考生中有多少世家子弟占了中举的名额……

"以往我孤身一人，中举也无人同乐，落第也没人责怪，是成是败都不重要。可是，今年和往年不一样，我答应了你要考取功名，读书便不再只是我一个人的事。

"我怕我今年考不上科举，又要连累你再辛苦数年。你原是为了图轻松，才撺我去读书的，可如今看来，这反而让你更加辛苦了。若不是为了供我读书，你本不必起早贪黑去挣钱，也不用忙里忙外招呼客人，与人周旋，还为此耽误了修行……

"所以我很怕，怕我考不中，辜负了你。"

萧绵听罢，屈起手指，在秋玉皎眉心弹了一下。

"傻瓜。"萧绵笑道，"想得那么多，脑子里全是杂七杂八的念头，难怪书读不进去。

"今年考不上又有什么关系呢？我是妖呀，妖的寿命可比人长多了。你觉得三年很长，但对我来说，其实一晃眼就过去了。只要让我看到你一直在努力，我能有盼头，就等得起。

"所以你不必有什么后顾之忧，只管放手去考就好了。今年考不上，还有三年后；三年后考不上，再过三年还有机会。以你的聪颖，用不了几个三年，肯定能考得上！实在不行嘛……

"反正我现在羡鱼楼也经营得还行，考不上就回来给楼里写说书的话本吧，我养得起你。"

那日听过萧绵安慰之后，秋玉皎的怪病，竟然奇迹般不治自愈。

赶考的日子已经近在眼前，萧绵便陪秋玉皎去考乡试。她用法术替秋玉皎遮掩真身，顺利将秋玉皎送进考场。

萧绵在考场外惶惶不安地等待三日，竟然比前几日怪病缠身时的秋玉皎还要坐立难安。

终于，考试结束，考生们陆续出场。萧绵连忙迎上去，在考生中寻找秋玉皎。

只见她看起来消瘦了许多，眼下也一片乌青，却是神采奕奕，道："今年考的题目正好是我温习过的，不出意外，应当能中。"

果不其然，数日之后放榜，秋玉皎高中解元。

消息传入镇中，萧绵兴奋地在家抱着秋玉皎又蹦又跳，眼泪都掉了下来。有那么一瞬间，她几乎忘了是自己撺着秋玉皎去考科举的，只是真心实意地为她这三年来的寒窗苦读终有回报而感到高兴。

她在羡鱼楼大设宴席，招待邻里乡亲，众人纷纷前来为秋玉皎贺喜。设宴之后，她又马不停蹄地安排羡鱼楼暂时歇业，收拾行囊，送秋玉皎进京参加会试。

自首战告捷之后，秋玉皎信心大增，宛如文曲星降世，一路考运亨通，畅通无阻。会试、殿试轻松拿下，连中三元，一时间风光无两。

她成了本朝最年轻的状元，并将以此名垂青史。

7

为了方便秋玉皎考学，萧绵将羡鱼楼开进了京城里。

独特的品茶赏猫生意，很快吸引了一批喜爱新鲜事物的京城人，羡鱼楼日日宾客爆满，财源广进。

这门生意红火的消息，迅速传进了其他妖族耳中。那些兔妖、狐妖、鸟妖们，对萧绵的生意头脑佩服得五体投地，纷纷前来拜入门下，请求萧绵指点。

很快，羡鱼楼在各地都开起了分号，有喝茶赏兔的广寒楼、赏狐的风月楼、赏鸭的碧波楼……萧绵坐拥三千分号，成了名动京城的首富。

放榜那日，京中万人空巷，争相观看。秋玉皎考中状元的消息传回来，萧绵虽心中激动，却不显露出来。即使听到身边的小妖和下人道喜恭维，也是一副理当如此、一切尽在掌握之中的模样。

待跨马游街的队伍来到羡鱼楼下，她便下令大开羡鱼楼楼门，广散红包，为新科状元贺喜。

漫天红纸金滔如雨下，极尽豪奢。其间插花披红、旗鼓开道的新科状元面若冠玉，微笑谦雅，骑着高头大马从人群中穿过。正是前呼后拥，风光无限。

传胪后的第二天，天子赐琼林宴，命诸位进士考官赴宴。宴上觥筹交错，席间各种溢美之词，令人飘飘然几欲乘风去，不知今夕是何

夕，此地是何地。

秋玉皎自小在镇里乡间长大，从未见过京城这等阵仗。不仅同届考生都向她举杯道喜，就连圣上也对她的文采赞赏有加。几杯美酒下肚，她便醺醺然有些发飘，不料圣上一句话像迎面泼来的冰水，又像九天之上劈下的惊雷，霎时间将她惊醒。

圣上道："状元郎青年才俊，甚得朕心，来给朕当驸马如何？"

此言一出，秋玉皎的酒意顿时退得一干二净。

娶公主为妻，听起来何其风光，是京中多少青年才俊想要的荣光。更何况当今圣上只有独女平宁公主，生得貌美活泼，圣上对她一贯宠爱有加。能成为驸马便可以一步登天，少说能少奋斗二十年。

这对旁人来说，是从天而降的馅饼；但对秋玉皎而言，却是架在她颈间的索命刀。

因为她本不是男子，而是女儿身啊！

萧绵的法术能帮她应付考场的搜身，还能帮她应付和公主的洞房花烛夜吗？

拒绝，必须得拒绝！

冷汗从背脊上渗出来，打湿了秋玉皎的衣袍。她心念急转，脑海中转过万般念头，想寻到一个既不触怒天子、又能回绝这门亲事的方法。

千钧一发之际，一个绝妙的借口浮现在她心头。

"承蒙圣眷，微臣受宠若惊，惶恐不已。"她立刻起身，撩起官袍，向首座的天子一拜，"然而微臣家中已有结发妻子，恐非公主良配。

"微臣十年寒窗，落魄之际，是发妻数年如一日不离不弃，与微臣相互扶持，方至今日。如今微臣金榜题名，欲报发妻经年共苦之恩，不敢背弃信义。

"恳请陛下，为公主另择佳婿。"

天子对秋玉皎的推辞十分失望,但也没有再强求。

消息传回宫中,却引起了轩然大波。

众人皆知平宁公主贵为京中第一美人,又是圣上的心头肉,从来只有她对京中才俊看不上眼的份,哪有她被人拒绝的道理?

平宁公主从小高傲自矜,向来是要风得风、要雨得雨。饶是原本对这门亲事不感兴趣,也被状元郎毫不客气的回绝激起了火气。

"我倒要看看,那状元郎的发妻到底是个什么绝色美人,竟然让他对本公主都不屑一顾!"平宁公主对侍女吩咐下去,"你们去打听打听,状元郎的发妻到底是确有其人,还是只是他用来搪塞本公主和父皇的借口?"

此时新科状元为报发妻之恩拒绝公主的消息,已经传遍了整个京城。公主的侍女不需要费多少工夫,便打听到了传闻中新科状元的妻子是羡鱼楼的掌柜,亦是京中首富萧绵的事情。

这"夫妻"二人的经历,简直堪称传奇。一个是父母双亡、多年苦读的穷书生,一个是出身寒微、孤苦无依的商女。两人多年相依为命,萧绵终于供到秋玉皎学成归来,考取功名,传为一时佳话。

除此之外,侍女还打听到了一则有趣的消息。

据说萧绵举止神秘,能与飞禽走兽交流,来历只怕不简单。有客人说,曾经在羡鱼楼的茶水中喝出过猫毛,亦有客人自称曾经见过掌柜幻化出尖耳长尾的妖形原身。

这萧绵,只怕是猫妖变成的。

8

流传于京中的状元夫妻故事,自然也传到了羡鱼楼上萧绵的耳中。

"你是怎么想的?居然拿我当借口拒绝赐婚,这可是欺君之罪

呀！"萧绵对秋玉皎的做法十分吃惊。

"要论欺君，早在混进考场的时候已经欺过一回了，咱们还怕这个？"秋玉皎苦笑连连，"你怕是不知道，京中盛行榜下捉婿的风气。每次科举放榜的时候，都有大批豪门士族派人在榜下守着，见到榜上有名又模样端正的年轻人，便直接绑回去，配给家里还待字闺中的女儿。

"今年放榜的时候我也被堵过一回，要不是跑得快，早就露馅了！如今我身为状元郎，年纪又正好，倘若再对外说没有家室，一定会有大批人踏破门槛前来提亲……到那时怎么办？我总不能真的娶妻吧？我只能对外宣称我们早已成亲，这是最好的方法了。"

她说得不无道理，萧绵被说服了。

正当此时，羡鱼楼里跑腿的小猫妖忽然慌慌张张地闯了进来："不好了，掌柜，大事不妙！"

"发生什么事了？为何如此惊慌？"

"外面、外面……"小猫妖惊魂未定，气喘吁吁，"外面忽然来了一群贵人，说咱们羡鱼楼的掌柜是妖孽变的，请了一群道士来做法捉拿！"

"掌柜的，咱们快跑吧！"

秋玉皎立刻起身道："我去看看。"

"等等，他们是冲我来的，我也得出面才行。"萧绵抓住秋玉皎的袖角，"你都对外宣称我们是夫妻了，我自然要和你一起去。"

二人一同下楼，只见一行人浩浩荡荡地围在羡鱼楼楼下。

看热闹的人群逐渐聚集起来，对着羡鱼楼指指点点，窃窃私语。

因为担心来者闹事，楼中的小猫都躲了起来。萧绵一眼便看见为首的平宁公主，珠簪华服，明艳逼人，年纪虽然不大，却自有一身皇室威严。

"你就是羡鱼楼的掌柜?"平宁公主用挑剔的目光上下打量萧绵。

萧绵的长相倒是和她料想得差不多,柳眉杏眼,一副柔弱美人的模样。这样一朵小白花,竟能经营出名动京城的茶楼,真是人不可貌相。

"民女正是。"萧绵上前,落落大方地向平宁公主行礼。

"本公主听说你这茶楼在京中最新奇热闹,便想来坐一坐,谁知才进门,就听身边几位捉妖大师说楼中有妖气。"平宁公主笑道,"本公主还听说了一个有趣传闻,说羡鱼楼的掌柜其实是妖物化形而成,当朝状元郎被掌柜用妖术迷住,因此才回绝了父皇的赐婚。萧掌柜,这一定是谬传对吧?"

萧绵感觉一滴冷汗从额角滑下来。

"当然是谬传。公主也看见了,萧绵经营的羡鱼楼中清清白白,哪有什么奇怪的东西?"秋玉皎立刻挡在萧绵身前。

萧绵也勉强笑道:"公主不若进楼内坐坐,我立刻命人奉上名茶点心……"

"不必了。状元郎未来将成股肱之臣,本公主担心状元郎入朝为官之后,被妖物所惑,犯下大错,这才前来一探。"平宁公主说,"既然萧掌柜说羡鱼楼没有问题,那想必也不会拒绝与本宫同来的几位高人进楼一验,以证清白吧?"

她说罢,朝身后几位捉妖师挥手:"几位高人,请做法。"

几位高人气势汹汹,鱼贯而入。

他们有的提着桃木剑,有的指捻黄符,有的祭出朱砂笔,然后开始往门槛处撒木天蓼,在墙上画鱼骨头。

萧绵目瞪口呆,却见年纪最长的道人在屋中央立了个绑有麻绳的树桩,往树桩上系满雉羽,然后向平宁公主交代道:"公主放心,贫道已经在楼中布下天罗地网。传闻羡鱼楼中藏匿的是猫妖,此阵法是专对猫妖而设。倘若传言为真,楼中藏匿的猫妖,必定会速速现出原

形！"

平宁公主皱了皱眉，但没有多说什么，只是等待法阵生效。

萧绵呆愣在原地，一时间竟不知该说什么。

一盏茶时间过去，无事发生。

"这，这怎么会……"平宁公主面露迟疑。

"民女方才便说过，羡鱼楼是清白的，没有什么妖孽藏匿。"萧绵小心翼翼地问，"公主还要如何查验？"

平宁公主脸色不大好看，没有接话。

半晌之后，她轻哼一声，愤愤道："或是妖物道行太高，藏得太深，几位高人才没能做法将其捉拿……待本公主回去请国师来，定叫妖孽无所遁形！"

说罢，她拂袖而去。

平宁公主离开之后，萧绵才长舒了一口气，命人赶紧请楼中客人离开，闭门打烊。

但是很快，她的心又悬起来，她忧心忡忡地拉着秋玉皎的袖子问："这可怎么办啊？"

秋玉皎道："平宁公主生性高傲，从未被人落过面子，只怕不会轻易善罢甘休……万一她真将国师请来了，你的法术还足够应付吗？"

"方才那几个道士是装模作样的花架子，所以查不出我的真身。但国师道行高深，有真才实学……我这些年光忙着开茶楼赚钱去了，疏于修行，身上那点修为哪里是他的对手？"萧绵急得尾巴都冒了出来，抓着自己的尾尖放进嘴里咬，"那、那难道只能……"

踌躇片刻，她小声问秋玉皎："要不然，你就顺从圣旨，娶了她吧？"

仔细一想，年轻俊美的状元驸马和最受宠爱的俏丽公主，还挺般配的。

穷书生寒窗苦读数年，终于考上状元，娶公主、当大官，最终造福百姓名垂千古，不失为一段佳话。

而身为这个故事主角状元郎身后的小跟班，萧绵自然也能蹭到许多功德。不说足够立地飞升，保证她平安渡劫，是绝对没有问题的。

这才是她跟随秋玉皎的目的，不是吗？

她本应该支持这件事，努力说服秋玉皎和公主成亲。但一想到秋玉皎以后要和其他人拜堂，和其他人亲密无间，和她再也不能轻易相见，她就莫名觉得心口一酸，眼眶也发热发胀。

她的声音越来越小："公主虽然高傲，但也不是完全不讲道理。而且她富有四海，肯定比我更有钱，长得还漂亮……你不是一直不想努力吗？大家都说娶了公主可以让年轻人少奋斗二十年……"

秋玉皎忽然朝她伸手，在她眉心弹了一下。

"你在说什么傻话？"秋玉皎无奈道，"不说现在反悔还来不来得及，我若真答应娶了公主……到时候露馅了怎么办？你没忘记我是女儿身吧，你能用法术帮我混过考场的验身，还能帮我蒙混洞房花烛夜吗？"

萧绵呆立原地，她好像还真将这茬儿给忘了。

没等她们商讨出一个结果来，门外又喧闹了起来。似乎是平宁公主请到了国师，风风火火地去而复返。

"糟糕，现在说什么都来不及了，咱俩可都是经不起查验的。"秋玉皎一把拉起萧绵的胳膊，"快跟我走，后门在哪里？"

萧绵："等等，咱们要去哪儿？我的羡鱼楼就在这里……"

秋玉皎："别惦记你那猫窝了。功名财帛都是身外之物，先保住小命要紧！"

9

秋玉皎和萧绵换了一身便装，连夜卷铺盖出逃。

她们前脚刚出京城，铺天盖地的通缉令便贴满了整个京城。据说是国师在羡鱼楼中搜寻到了残留的妖气，状元郎口中的发妻、名动京城的羡鱼楼掌柜，或许当真是妖变成的。

　　圣上一声令下，霎时间八方城门紧闭，进出关口严查。

　　京中百姓人心惶惶，一夜之间，流传的故事又在他们口中衍生出百八十个版本。

　　有的说国师与那猫妖大战三百回合之后，终于将猫妖击败捉拿，炼成了法器。而状元郎不愿相信发妻真身是妖物的事实，失魂落魄，竟然追随猫妖而去。

　　有的说猫妖虽然妖力低微，却挟持了状元郎作为人质，国师为此不敢全力应对，被她们侥幸逃脱。猫妖带着状元郎逃出城外，此后踪迹全无，公主为此伤心欲绝。

　　最离奇的版本，是说根本就没有什么猫妖和状元郎结为夫妻的故事。那状元郎本就是猫妖变的，二者实为一人。

　　她为了积攒应付天劫的功德，女扮男装、妖化人形前来考取功名，不料金榜题名之后被圣上相中赐婚。她是为了防止公主发现真身，才谎称自己有一发妻，拒绝赐婚的。

　　种种传奇故事将真相掩埋，其中玄机外人不得而知。

　　但这一切，已经与萧绵和秋玉皎无关。

　　她们唯独知道的是，她们此生，恐怕很难再以"秋玉皎""萧绵"的身份，踏足这座京城了。

　　城外，离京路上，萧绵魂不守舍，黯然神伤。

　　"还好我行事果断，反应再慢上一步，你我此刻怕是已经在天牢里蹲着了。"秋玉皎长舒一口气，替萧绵掖了掖衣角，"事出匆忙，来不及准备香车骏马，只能用这破牛车将就一下，委屈萧大掌柜了。"

她这么一说，萧绵眼泪又掉下来了："别叫我掌柜了。"

秋玉皎替她擦擦眼泪："怎么了呢？这么难过。"

"没了，全都没了。我好不容易经营起来的羡鱼楼，你好不容易考上的状元……"萧绵怔怔地说，眼泪跟断了线的珍珠似的，止不住地往下掉。

"咱们含辛茹苦这么多年，好不容易才熬出头，图的是个什么？凭什么呀，他们一句要赐婚，就害得咱们全都白费工夫了……

"呜呜呜，我还盼着你做大官，名垂青史，给我攒功德，让我'躺平'飞升……现在全都没了……"

萧绵越说越伤心，放声大哭起来。

秋玉皎手足无措，替她擦了一会儿眼泪，见她哭得停不下来，干脆将她按进自己怀里。

"好啦，别哭了。多少人读了一辈子书，连举人都考不上的。区区三年而已，实在不行，我去再考一次嘛！"秋玉皎安慰道，"'秋玉皎'这个身份是不能再用了，但你可以用法术给我造个新身份，我重新参加乡试，从举人考起。

"我能考上第一次，就能考上第二次！到时候放榜，我就去金榜底下题字：'种桃道士今何处，前度秋郎今又来'，把他们全都气死！"

她这话俏皮可爱，将萧绵逗得破涕为笑："可别！你再考上一次状元，再被赐婚公主怎么办？"

"那就再连夜逃出京城。三年之后，再卷土重来！"

"到那时候，考场门口得悬个牌子，专门写着'秋玉皎与猫'不得入内了！"

一番说笑，总算哄得萧绵止住了眼泪。

木板车随着老牛前行的节奏一摇一晃，像一个摇篮一样，晃得人心中逐渐安定下来。

天际泛起淡淡的鱼肚白，再过一两刻钟，眼看着便要日出了。

"算啦，别考了吧，太麻烦了。"萧绵闭着眼说道，"这几年忙活下来，其实我也想通了。我不是真的不愿意努力去做一件事情，只是身边没有一个人陪着，去做那些让我觉得很辛苦的事情，会让我觉得很没意思，如此而已。

"开茶楼供你读书的时候，迎来送往、打点上下虽然辛苦，但是想到做这一切是为了你，而你也正在为我努力，我就觉得心里有寄托，有盼头，再辛苦也值得了。

"况且，就算我们现在被迫离开京城，也不是真的一无所有地来，又两手空空地走。我在这里学到了很多人情世故，还有经商的技巧。我们换一座城市，换一个名字身份，我照样能把生意重新做起来。不说重新做到首富，保证咱们俩吃穿无忧，肯定是没有问题的。"

"好啊，"秋玉皎笑意盈盈地答应，"你都去做生意了，我肯定也不能自顾自地闲着。让我想想，我能做点什么呢？"

"有了，我去给你的茶楼写词怎么样？我这双手，好歹也曾经做出过考上状元的文章，给你题诗作文，肯定不成问题。

"我既要写才子佳人风花雪月，也要写百姓家常民生疾苦。要效仿前朝的白衣卿相，将普通百姓的困苦改编成朗朗上口的歌谣，让它们从江湖传向庙堂，传进天子耳中。

"到那时候，史书上会留下我们的名字，告诉后世所有人：有一个叫秋玉皎的人，虽曾得状元之名，却视功名如粪土。她行走江湖，一心只愿为百姓谋福。而这一切，都是因为她身后有一个名叫萧绵的猫妖在支持她，鼓励她……也不失为一段佳话。说不定这样，也能给你攒够原地飞升的功德呢？"

萧绵笑了起来，伸出猫爪捶了捶她的肩膀。

"那我们约定好啦？"笑闹完了，萧绵朝秋玉皎伸出一根手指，认真地问道,"去一座没有人认识我们的城镇,一切从头开始。这次我们谁也不许偷懒,一起努力一起过上好日子。"

"要说到做到哦。"

秋玉皎笑着,伸出尾指与她的尾指相勾。

"好啊。"

我本想拯救她，可如今看来，倒不如说是我杀死了她。

思凡

文 / 青州从事

先天体弱"腹黑"公主

活泼可爱"傲娇"玉兔

思凡

文 / 青州从事

❶

嫦娥关了我整整一个月的禁闭,让我好好反省自己的错误。

说实话,我有些委屈。我承认,打碎她的琉璃簪子这件事我有错在先不假,可那簪子做工粗糙,被她收在匣里不知多少年,都落了灰,想必不是什么珍贵物什,我一时好奇翻看,又不慎失手,怎知她反应竟这般大。

上一回见她这般,还是那劳什子天蓬元帅饮酒后冒冒失失地闯进月宫,说了些不三不四之语的时候。

挖穿墙角费了我不少气力。待我灰头土脸地从房间里钻出来,已过去了十七八日的辰光。

"你瞧瞧,你瞧瞧,这算什么事。"正拍打着身上的尘土,我一抬头,恰好瞧见了吴刚,连忙愤愤地同他诉苦,"此仇不报非君子!"

吴刚正忙着砍他那八百年也砍不断的桂树,闻言抽空觑了我一眼,而后便冷漠地下了论断："我可不记得你什么时候还当过君子，你就是只……兔子。"

我感觉他其实想给"兔子"前头安一个不太美妙的形容词。但出于我们之间最后一点的情面，他把那个词生生咽了回去。

不过君子什么的暂且不论，有一点他说得倒是不错，我是只兔子，而且是月宫里最宽宏大量的那只玉兔，所以这次，我暂且原谅他的出言不逊。

然而可恨的是，吴刚这家伙惜字如金，说完几句话，又不肯理我了，只一味挥起斧子来。

天晓得那棵破树究竟有怎样的魅力，我恨铁不成钢地瞪了他一眼，感到无趣起来，只得抄着手离开。

也不知道嫦娥在何处。我在广寒宫里似往日一般溜达，本有意要寻她，忽地忆起现下我本该被关着禁闭，遂又止了步子。

罢了，还是等些时日再说，若是被她抓着了，少不得又要被再关上个二十天。

我眼珠子转了转，思量片刻，最终决定这几日还是去下界避上一避，顺道也能再找一支模样相似的簪子给她赔罪。

须知天上一日，地下一年，这般说来，我倒可以在凡间好好地寻些乐子。

❷

我下界时运道不好，不知何处卷来一阵大风，将我从云朵上刮了下来。

那风一阵接着一阵，过了许久才歇，最终我晕头转向，也不知究竟来到了何处。

我晕乎乎地四处一打量，便知不管这里是何处，总归不是我原打

算去的大唐。

我心中暗道倒霉。因往日里出门，皆是嫦娥将我抱在怀中，故而腾云非我所长。

给自己寻到了一个开脱的好借口，我终于心满意足地打算坐起身来——这副在草地里滚成一团的模样还是别被旁人瞧见为好，否则我的一世英名今日便要毁于一旦了。

只可惜还是迟了一步。一支红色小箭不知从何处射来，直直戳中了我的脑袋，虽说箭头圆钝，无甚杀伤力，可也将我戳得一蒙。

环佩声由远及近，上头忽地笼下一片阴影，旋即我便听见有人脆生生道："你这兔子，是从天上掉下来的？"

那人拎着一张朱红小弓，在我一旁蹲下身来，先是捏了捏我的耳朵，又要对我的脑袋欲行不轨。

我何曾受过这样的屈辱，当即跳起来化了人形，冲着她狠狠地一龇牙："小鬼，你姑奶奶我是妖精——你晓不晓得妖精可是会吃人的！"

那小鬼头闻言，倏地瞪大眼睛："妖精！"

我得意起来，正要好好教育她一番，却见她眉眼一弯，竟笑了起来："妖精有什么稀罕，可你这么好看的妖精，我却是不曾见过。"

"而且你可别想唬我。"她撇了撇嘴，"兔子哪里会吃人。"

我被这小姑娘识破了伎俩，一时脸上无光，可又想起她说我好看，满腔怒火登时泄了个精光。

吴刚向来不解风情，自不必提，可是嫦娥同我日日相对，竟也不曾夸过我好看。如此看来，他们还不如凡间的小姑娘更有眼光。

我正扭扭捏捏地打算夸她独具慧眼，肚子却抢先一步"咕噜"出声。

她盯着我眨了眨眼，这回倒真有些惊诧的意思了："妖精还会饿肚子呀？"

我悲愤地扭过头,一时说不出话来——只怨我方才出门未看皇历,若知今日注定是要丢光了脸,我定然老老实实地蹲在月宫里,哪怕看吴刚砍一天的树,也要胜过眼下境况。

后来那小姑娘把我捡了回去。

我饿得走不动道,挣扎良久,最终还是放下尊严,现出原形缩在她怀里,只露出一双眼,滴溜溜地四处打量。

这一座宫殿倒是好看,虽比广寒宫逊色了一筹,却也金碧辉煌,别有一番异国风情。

殿内有使女同她行礼,一口一个"公主殿下",倒是听得我一怔,半晌,忍不住瓮声瓮气地开口:"公主殿下还真是真人不露相。"

公主有些讪讪的,摸了摸鼻子:"小小人间公主,不敢同妖精姐姐争辉,提与不提,都无甚打紧。"

她说话倒是当真好听。

我的虚荣心得到了满足,不再计较,一转头倒是想起一桩要紧事来:"我竟忘了问,这位公主殿下,贵国是哪国啊?"

她却是好脾气,仍然笑吟吟的:"这儿是西牛贺州,天竺国,你方才是落在了十宫的御花园里——对了,我瞧姐姐的衣着容貌,怕不是我天竺人士吧?"

我"哼"了一声,她倒是有眼力见。

其实最初我侍奉在昆仑西王母座下,负责捣制不死药,后来嫦娥飞升广寒宫,王母娘娘便打发我去月宫中陪她。

说起来,其实西王母座下亦有白狐、蟾蜍和青鸟等一众妖精神兽,不知为何,却单单挑中了我追随嫦娥。

我思来想去,可惜年岁久远,记忆模糊,实在无甚头绪,只得作罢。

幸好嫦娥性子虽清冷了些,却也不会寻我的麻烦,我平日里便在广寒宫内遛遛弯、捣捣药,倒也落得自在。

忽然瞧见案上早已摆好膳食，我转眼便将方才所思抛去了九霄云外，连忙从公主怀里跳下来。

我一边将萝卜咬得嘎吱作响，一边悄悄地觑公主——她其实也不算十分年幼了，十六七岁的年纪，一身藕色纱丽，柳叶眉，杏子眼，额间一枚吉祥红痣，平添几分妩丽。只是她面色苍白，看着身子不大康健。

不知为何，分明是不曾见过的样貌，却教我无端觉得有几分熟悉。

公主单手支颐，大大方方地由着我盯着她瞧。我反倒被她看得有些不好意思起来，"砰"地又化作了人形，站直了身子，居高临下地盯着她的髻子，方才终于找回了一点属于大妖的威仪感来。

只是"多谢款待，告辞"之类的话还未说出口，我却忽地瞧见她发髻上插着的那根簪子——琉璃并蒂芙蓉，同我打碎的那支样式十分相近，几乎一模一样。

倘若能将这簪子讨来，我就不必再去大唐苦苦搜寻一番，余下的时间，也可在凡间随意游玩——思及此，我再也走不动道了。

公主察觉到了我的目光，眨了眨眼，旋即一抬手，将那簪子取了下来："姐姐喜欢这个？"

我忙不迭地点头，忽又察觉自己的模样太过迫切，有失大妖风范，于是轻咳一声，端着架子道："这簪子……倒是十分别致……"

"姐姐果真有眼光。这是东土大唐那边流传过来的古物，据说已有数千年历史，如今尚且完好的只此一件，乃是无价之宝。"她见我被唬得一愣一愣，"扑哧"一声笑了出来，"骗你的——这是从古籍上看来的样式，我觉得甚是好看，因此遣工匠照图纸打造的。"

我又被她摆了一道，只觉颜面尽失，正欲放弃周旋直接索要，却不想下一刻，她竟直接将这簪子搁到了我的掌心："我自幼体弱，父王延请名医无数，却一直查不出究竟。我瞧姐姐腰系药杵，想必精通医理，不知可否在此暂住，替我瞧瞧？"

我还未反应过来，公主却借机拉住我的手，字字恳切道："姐姐眼光甚好，这簪子便送给姐姐了，待到日后，我定还有他谢。"

我终于回过神来，这不是正想打瞌睡就有人送来了枕头——我既能取到簪子给嫦娥赔罪，公主亦能有我这般的神医替她问诊，真真是一箭双雕，两全其美。

我连忙答应下来："自然自然，此等助人为乐之事，我辈义不容辞。"

她闻言也笑起来，露出颊边浅浅梨涡，许是午后阳光太过耀眼，竟晃得我一愣神。

3

我果真是近日运道不好。这不，尚未替公主问诊，甫一入夜，自己竟先被魇着了。

不知为何，我心里头明明白白地知晓这是梦，却又恍惚觉得，这梦真实得好似曾经发生过一般。

周身云雾缭绕，玉阶触之生寒，我跪在地上，膝头仿佛有千斤重。上边传来一个威严的女声，一字一句，有如黄钟大吕，震得我的脑袋阵痛不止："……二人，罪无可赦……"

身子自己动了起来，我奋力向前，膝行两步，头重重磕在地上："千错万错，皆是在我，我愿一力承当，只求娘娘不要……"

后面我又说了些什么，却是朦朦胧胧的，连自己也分辨不清。

上头那人好似沉默了许久，最终叹了一口气。

"也罢，既然汝心诚至此……"我隐约听见零落的语句，"逐去月宫……"

我微微松了一口气，先前不觉，可这一刻，全身上下的痛楚便一下袭了上来。

我极力竖着耳朵,想听清上头那人说了些什么。然而天不遂人愿,忽地一阵天旋地转,我便猛地醒转过来。

入眼便是一张蹙着眉的秀丽面庞,原是有人大力晃着我的肩,将我生生摇醒了。再一抬眼,我方才察觉,原来竟已天光大亮。

"使女说本想侍候你梳洗,却见你好似魇着了,她们也不知如何是好,故让我来瞧瞧。"公主在我床畔俯下身来,几缕发丝拂落在我的脸上,有些痒痒的,"你感觉可还好?"

她身后一排使女,都一脸肃穆地将我瞧着。

我何曾见过这等阵仗,被吓了一跳,腾地一下坐起身来,方才那一点被生生叫醒的怨气,瞬间消散得无影无踪。

抬眼见公主眼底的忧虑不似作伪,我不由大为触动——我同她萍水相逢,并不熟络,她却对我这般关切,真真是好心肠。

我这般想着,视线不由落在她的面庞上。柳叶眉,杏子眼,那股古怪的熟悉感又浮了上来。

脑袋再次隐隐作痛起来,而面前的公主不知我所思,见我不答话,只直勾勾地将她盯着,一时眸子里的担忧更甚,当即握过我的手:"姐姐,你怎么了?可是哪里不适?"

她的手心微凉,有如玉石一般,很是沁人。

我被她一握,终于回过神来,尴尬地笑了笑,将手从她掌心一点点抽了回来:"无事无事,我身子骨硬朗得很,只是恍惚想起一些陈年旧事,一时失神罢了。"

才怪。其实我一点没想起来,但总不能在小姑娘面前承认自己年纪大了,有些忘事吧。

我兀自移开了目光,于是也因此错过了公主面庞上浮起的一点难辨神色。

"我方才听姐姐梦中呓语,好似提到了'不死药'?"

"什么?"我愣了愣。

是了,在过于久远的记忆里,我曾在王母座下捣制不死药。凡人只需服下半粒此药,便可长生不死,若是囫囵咽下一粒,更是能飞升登仙。

可药草生在瑶池,我亦多年不再为王母捣药,因而如今,我已经太久太久没有听人提起过这事了。

"没什么。"公主摇了摇头,收回目光,"大抵是我听错了。"

幸好后来不曾再做怪梦。没了梦魇缠身,我的心情松快许多,只觉眼前一山一水、一鸟一虫都可爱得紧,而将我从噩梦中解救出来的公主,则可爱尤甚。

然而公主的病症确是古怪。我不知究竟哪里有异样,只瞧得出她的确体弱。

我是断断不会承认我在行的乃是捣药,而非看诊。再怎么说我行医千载,能难得住我的,定然是顶顶困难的疑难杂症。

只是她的体弱并非急病,根治的法子目前没有,暂且压制此病的药方我倒是能开出几副。

有道是送佛送到西,眼下我也并无什么要紧事,便留在此处慢慢钻研方子了。

一转眼便是好几年。

天竺王宫的伙食不赖,公主说话又好听,我日日除却钻研药方,也没有旁的要事,可谓是此间乐,不思蜀也。

近来王城里渐渐熙攘起来,听闻是公主的二十岁诞辰将至,我的一颗心亦是蠢蠢欲动。

须知无论是昆仑还是月宫,皆是清寒之地,于我这只本性喜爱热闹的兔子而言，实在是忍得辛苦。

既然眼下有现成的热闹，我又岂有不凑之理？

公主看起来亦是心情不错。她好像没什么要紧事似的，这几日只同我待在一处，说要替我挑一套最为合适的礼服出席庆典。

不知是不是我的错觉，似乎她对于自己的礼服都没有这般上心。

我起初不明白她何故这般殷勤，后来暗自琢磨许久，终是恍然大悟——她是一国公主，我是天界大妖，她这般尽心款待我，自然是代人界向我妖族示好，以修得一段地久天长的友谊。

不愧是公主，这般眼界格局，俱是上乘，我虽虚长她许多年岁，却是自愧不如。

一晃眼，便到了庆典当日，我一心要凑热闹，难得起了个大早。彼时不过蒙蒙亮，我猜测公主尚未梳洗，便自个儿出了门，一直晃去了御花园，打算散散心。

谁承想，竟撞见了公主同她父王的一番争执。

说是争执也不尽然，倒不如说公主将嘴一撇，再跺了跺脚，撒娇似的，国王便立即妥协了："好好好，今日不选就不选。你自己的事你自己做主也好。只是你说，你要怎么自己做主？"

公主摆弄着手里的花，眨了眨眼，有些得意似的："我挎着小弓，喜欢谁，便拿箭射。"

"行，行，都依你。"国王捋了捋长髯，笑得无奈又宠溺，"那父王就等着看你要射何人了。"

公主闻言不答话，只是眉眼弯弯地笑。

我在一旁挠了挠头，思来想去，总觉得她描述的场景有些熟悉——半月前初见公主之时，她那支小箭，可是不偏不倚正射中了我的脑袋。如此说来，莫不是……

可我那时还是兔子模样。虽说我一向骄矜于自身原形玉雪可爱，但再怎么说,她总不能对一只兔子一见如故,欢喜得不得了吧?

我几乎是一瞬间便打消了那个荒唐的念头——还不如说她那日一时兴起,想涮一锅兔肉涮锅尝尝来得更合理。

只是我心里却难免有些微妙的不忿。

其实她这番话也不是特意要讲给我听,那箭说不准也不是她故意射到我头上,可莫名地,我就是有些着恼。

于是我转身就要走,却不巧公主一抬头就瞧见了我,几步小跑上前,便将我的腕子捉住了:"姐姐,你也在这里呀。"

我本不想理她,可听了她那一声亲亲热热的"姐姐",不知怎的,我的脚底便生了根似的走不动了。

呆立此处未免显得我太傻,我不情不愿地扭过头,"嗯"了一声。

"还有一个时辰,便到庆典时候了。"公主见我应声,满是期待地将我瞧着,"姐姐可要同我一道?"

结果最终我还是跟着她走了。我想,这定然因为我是一个心地善良的好妖,不忍拂了小姑娘的面子,让她心里难过。

天竺与神州的风物果真不同,公主游街所用的车架刷满彩漆、饰以珍宝,而前头站着的,竟是一头白象。

我觉得新奇,正自顾自地观望,公主却掀开帘子,一把将我拉进了车中:"姐姐若是好奇,进来瞧瞧便是。"

彩车辚辚驶过街道,我趴在菱窗前张望,看外边一片热闹景象。正兴致勃勃,却忽然听到一旁的公主轻声问道:"姐姐,若我一直不能痊愈,你打算何日离开呢?"

我未曾想过她竟会抛出这个问题,不由一怔,未经思考便脱口而出的一句话却是:"胡说什么,我定能治好你的。"

其实我并无把握,但无论是考虑她的感受,还是出于我的自尊,都不允许我道出事实。

说起来,下凡之初,我确实算好了,十三年后便回月宫,可应邀留在这儿后,我似乎并未考虑过,若她未能痊愈,我又该如何。

公主抿唇笑了笑,分明是有些不信的模样,却依旧附和道:"是了是了,那倘若我有朝一日痊愈了,姐姐会走吗?"

会吗?我忽然不知道答案了。其实人的一生也很短,即便陪她走完百年,于天界而言,也不过短短二三月的时光。

耽误这点时日,想必,嫦娥也不会太过责怪我的。

我下定了决心,正要开口,却见她摇了摇头:"不,你该走了。"

毫无征兆地,她开始咯血。难以置信的是,她按住六神无主的我翻找药物的手,竟然还在冲我微笑:"你知道,为何你瞧不出我的身子有何问题吗?因为你思考的方向一直都是错的,我的身子没有问题,有问题的,是魂魄。

"我一介残魄,无论如何,都是活不过二十岁的。这是既定的天命。当初请你留下,也不过是想要再多同你待一些时日罢了。"

4

照理说,我不该回月宫的。禁闭期限未至,若教嫦娥瞧见了我,也许就要被困在那里了。

但我还是冒着风险回去了,幸好不曾撞见仙子。院落里,唯有吴刚依然在日复一日地砍他的桂树。望见我时,这个男人罕见地露出了一点诧异神色来:"你怎的回来了?"

我点了点头,有些疲惫。

"倘若有人魂魄残缺,命不久矣,你知道该如何救她吗?"

他放下了手中的斧子,神色古怪地看着我:"生老病死,皆是天道所定,又岂能逆天改命?"

"可你成功了。"我说，"你曾救下了那么多人的命。"

我记得吴刚来到月宫的那一年。那时他还是个毛头小子，健谈又爱笑，不似如今沉默寡言，只会埋着头砍树。

是时人间大疫，遍野哀鸿，他以一介凡人之身，越过了七道深涧，攀过七道峭壁，登上挂榜山顶，趁着蟠桃盛会，众仙聚首瑶池，借机登上了通向月宫的天梯。

月宫的桂树具有神力，摘花泡水服下，可解瘟疫。他将桂花尽数摇下，抛入挂榜山下的河中，解了人间灾疫。

"逆天改命，分明可为。"我望着他，一字一句地说。

吴刚沉默了许久许久，久到我以为他不会再理我之时，我却听到他忽地开了口："你应当知道的，凡事皆有代价，譬如玉帝罚我此后在此砍树，不老不死不休，替他们偿还改命的代价。又譬如千年前，你……"

他忽然顿住了，半晌，只是说："你当真想好了？"

我沉默地点了点头。而他长长地叹了一口气，看着我苍白的面色，不知出于怜悯还是什么，终于说道："你剖了一半妖丹给她？可那治标不治本，撑不了太多时日。"

"去找西王母吧，她能帮你。"

"就没别的法子了吗？"我低声喃喃。

他这回当真没有再答话了，可待我走了好一段距离后，却又忽然听到他在我身后扬声道："玉兔，你可知为何这么多年了，你依然是妖精吗？"

我微微一顿，旋即加快了脚步。可他的话语，还是一字不落地落入了我的耳中——

"因为神仙无情。玉帝无情，王母无情，佛祖无情，嫦娥亦无情，唯有你，却是有情的。有情之人，自然便成不了仙。"

"天地不仁，以万物为刍狗！"他在我身后，放声大笑起来。

回到天竺后，我守在公主的床前，出神地看着那张秀丽的面庞，一直待到她眼睫轻颤，醒转过来。

在她琥珀色的眸子里，我瞧见了一个憔悴苍白的自己。

"你对我做了什么？"她抓住我的手，瞳孔急剧放大，"你为何还不走？"

我又忆起了昆仑墟中，王母娘娘同我说的话。

"汝应知世间种种，皆有因果。譬如你打碎了那支簪子，便一定会在天竺遇到她——即便嫦娥关了你禁闭，你也依然会偷溜下界；即便你原是打算前去东土大唐，也依然会遭狂风卷挟，落在天竺王宫。

"至于她活不过二十载，亦是如此——这便是命运，无可逆转。"

是吗？我想起吴刚的话，只要尚未尘埃落定，一切便皆有转圜余地，只是，倘若当真想要改变所谓的天命，便定然要付出一些代价。

说到底，命运的丝线皆由神仙操纵，逆转与否，也不过在他们一念之间。

王母对此不置一词，只是放缓了声音，问我可识得金蝉。我自然知晓，他乃是如来座下二弟子，可惜因昔年轻慢佛法，被贬下凡间。

"他如今修行十世，赴西天，只待历经九九八十一难，便可取得真经，功德圆满，重归仙班。眼下他将至天竺，八十一难，却还欠了四难。"

"好。"我沉默须臾，"我明白了。"

她的意思，是要我将金蝉拦上一拦，在他早已被书写好的取经命运中，为所谓的九九八十一难添砖加瓦。

只是大圣法术高明，于他而言，我不过一合之敌，更何况，我已舍去半颗妖丹为公主续命，如今更是虚弱。是死是伤，皆要看我造化了。

这便是，我要支付的代价。

想要摆脱命运的束缚，却又沦为了神仙安排别人命运的棋子，也是可笑。

但眼下，我别无选择。

思绪回笼，我下定了决心，抬起眼来，对着公主笑了笑："我不会走的，你等着我。"

她睁大了眼睛，想说些什么，我却没有给她这个机会，将她往怀中一揽，运起法术，腾云跨风。

耳畔一片嘈杂，是呼啸的风声，还有我们的心跳。我忽然想，我不奢求太多，要是时间能停留在此刻，那也是好的。

然而也不过片刻，我们便已来到了王城之外的布金寺。

我在落地的那一刻蓦地松开了手，往后退去："公主，暂时要委屈你待在此处了。待事了，我会来接你回去的。"

她的手抓了个空，未曾反应过来似的，愣愣地看着我消失在空中，眼底的错愕倾泻，脆弱得好似一触即碎。

我不忍再看，心中不停默念：很快就结束了。

布金寺与天竺王城之间隔有一道蜈蚣岭，凭她一人，绝无可能回到王宫。

我已问过此处的土地公，布金寺的方丈是个好人，见到她孤身一人，定会好生相待。

至于此举缘由……面对金蝉，倘若我提杵便上，恐怕大圣一棍便能将我送上西天，大抵不能构成一难，若真想将一行人困上一阵，须得智取。

将她送走，是为教她远离是非，亦是为借她身份一用。

这段时日，她便留在这里，等我处理好一切，接她回去便好。

5

回到王城后,我化作了公主的模样,同国王说,自己如今年逾双十,想要择亲了。

没想到,国王竟会问起作为医士的我的去处。我垂下眼帘,沉默了一会儿:"那位医士……她说她能力有限,钻研不出治病之法,所以已然离开,去他处寻法子了。"

"你竟不曾挽留吗?我还以为,你和她亲如姐妹……"国王显出几分诧异来,最终,却只是笑着摇了摇头,"也罢,许是父王误会了。"

我忽然想起之前在御花园里,她同国王说要拿朱红小弓射自己喜欢的人,那时我隔着花,瞧见她的笑容得意又狡黠。

但我从来没有告诉她,其实那支箭,我一直都好好地保存着。

不知以后还有没有机会说出口,而这一回,我拈弓搭箭,将它对准了旁人。

喧闹的街市上,我乘着象车,一箭射中了那僧人的毗卢帽,帽子掉下来,他诧异地抬头,露出一张俊秀的脸。

众人嚷着"驸马",将他拥去了王宫,借着成婚的由头,我成功绊住了金蝉西行的脚步。一切都很顺利,可我总是在想,公主她现下如何了?

半颗妖丹,不知能续她多久的命。我心头急切,于是求国王将成亲的日期提前一些,再提前一些。

大圣迟迟不曾出面阻拦,我知道,他在等一个我露出破绽的机会,而这个时机,最迟也迟不过成亲当日。

果然,等到洞房花烛夜,他终于现了身。我思量着金蝉这一难大抵已毕,应当没有我的戏份了,于是当即破窗而逃,免得被大圣抓住,一棍送上西天。

我还要前去昆仑向王母讨要我的那份报酬,还要去布金寺接回公主……我还有许多事要做，现下远非能够松懈的时候。

谁料大圣在我身后追得颇紧，着急忙慌间，我虽成功将他甩脱，却也落下了药杵，暴露了身份。

我眼睁睁瞧着他唤来筋斗云，不过转眼便携着嫦娥而来。仙子同我相处千年，只眼风一扫，便瞧出了我的所在。

我暗暗咬牙，盘算着要如何同仙子求情，教她放我先去完成未尽之事，再来领罚。

出乎意料的是，嫦娥的面庞上显出的并非怒意，大圣面前她不曾多言，而待大圣告辞离去后，她却从我怀里取出那支琉璃管了，露出不知是困惑还是悲悯的神情来："我不明白，你所做的这一切，都有什么意义。她注定是要消散的。"

我不知她在说些什么，惶急地想要开口，还未来得及吐出半个音节，却被她轻轻点住眉心："不必着急。先睡一会儿吧，余下的事，醒来再做也不迟。"

我落入了很深很深的黑暗中，周围别无旁物，而我只是不受控制地往下坠。

不知过去了多久，似乎只有一瞬，又好似度过了千百年，总之最终那一刻，我忽然落入一个温暖的怀抱里。

"你这兔子，是从天上掉下来的？"

眼前好像有了光，我眯着眼适应这突如其来的光亮，半响，终于看清了面前那张秀丽面庞。

"小鬼，你姑奶奶我是妖精！"我平生最讨厌被看轻，不禁瓮声瓮气地冲她开口，"你晓不晓得，妖精可是会吃人的！"

然而她半分不惧，反倒笑吟吟地瞧着我："妖精有什么稀罕，可你这么好看的妖精，我却是不曾见过。而且你可别想唬我，兔子哪里

会吃人。"

我有些泄气。此番下凡，盖因我在王母娘娘处捣药捣得倦了，便同送信的青鸟打了个商量，与她换个差事做上几日，好解解乏。谁承想出师不利，一出门便不知摔到了何处，浑身酸痛不说，还要被个小姑娘嘲笑。

我悲愤地白了她一眼，本要恼羞成怒，可又想起她说我好看，便又有些说不出话，最终只是愤愤地挣扎起来，想从她怀中离开。

然而我稍稍一动，右脚处便传来一阵剧痛，我听到她惊呼一声："哎呀，你的脚折了！"

我从未想过自己身为王母座下的大妖，竟也会有如此丢人现眼的一日，偏又动弹不得，末了只得化为兔子缩进她的怀中，装作自己已然睡着了。

怎么说呢，逃避可耻，但是有用啊。

幸好她并未乘人之危，将我做成一锅火锅，还把我带回去上药包扎。

凡间的伙食实在比昆仑要有滋味许多，这个唤作嫦娥的凡人讲话也好听，故而直到我养好了伤，仍有些不舍离开。

相较之下，嫦娥倒是颇为洒脱："这又何妨，等你下回得空，再来看我便是。"

我点点头，心想要劳烦青鸟再替我捣上好些日子的药了。

那段时日我便一直替王母送信传书，平日里抓紧时间完成了任务，便去嫦娥那里偷闲。

只是这一回与往日不同，我同往常一般兴冲冲地化作原形蹿入她怀中，正献宝似的将我自己亲手琢成的一支芙蓉琉璃簪子塞给她，却见她心不在焉地接过，满面忧色："玉兔，我要嫁人了。"

后羿，我听过这个名字，听闻他臂力惊人，曾射下九日，乃是人间的大英雄。

　　嫁给大英雄，应当是很好的事情吧。可我却觉得心头有些闷闷的，再看嫦娥，亦非欢喜的模样。

　　"要同心许之人在一起，才称得上令人欢喜的好事。"她同我说。

　　最终她却只是摇了摇头："罢了。神仙在上，掌管人间诸事，万般种种，皆是宿命。眼下无论再说些什么，都已没了意义。"

　　我似懂非懂，却能感受到心头抑塞。可我觉得她说得不对，只要尚未尘埃落定，一切便皆有转圜余地，何来天命不可违一说？

　　既然她不情愿走上天安排的这条路，我便替她拓一条新途。

　　恰逢前日后羿向王母求不死药，送药之事，也落在了我的头上。我知凡人只需服下半粒此药，便可长生不死，若是囫囵咽下一粒，更是能飞升登仙。

　　后羿只想要长生不死，而我想，倘若嫦娥能够飞升登仙，不是便能够逃脱这宿命吗？

　　那时我竟未曾想过，为何后羿只求长生，却不求成仙。那是因为他知晓，成仙会斩断七情六欲。

　　无心无情的神仙再不能体会世间悲喜，甚至可以说，登仙之后，已不再是曾经那个人。

　　都怪我那时愚钝，不曾多思。我叫嫦娥服下了本该给后羿的那粒不死药，让她飞升成仙，成功脱离了原先的命运轨迹。东窗事发后，王母将我们双双贬去了月宫。

　　其实我并不在意去哪儿，可飞升后的嫦娥，已不再是我认识的那个嫦娥。

　　神仙须斩断七情，王母便将她带有那些记忆与情感的魂魄残片，封入我送给她的那支簪子中。她不再理解情感为何物，前尘旧事于她而言，也不过纷扰外物。

我于她而言，也不过是再无牵扯的陌路之人。

那段时日我总是梦魇，后悔做出那样莽撞的决定，我本想拯救她，可如今看来，倒不如说是杀死了她。

世上并无能够回溯时间的法术，事已至此，是真的无可挽回了。

后来是吴刚看不下去我那时的模样，请嫦娥出手，封印了我这段记忆，至此，此事终是告一段落。

6

我醒来时，天际仍是星子闪烁，仿佛只是过去了一瞬。可我的脑海里，却涌现了许多记忆。

我终于知晓了一切始末。

那一日我不慎打碎了封印着残魄的簪子，这一缕携着嫦娥的记忆与情感的魂魄碎片进入了轮回，命运的齿轮也又一次开始了转动。

嫦娥在一旁，依旧没有什么神情，只是淡淡地看着我："我只是觉得，或许眼下该是将这段记忆还给你的时候了。"

她大抵仍不能理解人间悲喜，我也依然不知，眼前的这个她，还是不是记忆里那个爱笑的少女。

于我而言，这大抵是个无解的问题了。

最终我只是苦笑一声，点了点头，向她表达谢意，而后便向昆仑而去。

王母兑现了诺言，借我一缕神力，为公主续命七年。

可惜，也只有七年。

于一缕残魄而言，这已是极限。而七年过后，不再会有轮回，在此之后，她将彻底消散。

这不是我想要的结局，但这已是眼下最好的一种可能。

既然一切都尚未尘埃落定，又怎知日后不会还有转机？

我又回到了天竺。这厢大圣已向国王解释了原委,而国王亦已遣人至布金寺,将她接回了王宫。

星光正好,瞧见我时,她的眸子熠熠生辉。

"太上忘情,最下不及情,情之所钟,正在我辈……"我轻声说,向她递出手去,"走吧。"

她背对着天光,朝站在这口井里的我伸手,像个盖世女侠:「咱们自由了。」

白鹇

文 / 人间废料

贪财艳俗小娘
秦猫儿————,

心机美人大小姐
————**何笑人**

白鸽

文 / 人间废料

1

　　天色未暗，何家的仆役们便架梯点灯。

　　眼前的灯笼是匠人们用价值不菲的香云纱浸胭脂水，晒了又浸，浸了又晒，才堪堪得出这猩红似血的灯纱。再将这灯纱仔细贴敷在紫金竹制的灯骨上，才制出这一盏灯笼。

　　长街尽头，幽幽地亮起千百盏通红的灯笼。我站在灯下看我养的那只猫，黑猫跳上门脊，扑向离它最近的那盏红纱。

　　霎时间光影摇晃，我脚下的影子跟着忽大忽小。

　　"大小姐，大小姐！"张管家忙不迭地凑到我跟前，笑容谄媚，"可否请您移步偏院遛猫？"

　　我噙着淡笑："我在这儿遛我的猫，碍着你的眼了？"

　　"不不不，这是什么话？"张管家抬袖擦汗，讪笑道，"只是今夜老爷要纳妾，若门头的灯笼被您的猫儿抓坏了，老爷还不得把小人的皮都扒……"

我似笑非笑地睨张管家一眼，将两指置于口中，吹了声响亮的鸽哨。

黑猫跳下灯笼，沿门脊行至围墙，灵巧地跃上我肩头。

回偏院的时候，我听到身后传来张管家压低声音地啐骂："我呸，搁我这儿摆谱儿，死了亲娘谁还给你撑腰！有本事，上其他三房那摆谱儿去！"

左肩传来刺痛，我把猫儿提溜进怀里，捉住它的爪子："上吊，你该剪指甲了。"

我有个动听的名字，叫何笑人，可我给猫取的名字却不动听。这只金瞳黑猫是我捡来的，我为它取名上吊。

六岁那年，我从私塾回家，一跨进寝屋，就发现地上的影子在晃。我抬起头，晚风迤逦而来，吹动娘僵硬的身体。

她过去精心饲养的那群白鸽，正蜷在鸽笼里，偏着头看我。白鸽们的瞳孔像颗颗金黄的琥珀，倒映着我惊恐的脸。

我声嘶力竭地尖叫起来。偏院的墙外锣鼓喧天，几乎要盖过我的哭声。闻讯赶来的张管家大惊失色，赶忙捂住我的嘴："大小姐，今夜老爷有喜，不可号丧。"

原来我娘决意轻生的那个傍晚，正是我爹准备迎娶妾室的时候。

翌日，承管家事的二姨娘踏进这座偏院。无人清理的鸽粪伴随着令人作呕的腐臭，我和数百只鸽子蜷缩在偏院里，直勾勾地盯着她红彤彤的绣鞋看。

"臭死了。"二姨娘捏帕捂住鼻子，指挥下人，"都清扫得干净些。"

我和这群白鸽作为我娘的遗物，受到了新姨娘的厌弃。

后来，我捡了只黑猫。想给它取名的时候，我看见了它的瞳孔。

琥珀般的金色瞳孔，倒映着我褪去稚气、郁郁寡欢的脸。我想起那个人影幢幢的傍晚。

"上吊。"几乎是不假思索，我对猫说，"从今日起，你就叫上吊。"

坊间总说人死如灯灭，对逝者的思念就像灯灭时的一缕白烟，终会消散。当上吊这两个字被我脱口而出的时候，我才发现，娘的离去像油灯倾倒，点燃了我的恨。

熊熊烈火，日夜焚烧我的内心。我将永远铭记她。

我娘过世后，我爹不再允许我去上私塾。我住在偏院，每日会有教习先生教我女红，上吊蹲坐在桌上，伸爪挠我绣得不堪入目的鸳鸯。院墙外不时传来敲锣打鼓的声音，红花轿上的金流苏摇摇晃晃，又有两位姨娘嫁进了我家。

我爹每次成亲，我都会去看那花轿，饰以朱漆，贴金涂银。八宝檐顶缀以硕大的金雕莲花，莲瓣重重叠叠地绽开，托住正中的莲心，像只碗。

今夜傍晚，我爹将要迎娶他的第四房妾室，按照礼数，我当唤新娘一声五姨娘。

何宅上下张灯结彩，除了偏院，我爹嫌这是个晦气地方。

院墙外唢呐阵阵，想来是那抬新娘的花轿就快要到了。我拨开鸽笼的门闩，数百只鸽子飞出笼门，像片流云似的掠过院墙，朝着墙外的长街飞去。

我架梯登上屋脊，踩着乌青瓦片，眯着眼看墙外的长街。人头攒动，正中让出一条过轿的长道。白鸽们来势汹汹，聚拢在轿顶，凶狠地啄食那朵雕花。

整整两日，我没有给鸽子喂食，今日去看花轿时，我偷偷在金雕莲花的花蕊里填了把谷子。

鸽子们饿极了眼,去啄食轿顶。恶臭的粪便滴落在昂贵的花轿上,轿夫们不得不停下轿子,解开红彤彤的短衫,同这些蛮不讲理的鸽子搏斗。

花轿被停在了长街正中,上头站满白鸽,红色的绸布上淌着新鲜的鸽粪。无计可施的轿夫们高声呵斥看热闹的百姓,得到的却是更加响亮的嘲笑。

嫌我晦气?我盯着那顶扎眼的花轿,面露微笑:我的好父亲,这才叫晦气!

霎时间,花轿内响起尖锐的鸽哨声。

鸽群猛地散开,飞离花轿,鸽羽与细绒被风高高卷起,像阵纷纷扬扬的雪。

一只手缓缓地掀开轿帘,手背是健康的小麦色,指甲圆润,手指修长。食指套了枚雕工精细的金戒。碗口粗的金镯在她的手腕上晃荡,上头嵌满金色的玛瑙。

人群哗然,响起阵阵吸气声。

我盯着这只掀帘的手,想到了两个字——艳俗。

车帘被完全掀开,蒙着盖头的新娘脚尖点地、步履轻盈地下了花轿。

夕阳在她的喜服上流淌,宛若为喜服镀了层金纱。她翩翩然走向磨坊,摘下只金戒搁在石磨上,转身便牵走了磨坊的驴。

她利落干脆地跨上驴背,一甩长鞭。驴嘶叫一声,撒蹄狂奔。

繁复的金首饰缀在她胸前摇晃,每每碰撞,璎珞上的流苏,便发出近似铃铛般清越的响声。

这可真是稀罕。过去三位姨娘,没有一个是骑着驴嫁进我家的。

风卷走她的盖头,露出一张明艳动人的脸,我低头看她,她抬头远眺,那双狭长的凤眼浮动着琥珀般美丽的金色,相隔数里,她竟然

在直勾勾地看着我!

我匆忙踩梯下了屋脊,心脏却还在扑腾乱跳。我恨恨地磨起牙:这算哪门子姨娘,妖精吧。

夜晚白鸽归巢,我清点数目,发现不知何时,少了只白鸽。

❷

新来的姨娘叫秦猫儿,我应当称她五姨娘,但我不想,我就叫她秦猫儿。

秦猫儿嫁进我家的时候,我爹因中风瘫了半边身子,他便要秦猫儿日日跳舞。

我路过书房,看见窗上有道婀娜影子。戳破窗户纸,我透过小洞朝里头窥视,看见秦猫儿踩着曼妙的舞步在我半瘫的爹面前跳舞。她的脚踝上拴着根系着铃铛的红绳,舞步蹁跹,金铃声声清脆。

一曲舞毕,秦猫儿翩然上前,领我爹赏她的首饰。

我躲在门柱的阴影下,看着她走出门后把新得的金耳坠摘下来,放进嘴里咬。我感到失望,还以为她是个怎样的妙人,不过是个财迷。

瞧她那笑得见牙不见眼的样子,验金的手法竟比其他姨娘还要老道不少。

在暗处窥视五姨娘的不只有我,还有其他三房姨娘。

我在庭中遛猫,听见她们凑在一起窃窃私语,商议着如何让新姨娘吃点苦头。

庭院摆着几十盆水灵的月季,我抱着猫,静静地蹲在月季后头。

二姨娘懒懒地倚在竹椅上:"我叫詹儿去放风筝,把那风筝挂在西院最高的那棵树上,去央那新来的爬上去摘。待她上去了,咱们就把长梯撤下来,谁也甭搭理她。"

詹儿是二姨娘的孩子何詹，也是我爹唯一的儿子。二姨娘年岁渐长，将何詹视为倚仗。就连她想整治秦猫儿的时候，也要捎上这个性情跋扈的好儿子。

三姨娘连连点头，附和道："我去找个由头，罚她抄经，没抄完便一直锁在祠堂里。"

"那我做什么？"四姨娘有些埋怨地看她，"我去扎小人？"

二姨娘轻蔑地笑道："扎小人可吓唬不了人。你领她去偏院，告诉她，大夫人是在那儿吊死的。"

她们笑得花枝乱颤，好像此事比眼前的茶还值得细品，让她们享受非常。

我悄然离开，走到了秦猫儿的院落前。我本想来告诫她小心行事，不想她正在院内跳舞。

朱门半掩，我那中风的爹靠在椅上，唯一能动的右手还在打着拍子。心头无名火起，我拂袖而去。

当夜三更，风雨大作。张管家冒雨来到偏院，求我出门寻人，我不悦地拧起眉头。

秦猫儿不见了。张管家不敢惊动我爹，四处动员，央人找她。

张管家说，今天傍晚，何詹的风筝挂在了西院的黄葛树上，央求秦猫儿爬树去取。秦猫儿便踩着梯子上了树，结果何詹命人把梯子撤走，谁也不许给她架梯。

夜里下起了雨，二姨娘担心真闹出事来，命人去查看那棵黄葛树，却发现秦猫儿不在树上，只好叫醒其他两房姨娘和张管家，冒雨找人。

我陪他们折腾到天亮，别说秦猫儿，就连根毛儿都没找着。

天亮时，我要回偏院学女红，竟看见了她。

"秦猫儿。"这三个狡黠的字眼在我舌尖兜圈，被我说出口的时候，甚至带了点窝火，"你早下了树，躲在自个儿院里吃糕点，为何

不告知张管家？"

"我想折腾折腾他。"秦猫儿满不在乎地打了个哈欠，"笑笑，要不要吃我刚蒸的米糕？"

"别叫我笑笑。"我暗暗磨牙，"只有我娘可以这么叫我。"

走出几步，肚子叫了，我折回去摸走两块滚烫的米糕："若有人罚你抄经，你不要去。"

"那也别叫我秦猫儿。"她笑起来简直风情万种，"叫我小娘。"

抓米糕的手似乎被热气烫了一下，我绷紧面皮："你笑什么？笑我被你的米糕烫着了手？"

秦猫儿捉住我的手，朝指尖呵气。我猛地抽回手。

"我不能笑？"她懒懒道，"我乐意笑就笑，乐意哭就哭，谁也管不着我，晓得吗？"

我前脚才提醒秦猫儿别去抄经，她后脚便被三姨娘锁进了祠堂。

好笨。都说大智若愚，我原本以为她是个看着贪财实则通透的女人，没想到她是大愚若智，才听完叮嘱，转头便忘了个干净，老老实实地着了三姨娘的道。

这天夜里，我又被张管家找上了，我烦不胜烦，想拉上门闩，却听见他在院外痛哭流涕："大小姐，祠堂走水了，五姨娘还被锁在里头呢，老爷正发着火……"

我斜睨了眼趴在枕边酣睡的黑猫，便不紧不慢地披了衣裳，往祠堂那儿赶去。

我爹坐在下人推着的轮椅上，用能动的那只手掌掴三姨娘的脸。

他戴着的金戒尚未卸下，在三姨娘脸上抽出一道殷红的血痕。三姨娘瑟瑟发抖，眼底一片晶莹，我爹勃然大怒，骂道："哭！哭！你们女人怎就如此晦气！"

我上前拽走了三姨娘，叫她快滚回去看郎中，又回头拎水桶，同仆役们一起扑灭大火。

约莫两个时辰，火势才渐渐变小，祠堂化为了一堆焦黑的炭。

我多看看这片废墟，为牌位与族谱扼腕叹息了片刻，便差人抬他回房歇息。

在他走后，二姨娘与四姨娘便开始互使眼色。

二姨娘断言，定是秦猫儿抄经时犯困，打翻了灯烛，祠堂才起了大火。祠堂的门被锁上了，秦猫儿只能被活活烧死在里头，真是造孽。

她吩咐张管家购置丧葬用品，被我拦下："去她院里看过了吗？没准儿她早跑出来了。"

四姨娘干笑："这么大的火，人怎么可能逃出来的？"

话音未落，她脸色便已变得煞白起来，抖着手指向我身后来人："你……你是鬼……"

"咦！"秦猫儿的声音从我身后响起，"这儿可真热闹呀！"

撇下两位神色各异的姨娘，我把她拉到一边，低声问她："秦猫儿，你不是人？"

她嬉皮笑脸，伸手捏我的脸颊．"礼貌些，你该叫我小娘。"

我不得已拉下脸皮叫了声小娘，她促狭道："你猜，猜对了，小娘便告诉你。"

❸

秦猫儿凭一己之力戏弄了何家上下，将此地搅得鸡犬不宁。

其余三房姨娘认为她邪乎得很，不敢再招惹她半分。

她们的茶会破天荒地邀请了我，我才落座，她们便殷切地递给我一包雄黄粉。

三房姨娘怀疑秦猫儿是妖精，怂恿我把雄黄粉下进她饭食里。

二姨娘猜她是会爬树的猫精，三姨娘猜她是能钻土的蛇精，四姨娘猜她是勾人的狐狸精。

她们问我怎么看，我嗤笑："我怎么看？我看是你们在发神经！"

几位姨娘面露悻然之色，便不再谈及此事。她们离去时，我收起了那包雄黄粉，将它烧了。

不过，确实不能让秦猫儿如此胡作非为，应该叫她尝尝苦头，收敛几分。

夏天多阴雨连绵，让人在寝屋里睡得昼夜不分。我就是在这样的雨天里，悄悄推开秦猫儿院落虚掩着的门。

透明的雨珠砸在石榴树与紫荆的枝叶上，溅起碎玉般的响声，恰到好处地遮掩了我做贼心虚的脚步声。

我溜进前厅，从怀里摸出包巴豆粉，掺在桌上的红豆羹里，谁喝完包准"一泻千里"。

"是谁来了？"熟悉的声音自身后响起，"噫，稀客稀客。"

我背对着她，把纸包塞进衣襟，才转过身。

秦猫儿好整以暇地看着我，我理了理衣襟，面不改色地撒了个谎："三姨娘，恩，三姨娘说你被那场火熏坏了嗓子，便叫我来探望你。"

"天下怎有人上门探病，却空着两只手？"秦猫儿俯身凑近我，皱皱鼻子，在我脖颈边一通乱嗅，我抬手推开她，却被她反扣住了腕子，"你的礼物呢？"

我被她逼退至墙边，被迫接受她的稽查："你身上有巴豆的味道——你也想刁难我？"

"是又如何？"我垂下眼睑，"我恨所有做妾的女人。"

她拉开椅子坐下，脚上还趿着她的绣花鞋，露出半截足跟："恨人也得有个理由。"

"我娘是在我爹纳妾的那日……"我没有再说下去。

少顷,我低声道:"不,其实我最恨自己。我是怯懦无能的弱者,只敢去憎恨更弱者。"

见我神色黯然,秦猫儿捻起颗莲子,不由分说地丢进我嘴里。

莲子芯的涩味在舌尖化开,苦得我嘴角抽搐。秦猫儿殷切地盛红豆羹:"喏,甜的。"

我将红豆羹一饮而尽,霎时肚里波涛汹涌,含恨进了茅厕。

从茅厕里出来的时候,秦猫儿扣住我的腕子:"其实你心里清楚,你真正恨的人是谁。只是你过分软弱,不敢恨他,只好去恨那些比你更软弱的人。"

"你说得有理。"我没反驳她,"其实我还有包巴豆粉,快放潮了,不用……怪可惜的。"

没过多久,我爹腹泻三日,在桌上大发雷霆,埋怨四姨娘备的夜宵不干净。

我和另外一位始作俑者低眉顺眼地埋头扒饭,吃完了饭,便搁下碗筷,逃之夭夭。

离开饭桌时,我朝秦猫儿看过去,她朝我勾唇,笑里藏了几分揶揄。

不许对我笑!我感到耳根发烫,扭头毫不客气地斜乜她,再笑,再笑可要露馅了!

秦猫儿才嫁来三个月,几位姨娘已倒霉数遭,她们疑心秦猫儿与其八字不合。

入秋,二姨娘私下雇人,探听秦猫儿的身世。听说秦猫儿是行至长街的流民,她还有个弟弟要养,便在开春嫁给了我爹。

流民?可我横看竖看,都不觉得她像个流民。

我爹宴请贵客,让秦猫儿在宴客厅内跳舞。

我猫着腰往里头张望,窥视她起舞的样子。步履轻盈,如同我那只在墙头与屋脊灵巧跃动的黑猫。她的脖颈后渗出薄汗,小麦色的肌肤闪着珍珠般的光泽,那是精心护养才会有的皮肤。

秘密就像那片藏不住的汗珠,一点一滴,从她的身体里渗出。

有天夜里,我架梯登上屋脊远眺,竟然看见秦猫儿踏上墙面,蹬蹬几步蹿上了墙身,伸手扒住了墙头,两手一撑,便灵巧地翻出了何府高高的院墙。

我大为震动,看向木梯。我用它登上屋脊看长街,为何从未想过亲自走上长街呢?

我爹不许我擅自外出,我曾无数次坐在屋檐上,晃着腿远眺。

视线越过我高高的院墙,越过我狭窄的世界,奔向开阔的天地。那里有铁匠、木工、商贾、农夫、杂耍艺人、猪肉贩子……还有秦猫儿,为何不能有我呢?

我将这架木梯架在墙根,骑上墙头,深深吸了口气,结结实实地从墙上滚了下去。

灰头土脸地爬起来,我闷头去往秦猫儿离开的方向,好不容易找到了她。

秦猫儿像条鱼似的,在熙熙攘攘的人群里钻来钻去,我跟在她身后,心跳得很快。

等跟着她挤出人群的时候,我发髻凌乱,鞋底还粘了块鸡蛋壳。

她提着灯,进了条僻静的巷弄。我挪着步子,将半张脸藏在墙后头,往里头张望。

一位眉清目秀的少年来到秦猫儿跟前,她提起灯,吹熄灯烛。

巷弄陷入一片漆黑,身后市集嘈杂,我听不清他们在讲什么,想悄悄走近几步。却有人在身后轻轻点我的肩膀,我警觉地回头,登时被人捂住了嘴!

　　我狠狠地咬住这只手,尝到了丝丝腥味。谁知此人闷哼一声,竟然没有松手。竭力扭头,我借着街边灯火,终于看清了此人的长相:正是那名少年!

　　"向恩人报恩抑或为恩人报仇,这两件事情有什么区别?"少年猛然抬手,紧紧扼住我的咽喉,"姐姐要报恩,不如杀了那死老头的女……嘶!"

　　话音未落,他的脖颈被秦猫儿蛮横地向后扯去,摔至几十步开外的地面上。

　　少年在遇袭时松手抵御,我得以重新呼吸,撑在地上一阵干呕。

　　我才抬起腿想跑,被秦猫儿揪住了后领,她像我提溜猫儿那样,轻松地将我提溜了起来。

　　"怎么报恩是我的事,轮不到你在这儿对我指手画脚,明个明白?"

　　少年捂着胸口站起来,掌心亮起白色的光晕,血迹赫然消失,他的伤竟在顷刻痊愈了!

　　"姐姐,你可知道那白蛇的故事?纵使情谊再深,人就是怕极了妖。"

　　少年一撩白袍,那袍子遮掩住他青竹似的挺拔的身形,从里头飞出只莹白的鸽子,咕噜噜道:"我赌半袋小米,她知晓你非人类,必像那书生一般,给你灌雄黄酒!"

　　说罢,这鸽子便朝夜幕飞去,几根皎白的羽毛飘落在地。窄窄的月光灌进这条僻静的巷弄,巷口外人声鼎沸,叫卖声此起彼伏。我与秦猫儿四目相对,一时无言。

　　"他是个变戏法的,脑子不好。"秦猫儿踌躇片刻,斟酌道,"至于我,我是……"

"事到如今,你还想骗我?"我瓮声瓮气地说道,"你知不知道,我被你骗了多久?"

我斜睨她一眼:"一直到刚才,我还以为你是猫变的,隔三岔五在你院前放鱼骨头。"

"好歹搁点儿肉。"秦猫儿嘟嘟哝哝,"我说是谁在门口乱扔剩饭呢。"

说到饭食,我的肚子不合时宜地发出长鸣。秦猫儿上挑的眼溢出几分笑意:"我知道你有话想问。可这天下没有白听的故事,你请小娘我吃顿饭呗。"

原来数年前,秦猫儿是只才修炼成精的白鸽。她与狐妖缠斗,元气大伤。

郊外密林西口,朝东走五十步,绕着参天巨树走半圈,仰头便能看见秦猫儿的巢。在飞回巢穴的路上,她体力不支,从天上跌落,落在了我娘的偏院里。

我娘精心照料着她,我去念书,她便对这只受伤的白鸽倾吐心事,为丈夫的薄情流泪。

我娘郁郁而终的那一天,秦猫儿尚且不能够化为人形,阻止她做傻事。

她拼命地撞击鸽笼,撞得伤痕累累。鸽笼的门闩分明被撞掉了,可门却怎么也顶不开。于是秦猫儿明白了,那是我娘的劫数。劫数天定,谁都不能够逆天而行。

妖精虽然有妖法,可妖精的妖法不能对人类使用。天下生灵,妖精对妖精用妖的法术,人对人用人的计策,这样才算是一等一的公平。倘若违反规则,是要遭雷劈的。

后来的一天夜里,她恢复元气,决定离开,他日回来再报恩情。那夜她蹲在榻前看我,那只叫上吊的黑猫伸爪子挠她,挠掉她的一根羽毛，于是她给自己取名：擒猫儿。

我坐在嘈杂的小饭馆里，听秦猫儿讲我娘说过的那些话，胸口阵阵钝痛。

秦猫儿为我揩泪，我才发现我的眼睛里竟涌出了滚烫的眼泪。

我吸了吸鼻子，故作从容："既然人的劫数都有天定，你们当妖怪的又不能逆天而行，那还来人间偿还什么恩情。不论来与不来，结果都不会得到改变。"

"你小娘我不能逆天而行，骗骗天还是可以的。"她往嘴里塞了片西瓜，把瓜子咬得嘎嘣响，"笑笑，你命里有三道死劫。从树上跌落摔死，锁在祠堂被火烧死，这两道就算过去了。眼下只剩一道劫，但我不能告诉你，倘若提前泄露了天机，是要遭雷劈的。"

她的手指被西瓜汁染得湿湿的，找不着手绢，就恬不知耻地往我的裙摆上蹭："我是来帮你渡劫的，拿那种眼神看我做甚？我救了你，擦擦手也不行吗？"

"既然你叫擒猫儿，那你弟弟叫什么？"

"我弟弟叫打狗儿。"

"噗——"我喷出一口茶水，"当真？"

"嗯，他被狗追过。"

4

嫁来我家的第六个月，秦猫儿问我："你怎么没再去私塾了？"

从前我娘在时，恳求我爹送我去上学堂。私塾的先生说女孩愚笨，教起来比男孩费劲，要多收学费。我爹是个生意人，便觉得养女儿这门生意净是赔本。

现在娘不在了，他便停了我的学。我据理力争过几次，都被他驳斥回来。

我被关在偏院里，仰头看天，心中竟然生出点侥幸。

不去念书也好，这样，我就再也不用感到恐惧了。

我害怕硕大的夕阳。那年我从私塾走回家，推开寝屋的门，恰好看见地上那条畸变的影子，一路延伸至寝屋那头，那头有群关在笼里的白鸽，静静看我。

偶尔，我会想到光斑爬上紫葡萄的午后，我娘纤细葱白的手指剥下薄薄的果皮，捻着剔透碧绿的果肉问我："笑笑，这颗好甜，你要不要吃？"

不。我没有葡萄可吃，也没有书可念。我坐在这口四四方方的井里，低眉顺眼地绣花。

秦猫儿不能理解，为什么我会感到恐惧与侥幸。

她刨根问底，我只好打比方："比如，你蹲在我榻上的时候，被上吊挠过，那你就不会想要再蹲在榻上，因为你不愿意再回想被挠的事情。"

秦猫儿说："我会站在那里等它伸爪子，然后朝它的头顶上拉一泡臭烘烘的屎。"

"……你是对的。"我抚摸着在怀里打呼噜的上吊，"我应该去念书。"

说罢，我低头在上吊脑门上吸了一口，面色突变："等会儿，为什么它的头顶是臭的？"

"呃，不如我们再来说说去私塾念书的事情……"

"秦！猫！儿！"

就像我预想的那样，我爹不愿意让我去念书。

他瘫坐在椅上，眼皮抬也不抬："读书和算账，那都是詹儿要学的事，轮不着你。"

不，若我无一技傍身，便永远挣脱不开何家的禁锢。

娘离开后，我浑浑噩噩地数着日子，捻着那根细细的绣花针，一针一针，绣着我暗淡无光的前程。

不该是这样的，我不该像只愚蠢的青蛙，坐井观天。

我挺直脊背，跪在我爹的书房前，我身后是条笔直的长廊。天色渐暗，悬挂在长廊两侧的红纱灯笼一一亮起。它们像茕茕鬼火，盘踞在我漫长的夜路上。

窸窸窣窣，竟然下起了初雪，我冻得牙齿打战，张嘴呵气，便看见满眼的白雾。

挨到亥时后，有位面皮白净的贵客跨进书房，与我爹商谈。

我仍跪着，睫上挂了霜。昏昏沉沉间，我听见清脆的铃响。身着红裙的秦猫儿从我身后灵巧蹿出，柔软轻薄的裙裾，抚过我冻得通红的耳朵。

她打着赤脚，细细的脚踝上系着两颗金灿灿的铃铛，一步一响。

和着这悦耳的铃声，她踏着轻盈的舞步，飘飘然旋至廊侧的那片空地，翩翩起舞。

我没有看她，余光扫过雪地上秀气的脚印，我想，秦猫儿一定很冷。

她朱唇微启，哼唱着不知名的歌曲，吟唱声如鸟鸣般动听。书房的门被打开了，我爹斜倚在他的轮椅上，他身侧坐着位面皮白净的贵客，看秦猫儿在雪里且歌且舞。

听说鸽子有厚厚羽毛，所以不会怕冷，可秦猫儿做人的时候没有羽毛，那是不是好冷？

这一刻我竟然怨起上吊来。上吊，你这只坏猫，为什么要抓掉她的一根羽毛。

一支舞的时间，这样长，这样久。

秦猫儿舞毕，那位贵客率先拊掌，赞道："真是妙极。"

我爹摘下金扳指，叫张管家递上去。秦猫儿道："妾不要金子。"

她对我爹道："这半年来，大小姐对妾照拂有加。恳请老爷开恩，准许她出府念书。"

这位贵客笑得揶揄，眼神轻佻："何老爷，您当卖我个面子，答应她吧。"

我爹略微抬手，算作答应，我强撑着起身，拖着发麻的双腿走在秦猫儿的身后，为她挡住那位贵客的视线。那种像在打量待价而沽的商品的眼神，令我作呕。

上午，我去私塾念书，下午，我去账房算账。晚上，我左手抱着上吊，右手抱着被褥，踏进了秦猫儿的院落。

秦猫儿生病了，她染了风寒，却不要仆役照看。

我记得她说过，曾经她元气大伤，尚且不能化为人形，或许正因如此，她不敢见人。

进屋后，我吓唬上吊："再挠她，她就在你头上屙屎。"

被窝里钻出只雪白的鸽子，她张开橘红色的喙，发出的却是秦猫儿嘶哑的声音。

她声嘶力竭："它不挠……我也要在它头上屙屎……"

"那什么……"我抖开被褥，里头掉出很多小玩意儿，"我捡了很多树枝和棉花。"

我睡在寝屋隔壁的客房，夜里，我去寝屋帮她掖被角。推开门，我发现榻上空空如也，一只白鸽正蜷在筑好的巢里酣睡。那巢里金光闪动，露出半颗莹润的玛瑙。

听说，有的鸟喜欢收集闪闪发亮的饰物。

我的小娘是只当之无愧的妖精，财迷精。

秦猫儿的病好了，我便安心念书学算账。三个月后，秦猫儿敏锐地觉察出我的失落。

"是书不好念，还是账不好算？"她嗑着瓜子，叽叽喳喳，"其实我可以给你介绍一份长工，你去城郊外的密林里，教那里的笨鸽子筑巢。"

见我没有反应，她伸手戳我肩膀，我忍不住抽了口凉气。

她面色忽地沉下去，紧紧扣住我的手腕，把衣袖往上捋："好啊，何笑人，你瞒着我学坏！"

我的胳膊上遍布淤青，还有块才结痂的伤口，这都是我同人打架留下的伤痕。

"是他们先说我。"我偏过头去，"说我有娘生，没娘养。"

我的书背得也好，算珠拨得也快，学堂和账房内有好人也有坏人，好人对我很好，可坏人也很坏，他们讨厌自己被先生们揪出来，拿来和我比较。

"何笑人，为什么你总是学得那么晚才走？"李家二少李尔问我，"你娘不叫你吃饭吗？"

张家的那两个双胞胎少爷跟着嘻嘻哈哈，"她娘早死了！"

"你喜欢吃饭吗？李少爷。"我冷笑着磨牙，"我叫我娘备好了饭，邀你去吃，怎么样？"

"我呸！"他拽住我的衣领，"你个晦气东西，你敢咒我？"

我被迫迎战，虽然挂了彩，但也在他眼下留下两个硕大的淤青。

李家二少捂着脸，大声嚷嚷："你给我好生等着！"

翌日，他率领两个小弟偷袭我，我蹲下身子护住脑袋，以免被打成李尔那样的傻子。

秦猫儿被此事气得吹胡子瞪眼，虽然她没有胡子。

她说，密林里也有蛮不讲理的妖精。她的宗旨就是：打得一拳开，免得百拳来。

夜半三更,秦猫儿带着我研磨辣椒粉,仔细地包好,塞进怀里。

隔天,我在下学路上果然又碰见了李尔,上次他初尝用人数压制我的甜头,这回又多喊了一个,手持大棒,呼呼喝喝地要上前揍我。

哼,卑鄙小人。

"且慢!"我做了个暂停的手势,"李少爷,我写了封悔过书,你要不要听?"

李尔趾高气扬:"好,你念。若写得不好,还是要挨打。"

我从怀里掏出封信,慢慢拆开,露出通红的辣椒粉,对着他的脸一通乱吹。

他丢下大棒,捂着脸嚷嚷:"何笑人,你等着!我要向我娘告状!"

他身后的三位少年丢下木棒,摆出不齿的神情。以多欺少本就无耻,同僚之间的恩怨,竟然要叫父母辈出面,好个赖皮。

我的笑容也凝固了,起码,他有娘可以告状。

"毛头小子豪横什么?"蛰伏的秦猫儿蹿出来,揽住我的肩膀,大声嚷嚷,"笑人也有我!"

5

李耳当真向他娘告状了,他娘转头就告诉了他爹。

李老爷是个面皮白净的男人,登门兴师问罪的时候,我觉得他很眼熟。

我爹勃然大怒,命人将我和秦猫儿绑在条凳上,家法伺候。

所谓的家法伺候,就是打板子,挨板子的时候,趴在我左侧条凳的秦猫儿疼得龇牙咧嘴,

我们腾出手,紧紧地握在一起,掌心沁出了很多冷汗。

我爹伸手捻着他的八字胡,悠悠道:"李兄,如此处置,可还满意?"

李老爷盯着秦猫儿，答非所问："何兄可愿成人之美？"

我猛地抬起头，终于想起了他是谁——他就是我爹书房中的那位贵客。

李老爷看上了秦猫儿，他同我爹达成协议，若得佳人，愿赠百金。我爹开怀大笑，嘴里的金牙亮得晃眼。

才挨了打的秦猫儿被我爹软禁起来，我寻遍了何宅的每个角落，都找不着她。时间紧迫，明日她便要被抬进李老爷的家门了。

——郊外密林西口，朝东走五十步，绕着参天巨树走半圈，仰头便看见我的巢。

秦猫儿在饭馆里说的那个故事，骤然浮现在我脑中。

夜半三更，我架梯翻出院墙，顺手牵走了秦猫儿拴在后门石柱上的驴，跨上了它。

密林内古木遮天，烟雾缭绕，啼鸣阵阵。我深吸一口气，朝东走五十步，绕着参天巨树走半圈，便看见个鸟窝。

一只皎白的鸽子正在窝里，冷冷地俯视我。

"秦猫儿她弟！秦猫儿她弟！"我双手张在嘴边，"秦猫儿需要你去帮她！"

鸽子无动于衷，我深吸口气，气贯长虹："打狗儿！"

"那是我不懂事时取的，不许再这么叫了。"我的嘴又被人捂住了，化为人形的打狗儿站在我身后，恼羞成怒道，"你要尊称我为飞天凤凰大将军！"

他松开手，我一口气道："飞天凤凰大将军我很需要你的帮助我们快点走吧。"

骑着驴回到何宅，我身上挂着露水，肩头还停着一只白鸽。

避开下人耳目，我小声道："打……大将军？"

"我闻不到姐姐的气息。"白鸽扑棱着翅膀,"啧,哪儿来的臭猫!"

我低头,发现上吊正绕着我的裤腿打转。

抱起它,它尖利的指甲正钩着一条红线,在黑暗里,这根红线不怎么引人注意。

这个家里,只有秦猫儿穿这样红的衣裳。

我顺着这根线走,竟然来到一堵砖墙前,在那墙上四处乱摸,不知按动了哪个开关,一扇砖堆砌的门打了转儿,露出一条狭窄的通道。

"飞天凤凰大将军,你走什么?"我按住想跑路的打狗儿,"我们得去救你姐姐。"

"呜哇!我怕黑,你别扒拉我!"

"不,你不怕。"我循循善诱,"你可是飞天凤凰大将军。"

没想到密道的尽头是间宽敞的屋室。秦猫儿已解开了捆着她的绳索,身着喜服,支着下巴在房内发愁。

她弟弟冷哼:"我早说了,人类都是白眼狼。"

他找着了秦猫儿,看向我的眼神又变得阴森起来:"还是该把你杀了!"

他想扼住我的咽喉,我抓住他手,用力一扭。

半弯下身子,我竭尽全力,将身后的凤凰大将军摔在跟前,激起一片尘埃。

接着举起花瓶,我以迅雷不及掩耳之势,敲晕了他!

感谢李尔,将我的拳脚磨砺至此。

我向秦猫儿解释:"这是自卫,你别怪……"

"没事。"秦猫儿说,"我弟弟唯一的优点,就是扛揍。"

我想带她离开,却见她蹲在他弟弟身前,凝神道:"不行,必须有人嫁给李老爷。"

"快走,人来了就走不了了,你不能用对人施妖术。"

"唔。"秦猫儿两眼放光,"我是不能对人施妖术,但我可以对妖施妖术呀!"

她两指并拢,口中念念有词,朝着打狗儿一指!

室内光芒大作,我的眼前白茫茫一片。待我再睁开眼时,秦猫儿已变成了站在我肩上的白鸽,而躺在地上的凤凰大将军,竟成了穿喜服的秦猫儿。

我朝密道出口跑去,幽深阴冷的密道,尽头的门缝却透着白光,离出口越近,眼前就越亮。

我不敢停歇,伸手推门,发现天边竟已经翻出了鱼肚白。

急着跑路,还有件事要办。

我骑着驴来到偏院,摸走了多年积蓄,又满头大汗地折回去,拨开鸽笼的门闩,低声道:"你们自由了,今后想去哪儿去哪儿。"

就像那个傍晚,这些白鸽奋力鼓动着丰满的羽翼,扑棱棱飞向天边。

日出东方,光芒万丈,朝阳赤金色的光芒落在这些白鸽的翅膀上,宛若熊熊烈焰,正在燃烧。

这片璀璨的鸽云在偏院上空久久盘旋,我吹了声尖锐的鸽哨,它们便向东方振翅高飞。

天空的骚动引来院外仆役的围观,秦猫儿攀上围墙,向我伸出手。

"走。"她背对着天光,朝站在这口大井里的我伸手,像个盖世女侠,"咱们自由了。"

6

城郊之外,数名伙夫聚在茶馆里,听说书人谈论奇闻逸事。

话说数年前,李家老爷想同何家老爷攀亲,竟然愿意纳何老爷的五姨娘做妾。

成亲当日,那轿上本坐着新娘,可抬进家门,掀开轿帘,却扑棱棱飞出一只白鸽。

此鸽可谓是不祥之兆。不过短短两年,何李两家的生意相继衰败,有封未落款的信寄到了衙门,将何老爷行贿官员的事说得明明白白。如今何家已是树倒猢狲散。

伙夫哗然,吵嚷道:"这不扯淡吗?人怎的就变成鸽子了,老先生是在忽悠谁呢?"

说书人吹胡子瞪眼:"老朽可是亲眼所见,若有虚言,天打雷劈!"

算账的女人拨动算珠,竟然嗤嗤地笑出了声。女人眼底波光流转,笑得极为狡黠。

跑堂的少年赶忙捂住她的嘴,低声道:"笑什么?你命里三道死劫,若不是我姐姐搅局,被那李老爷看上的可就是你了。你会死在洞房之……嘶!"

少年的耳朵被单手端碟的女人揪起:"我说打狗儿,你很闲是不是?很闲就去后厨干活。"

端碟的女人婷婷袅袅地走过众人桌前,腰间金铃叮当作响。

"这位客官,这是您点的蒸米糕。"她粲然一笑,笑容晃得人心神荡漾,"刚蒸好,小心烫。"

桌下扑出只矫健的黑猫,正在抓挠飘落在地上的半截羽毛。

"嘿!这茶馆还有人养白鸽啊!"一名伙夫嚷道,"怎的不关在笼里,摆出去揽客?"

有人高声道:"有的鸽子,性喜自由,不可拘束。"

全书完

图书在版编目（CIP）数据

夭夭 / 司念主编. -- 武汉：长江出版社，2024.
10 -- ISBN 978-7-5492-9693-4

Ⅰ．I247.7
中国国家版本馆CIP数据核字第2024MV3810号

本书经天津漫娱图书有限公司正式授权长江出版社，在中国大陆地区独家出版中文简体版本。未经书面同意，不得以任何形式转载和使用。

夭夭 / 司念 主编
YAOYAO

出　　版	长江出版社		
	（武汉市解放大道1863号　邮政编码：430010）		
选题策划	漫娱图书　马飞		
市场发行	长江出版社发行部		
网　　址	http://www.cjpress.cn		
责任编辑	李剑月		
特约编辑	宋滴旎		
总 策 划	两脚猫工作室	开本	889mm×1230mm　1/32
装帧设计	吴　彦	印张	8
印　　刷	深圳市精彩印联合印务有限公司	字数	214千
版　　次	2024年10月第1版	书号	ISBN 978-7-5492-9693-4
印　　次	2024年10月第1次印刷	定价	39.80元

版权所有，翻版必究。如有质量问题，请联系本社退换。
电话：027-82926557(总编室)　027-82926806（市场营销部）